W.S. Maugham

毛 姆 文 集

W. Somerset Maugham

剧院风情

Theatre

〔英〕毛姆 著　俞亢咏 译

上海译文出版社

一

门开了,迈克尔·戈斯林抬头看看。朱莉娅走了进来。

"哈啰! 我一会儿就好。我刚在签发几封信。"

"不忙。我只是来看看给丹诺伦特家送去了什么座位的票子。那个年轻人在这里干什么?"

她以经验丰富的女演员善于用手势来配合说话的本能,把光洁的头一侧,指向她刚才穿过的那间房间。

"他是会计,是从劳伦斯—汉弗雷会计师事务所来的。他来这儿三天了。"

"他看来很年轻。"

"他是个订契约的雇员。他似乎很在行。可是他对我们那套账务制度始终感到惊奇。他对我说,他从没想到一家剧院竟用这样有条不紊的办法来管理的。他说这个城市里有些行号的账目简直乱七八糟,足以搞得你头发变白。"

朱莉娅看着她丈夫漂亮的脸上怡然自得的神情,微微一笑。

"他是个乖巧的小伙子。"

"他的工作今天结束了。我想我们可以带他回家,请他吃顿便饭。他是个不错的正派人。"

"这可是请他吃饭的充分理由吗?"

迈克尔没有觉察到她语气中略带着讥刺的意味。

"要是你不想请他,我就不请他。我只是想这会使他喜出望外的。他崇拜得你五体投地。你这回的戏他已看了三次。他巴不得我把他介绍给你呢。"

迈克尔按了下电铃,他的秘书随即走进来。

"这些信拿去吧,玛格丽。今天下午我有哪些约会?"

朱莉娅半心半意地听着玛格丽朗读约会的时间表,同时,尽管她对这间房间再熟悉也没有,还是悠闲地环顾四周。这间房间用做一家第一流剧院的经理室十分合适。四壁都敷有由一位出色的室内装饰家(按成本计价)制作的护壁板,墙上挂着雕版印刷的佐法尼①和德怀尔德所作的舞台场景。那些扶手椅宽阔而舒适。迈克尔坐在一张雕刻华丽的奇彭代尔②式的椅子上,那是件复制品,却是由著名家具商所制作,而他那张奇彭代尔式的桌子有着粗大的抓球爪式的台脚,异常坚实。桌子上搁着一张镶着结实的银框的她本人的照片,旁边对称地放着一张他们的儿子罗杰的照片。在这两者之间有一座富丽堂皇的银质墨水台,那是他有一年生日的时候,她本人送给他的礼物,它后面有一只烫了不少金饰的红色摩洛哥皮的文具架,迈克尔在这里面放他的私人信笺信封,以备亲笔写信时应用。信笺上印着西登斯剧院这一地址,信封上印有他的饰章:一个野猪头,下面是铭词:"犯我者必受惩罚。"③一束黄色的郁金香插在一只银杯里——这是他在戏剧界高尔夫球赛中夺得的三连冠奖杯——显示出玛格丽的小心爱护。朱莉娅对她打量了一下。虽然她修得很短的头发用过氧化氢漂白过,④两只嘴唇上口红涂得厚厚的,她却有一副中性的表情,这正标志着一个理想的秘书。她已经在迈克尔身边工作五年了。在那段时间里,她准已对他了解得一清

---

① 佐法尼(Johann Zoffany,1733—1810)为英国画家,皇家美术学院奠基人,擅长以风俗画形式描绘当代戏剧情节的片断。
② 奇彭代尔(Thomas Chippendale,1718—1779)为英国家具大师,所设计的家具以外廓优美、装饰华丽为特点。
③ 原文是拉丁文:Nemo me impune lacessit.
④ 西方女子有的把深色头发漂白,成为冒牌金发女郎(peroxide blonde)。

二楚。朱莉娅心想,不知道她可会那么蠢,去跟他闹恋爱。

这时迈克尔从椅子上站了起来。

"好了,宝贝儿,我们可以走了。"

玛格丽把他的黑色霍姆堡呢帽①递给他,开了门,让朱莉娅和迈克尔走出去。他们走进外面的办公室时,朱莉娅原先看到的那个年轻人转身站立起来。

"我给你介绍兰伯特小姐②,"迈克尔说。接着他摆出一位大使在被派驻的宫廷上介绍他的随员觐见一国之君时的气派说:"就是这位先生,多蒙他把我们混乱不堪的账目整理出了个头绪来。"

年轻人脸色涨得通红。他对朱莉娅现成的热情微笑很不自然地报以一笑;她亲切地跟他紧紧握手的时候,只觉得他掌心里汗水湿漉漉的。他这副狼狈的样子令人同情。人们被引见萨拉·西登斯③时就会有这种狼狈的感觉。她想起刚才听说要请这小伙子回家吃饭,心里对迈克尔不很乐意。她直盯着他的眼睛。她自己的眼睛很大,是深褐色的,炯炯发亮。这会儿她毫不费力就流露出稍稍觉得有趣而殷勤友好的表情,像拂掉一只在身边嗡嗡飞着的苍蝇一样地出于本能。

"不知道能不能请到你到我们家一起吃顿便饭。饭后迈克尔会开车送你回去的。"

那年轻人又是一阵脸红,他的喉结在细细的颈项上动了一下。

"你们太客气了。"他对自己的衣服不安地看了一眼。"我实在邋遢不堪。"

---

① 霍姆堡呢帽为德国霍姆堡(Homburg)首产的一种帽顶有纵向凹形的卷边软毡帽。
② 即朱莉娅,在文艺界中,女性常在婚后仍用本姓而称"小姐"。
③ 萨拉·西登斯(Sarah Siddons,1755—1831)为英国悲剧女演员,剧团经理,以演莎剧红极一时。人称英国戏剧界在十八世纪属于两个最响亮的名字,即大卫·加里克(David Garrick,1717—1779)和西登斯夫人。

"等我们到了家里,你可以梳洗一下,把衣服刷刷嘛。"

汽车在后台门口等着他们,一辆车身很长的黑色汽车,镀铬的部分光耀夺目,座位上包着银色皮革,车门上不显眼地漆着迈克尔的饰章。朱莉娅上了车。

"来跟我坐在一起。迈克尔要开车。"

他们住在斯坦霍普广场,到了家里,朱莉娅吩咐男管家带领这位年轻客人去盥洗室梳洗。她径自上楼到客厅里。当迈克尔上来找她时,她正在涂唇膏。

"我叫他梳洗好了就上来。"

"顺便问一声,他叫什么名字?"

"我一点也不知道。"

"宝贝儿,我们必须知道。我要请他在我们的纪念册上题个词。"

"去你的,他可不够这个资格。"迈克尔只请一等名流在他们的纪念册上题词。"我们今后不会再请他的。"

正在这时候,年轻人露面了。朱莉娅在车子里就竭力使他不要拘束,可他还是腼腆异常。鸡尾酒已经摆在那里,迈克尔斟起酒来。朱莉娅拿起一支香烟,那年轻人给她擦了根火柴,但是手抖得厉害,她看他怎么也没法把火凑上她的香烟,便抓住他的手,紧紧握着。

"可怜的小乖乖,"她想,"我看这是他一生最了不起的时刻了。过后他对家人吹起来,会多够味儿啊。我料想他将成为他办公室里一个该死的小英雄哩。"

朱莉娅在肚子里自言自语和对别人说话时大不相同:她自言自语的时候,使用的言语很泼辣。她愉快地吸了第一口香烟。想想也确实奇妙,就这么跟她一起吃顿午餐,也许跟她谈上三刻钟的话,竟能使一个人在他自己那微不足道的小圈子里身价百倍。

年轻人勉强说出一句话。

"这间屋子多漂亮。"

她微微扬起秀丽的眉毛,倏地对他令人喜悦地一笑。他一定常常看到她在舞台上有这个动作。

"我真高兴你喜欢它。"她的声音相当低,而且稍带沙哑。你会觉得好像他这一句话搬走了她心头的一块石头。"我们自以为迈克尔的鉴赏力是十全十美的。"

迈克尔朝这间房间得意洋洋地瞥了一眼。

"我有丰富的经验。我总是亲自给我们的戏设计布景。当然有个人替我做粗活,可主意都是我出的。"

他们是两年前搬进这幢房子里来的。他知道,朱莉娅也知道,因为当时他们正在作巡回演出,便把装修工作委托给一位收费很高的室内装饰家,而那人答应等他们回来时给他们全部弄好,只收成本费,以报答他们答应给他做的剧院里的活儿。但是没有必要把这些叫人乏味的细节对一个连名字都不知道的小伙子去多啰嗦。

这房子内部的家具陈设极其雅致,古式的和现代的配合得当,所以迈克尔说得一点不错,这里一看就知道是一所高雅人士的住宅。然而朱莉娅坚持她的卧室必须称她自己的心意。战争结束①后,他们本来一直住在摄政王花园②,她在那旧居中原有一间称心如意的卧室,她便把它照式照样全部搬了过来。床和梳妆台都贴有粉红色丝绸软垫,躺椅和扶手椅是浅蓝色的。在床的上方有几个胖胖的涂金的小天使,一起悬空提着一盏粉红灯罩的灯,还有几个胖

① 指 1918 年第一次世界大战结束。
② 摄政王花园(Regent's Park)在伦敦西北部,摄政王运河流经其间。

胖的涂金的小天使围聚在梳妆台镜子四周。几张椴木桌子上放着装在华丽框架中的男女演员和王族的签名照片。那位室内装饰家曾竖起双眉,觉得不屑一顾,可是朱莉娅在全屋中只有在这间房间里才感到真正自由自在。她在椴木写字台上写信,坐的是一张涂金的汉姆雷特坐的那种凳子。

管家通知午餐准备好了,他们便一起下楼去。

"我希望你有足够的东西吃,"朱莉娅说。"迈克尔和我胃口都很小。"

事实上,菜肴有烤板鱼、烤肉排和菠菜,还有煨水果。这一餐原是准备供正常充饥,而不是为了长肥肉的。厨子得到玛格丽的通知,有位客人要来吃午饭,急忙煎了些土豆。它们看上去很松脆,香味令人开胃。可是只有那位年轻客人要吃。朱莉娅朝它们依恋地看看,然后摇摇头,表示不要。迈克尔认真地凝视了半晌,仿佛不大明白这是什么,然后从出神状态中猛然醒觉过来,说了声不要,谢谢你。他们坐在一张长餐桌旁,朱莉娅和迈克尔坐在两端两只很高大的意大利椅子上,小伙子坐在中间一张椅子上,这张椅子坐着极不舒服,但是放在这里非常配称。朱莉娅注意到他似乎在朝餐具柜看望,便笑容可掬地俯身向前。

"要什么?"

他面孔涨得通红。

"我不知是否能要块面包。"

"当然。"

她对男管家使了个眼色;他这时正在给迈克尔斟一杯干白葡萄酒,随即转身走出餐室。

"迈克尔和我从来不吃面包。杰文斯真蠢,没有考虑到你也许会要一些。"

"当然吃面包不过是一种习惯,"迈克尔说。"要是你决心戒掉这个习惯,一下子就能戒掉,这真叫人高兴。"

"这可怜的小乖乖可是骨瘦如柴呢,迈克尔。"

"我不是因为怕发胖而不吃面包。我是因为觉得没有必要才不吃的。毕竟我这样经常运动,可以爱吃什么就吃什么。"

他现在五十二岁,还保持着很好的身材。年轻的时候,他有一头浓浓的栗色鬈发,加上出色的皮肤、深蓝色的大眼睛、笔挺的鼻子和一双小耳朵,曾经是英国舞台上最漂亮的男演员。唯一美中不足之处是他的嘴唇薄了些。他正好六英尺高,仪表堂堂。正是他这显著的美貌促使他决定从事舞台生涯,而没有像他父亲那样成为个军人。而今他的栗色头发已经花白,修得短多了;他的脸蛋变得阔了,皱纹也不少;皮肤不再像桃花般娇嫩,而脸色变得红彤彤的。但是凭他那双出色的眼睛和优美的体形,他依然是个十分英俊的男子汉。他在大战中度过了五个年头,获得了一派军人风度,所以如果你不知道他是谁(这不大可能,因为他的照片总以各种形式出现在画报上面),你准会当他是个高级军官。他自诩从二十岁以来体重一直保持不变,有好多年不论晴雨,总是每天早上八点起床,穿上短裤和运动衫,绕着摄政王花园跑一圈。

"秘书告诉我,你今天早晨在排演,兰伯特小姐,"那青年说。"是不是说你们将上演一出新戏?"

"不,绝无此事,"迈克尔回答。"我们正场场客满呢。"

"迈克尔认为我们演得有些疲沓了,所以要我们排演一次。"

"幸喜我这样做了。我发现有些地方我并没有教他们那样做,而他们却悄悄地做了,台词也随意改动了不少。我是坚持必须一字不差地照念作者所写的台词的,虽然,天晓得,如今剧作家所写的台词也实在差劲。"

"如果你高兴来看我们的戏,"朱莉娅殷勤地说,"我相信迈克尔一定乐于给你留几个位子。"

"我很想再来看一遍,"年轻人热切地答道。"我已经看了三遍。"

"是这样吗?"朱莉娅惊奇地大声说,虽然她明明记得迈克尔早已跟她这样说过。"这个剧本确实不赖,它正适合我们演出,不过我没法想像竟有人要看上三遍。"

"我去看戏是次要的,主要是看你的演出。"

"我终于把他这句话引出来了,"朱莉娅想,接着出声地说,"我们初读这个剧本的时候,迈克尔对它着实拿不准。他认为我演的角色并不怎么好。你知道,这实在不是一个配明星演的角色。但是我认为可以把它演出个名堂来。当然我们得在排练时把另一个女角的戏砍掉好许多。"

"我不是说我们把剧本改写,"迈克尔说,"不过我可以告诉你,我们演出的戏跟作者交给我们的那个剧本大不相同了。"

"你们简直了不起,"年轻人说。

("他有一种迷人之处。")"我很高兴你喜欢我,"她应道。

"既然你对朱莉娅如此爱慕,我相信你走的时候她会送你一张她本人的照片的。"

"你会吗?"

他又脸红了,一双蓝眼睛闪着亮。("他的确相当可爱。")他并不特别漂亮,可是他的面容显得坦率、纯真,他的腼腆逗人喜爱。他长着浅褐色的鬈发,可惜紧贴在头皮上,朱莉娅想,如果他不用生发油把波浪梳平,而梳出个漂亮发型来,他要好看得多呢。他脸色红润,皮肤光滑,牙齿小而齐整。她注意到他的衣服很合身,穿得也有风度,心中暗自赞许。他看上去大方、整洁。

"我想你大概从来没有跟剧院内部有过任何交往吧?"她说。

"从来没有。正因为如此,我才拼命谋这个差使呀。你没法想像这工作使我多激动。"

迈克尔和朱莉娅对他和蔼地笑笑。他的敬慕使他们感到自己的形象高大起来。

"我从来不让外人来看我们排练,但你既然是我们的会计,就几乎可说属于这个剧院,我可以让你破个例,如果你真喜欢来看看的话。"

"那你真是太好了。我一辈子从没看到过一次排演。你将在下一部戏里演出吗?"

"噢,我大概不演。我对演戏已经不再那么感兴趣了。我几乎找不到一个适合我演的角色。你瞧,我这年纪不大可能演好年轻情人的角色,而且现在的剧作家似乎不再写我年轻时他们写的那种角色了。那是法国人所谓的'说教者'①。你懂得我所指那种人物吧,一个公爵,一个内阁阁员,或者一个著名的王室法律顾问②,尽说些聪明的俏皮话,叫你在他小指头上打转③。我不知那些作家都怎么了。他们似乎再也写不出好台词来。无米之炊④——现在就是要我们演员做无米之炊。那么他们是不是感激我们呢?我是说,那些作家。要是我告诉你他们中间有几个好意思提出的条件,你准会大吃一惊。"

"事实上我们还是少不了他们,"朱莉娅笑着说。"假如剧本糟

---

① 原文为 raisonneur,指在戏剧中任评论、说教、解释的角色。
② 原文为 K. C.(King's Counsel);也可指 Knight Commander,英国的第二级爵士。
③ 英语中的成语,意为"随心所欲地左右你、摆布你"。
④ 原文为 bricks without straw,直译为"无草之砖",典出《圣经·出埃及记》第5章第6到7节:"当天法老吩咐督工的和官长说,你们不可照常把草给百姓作砖,叫他们自己去捡草。"

糕,那你演得再好也没有用。"

"这是因为一般人并不对戏剧真正感兴趣。在英国戏剧的全盛时期,人们上剧院不是去看戏,而是去看演员的。他们不问肯布尔①和西登斯夫人演的是什么。观众上剧院是专诚去看他们的。即使现在,虽然我并不否认,如果剧本很糟,你就完蛋,然而我坚决认为,即使剧本再好,观众去看的仍是演员,而不是那戏。"

"这一点我看谁也没法否认,"朱莉娅说。

"像朱莉娅这样的女演员,只需要一个媒介。给了她这个,她就能完成其余的一切。"

朱莉娅对那青年欣喜而却略表异议地一笑。

"你千万不要太相信我丈夫的话。我看我们必须承认,他讲到我的时候有偏心。"

"除非这位青年是个比我想像的更傻的大傻瓜,否则他一定知道,你在演技方面是无所不能的。"

"哦,这只是人们这么想而已,因为我始终注意决不做任何我所不能做的。"

迈克尔当即看看表。

"我想,小伙子,等你喝完了咖啡,我们该走了。"

小伙子把他杯子里剩下的咖啡一口喝完了,朱莉娅从桌子旁站起来。

"你不会忘记给我照片吧?"

"我想迈克尔的小房间里有一些。来吧,我们去挑一张。"

她把他带到餐室后面一间相当宽敞的房间。虽然它算是迈克

---

① 这里指肯布尔戏剧世家中最著名的约翰·菲利普·肯布尔(John Philip Kemble, 1757—1823),他是莎剧演员,剧院经理,曾对舞台艺术和剧场管理作出许多重大改革。西登斯夫人是他的姐姐。

尔的私人起居室——"一个人总得有间房间可以单独躲起来抽抽板烟吧"——它却主要是在他们家来客时当做衣帽间的。里面有一张气派十足的桃花心木写字台,上面放着乔治五世①和玛丽王后亲笔签名的照片。在壁炉架顶上是一张劳伦斯②画的肯布尔扮演汉姆雷特的肖像的旧复制品。一张小桌子上堆着一叠剧本的打字稿。室内四周都是书架,书架底下有一排小橱,朱莉娅从其中的一只里拿出一叠她最近的照片。她拣了一张递给那个小伙子。

"这一张还可以。"

"美极了。"

"那它就不可能太像我,我原以为很像的呢。"

"但实在很像。简直惟妙惟肖。"

她向他投了个另一种的微笑,略带调皮的微笑;她把眼睑稍一垂下,随即掀起,用温柔的表情向他注视了一会儿,这一瞥就是人们所谓她的天鹅绒般柔美的眼色。她这一瞥并无特殊用意。她这样做,如果不是机械动作,也仅仅是出于讨人喜欢的本能。这孩子如此年轻,如此腼腆,看来心地又是如此善良,而她却将永远不会再见到他,因此认为他一次次花钱看她的戏总该得到报偿;她要他在回顾这次会晤时,会觉得这是他一生中的一件大事。

她就再看看自己的照片。她但愿觉得自己像这张照片。摄影师在她的配合下让她摆出了最佳的姿势,充分显示了她的美。她的鼻子稍微粗大了些,但他设法利用灯光把它拍得十分小巧,脸上没有一丝皱纹来损坏光滑的皮肤,一双明眸含情脉脉。

---

① 乔治五世(George V,1865—1936)为英国国王兼印度皇帝(1910—1936);其妻玛丽王后(Queen Mary,1867—1953)。

② 劳伦斯(Sir Thomas Lawrence,1769—1830)为英国肖像画家,曾任英国皇家艺术学院院长。

"好。你就拿这一张吧。你知道我不是个美丽的女人,甚至说不上怎样漂亮;以前科克兰①总说我有的是 beauté du diable②。你懂法语吗?"

"这句话还懂的。"

"我给你签上个名。"

她在写字台前坐下,用她奔放而流畅的字体写上:你真挚的朱莉娅·兰伯特。

---

① 科克兰(Benoit-Constant Coquelin,1841—1909)为法国著名喜剧演员兼戏剧理论家,
著有《艺术与演员》和《喜剧演员与喜剧》等。
② 法语,意为"魔鬼的美",指迷人的外表。

二

两个男人走后，她在把照片放好前，重又一张张翻看了一遍。

“对一个四十六岁的女人来说，可不错了，”她笑着说。“它们像我，这是无可否认的。”她向屋子四周看看，想找面镜子，可是没有。“这些该死的装饰家。可怜的迈克尔，无怪他从来不用这间房间。当然，我始终拍不好照片。”

她突然想起要看一看她的一些旧照片。迈克尔是个整整齐齐、井井有条的人，她的照片保存在一些硬纸板大盒子里，上面写明了年份，依次排列着。他的照片放在同一个小橱的其他纸板盒里。

“等有人要来写我们的舞台生涯的时候，他可以很方便地找到全部现成的资料，”他曾说过。

他以同样值得赞许的目的把所有关于他们的剪报从最初开始顺序贴在一本本大簿子上。

照片中有朱莉娅小孩儿时代的，有她少女时代的，有她最初扮演的那些角色的，有她作为一个少妇和迈克尔一起照的，后来又有她和婴儿时代的儿子罗杰合拍的。有一张照片是他们三人合拍的，迈克尔一副男子汉气概，漂亮非凡，她自己满怀母爱亲切地俯首瞅着罗杰，而罗杰这个小男孩儿一头鬈发，真是张十分出色的照片。所有的画报都以整版篇幅刊登了它，人家还把它印在节目单上。缩印成了明信片，又在外省销售了好多年。罗杰对此感到讨厌极了，所以进伊顿公学①后，就拒绝再跟他母亲一起合影。看来真怪，他竟会不喜欢出现在报刊上。

“人们会当你是残废什么的，”她对他说。“而且也不是因为这样做不大合适。你应该去剧院看看首夜演出,就会看到那些社会名流们怎样拥在摄影师的面前,内阁阁员、法官,诸如此类的多着呢。他们嘴里尽管说不喜欢,可是当他们觉得摄影师的眼光朝向他们的时候,你倒看看他们都怎样摆出等拍照的姿势来。"

然而罗杰固执不化。

朱莉娅找到了一张她演比阿特丽斯②的照片。这是她扮演过的唯一的莎剧中的角色。她知道自己穿了古装不好看;她始终不懂为什么,因为穿起时装来,任何人都及不上她。她的衣裳,不论是台上穿的,还是平时穿的,都是在巴黎做的,而她的服装师说她定做的衣服比什么人都多。她体形很美,这是有口皆碑的;她的身材按女人来说比较高,两条腿也长。可惜她一直没有机会扮演罗莎琳德③,她穿上男孩子的服装一定很合适,当然现在为时已晚,不过也许她没有冒险一试也好。虽然你会相信,凭她的机智、调皮和她的喜剧感,她会演得非常出色的。评论家们可并不真正欣赏她的比阿特丽斯。问题在于那可恶的无韵诗④。她的嗓音,她的相当低沉圆润的嗓音,带着动人的沙哑,在念一段诉诸感情的词儿时,可以使你心如刀绞,或者念喜剧的词儿时,也真能逗乐,但是念无韵诗时听来似乎全然不对头。此外,还有她的吐词;她吐词那么清晰,不用提高嗓门,也能使你坐在楼座最后一排都听得清每一个词儿;人家说这就使诗听来好像散文了。事实上,她想,归根到底她是太现代的了。

迈克尔是以演莎剧起家的。那是在她认识他之前。他在剑桥大学扮演过罗密欧⑤,等他离开了剑桥,在一所戏剧学校里待了一

---

① 伊顿公学为英国的贵族化中学,学生毕业后大多进牛津、剑桥等大学。
② 莎士比亚喜剧《无事生非》中的女主角之一,她伶牙俐齿,好挖苦男人。
③ 莎士比亚喜剧《皆大欢喜》中的女主角之一,剧中有穿着紧身裤扮演书童的情节。
④ 莎士比亚的剧本基本上全是用五音步的无韵诗写的。
⑤ 莎士比亚悲剧《罗密欧与朱丽叶》中的男主角。

年之后,本森吸收了他。他到各地去巡回演出,演了许多不同的角色。但是他认识到,莎士比亚不能使他有所成就,而他若要成为一个主要演员,必须从演现代剧中积累经验。

有个名叫詹姆斯·兰顿的人在米德尔普尔开着一家轮演保留剧目的剧场,很受人注意;迈克尔在本森那里干了三年,当时这个剧团正要去米德尔普尔作一年一度的演出,他便写信给兰顿,问他可否见他一次。吉米①·兰顿是个头发已秃的、血色很好的四十五岁的胖子,模样宛如鲁本斯②画中的一个殷实市民,对戏剧有浓厚的兴趣。他是个古怪、傲慢、生气勃勃、虚荣心很重而令人喜爱的人。他喜欢演戏,但是受到身材的限制,只能演不多几种角色,也幸亏如此,因为他是个拙劣的演员。他生性浮夸,爱好做作,无法抑制,无论演什么角色,尽管悉心研究,百般思考,演出来总变成怪诞的人物。他夸大每个动作,夸张每种声调。然而他教他的演员们排练时却迥然不同;这时他不容许半点矫揉造作。他的耳朵极灵,虽然自己念台词的声调总不对头,却决不容许别人念出一句不合调的台词。

"不要真的自然,"他对他剧团里的人说。"舞台不是这样做的地方。舞台上是虚假的。但是要看上去像是自然的。"

他使他的剧团紧张地工作。他们每天早上排演,从十点排到两点,然后叫他们回家去背台词,在晚上演出前休息一会儿。他对他们盛气凌人,对他们暴跳如雷,有时候嘲笑挖苦他们。他付给他们的薪金特别低。可是倘然他们出色地演好一场动人的戏,他会像孩子似的哭起来,而当他们正如他要求的那样念出了一句叫人发笑的

---

① 吉米为詹姆斯的昵称。
② 鲁本斯(Peter Paul Rubens,1577—1640)为佛兰德斯画家,所画历史画、风景画、风俗画以铺张浮华为特色,为巴罗克风格艺术的代表人物。

台词,就会高声大笑。他一开心,会提起一条腿在台上蹦跳,发起怒来则会把剧本扔在地上,双脚乱踩,激怒得眼泪直淌。剧团里的人笑他,骂他,又千方百计使他高兴。他在他们身上激起了一种保护的本能,因此他们全都感到不能让他失望。他们虽然说他把他们当奴隶驱使,弄得他们没有一点自己的时间,这是血肉之躯难以承受的,却都顺从他的苛刻要求,从中得到一种叫人不快的满足。当他紧紧握住一个每星期拿七英镑薪金的老团员的手,对他说"天哪,伙计,你真了不起"时,这个老团员觉得自己好像是查尔斯·基恩①了。

迈克尔赴约去会晤他求见的吉米·兰顿时,兰顿恰巧需要一个演主角的少年。他早料到迈克尔为什么要见他,所以在头天晚上去看了他演的戏。迈克尔当时演的是迈邱西奥②,他认为演得不大好,但是迈克尔走进办公室时,他的俊美使他大为震惊。只见迈克尔穿着棕色上衣,灰色法兰绒裤子,即使没经化妆,也漂亮得叫人惊羡得透不过气来。他举止潇洒,谈吐文雅。他说明来意时,吉米·兰顿精明地端详着他。如果他真能演戏的话,凭他那副容貌,这个青年大有前途。

"我昨晚看了你演的迈邱西奥,"他说。"你自己觉得怎么样?"

"糟得很。"

"我也觉得如此。你几岁了?"

"二十五。"

"我想人们对你说过你很漂亮吧?"

---

① 查尔斯·基恩(Charles John Kean, 1811—1868)为英国演员,是以演莎剧中的奥赛罗著称的爱德门·基恩(Edmund Kean, 1787—1833)的次子,曾与其父同台演出,他演狡猾残忍的埃古。
② 迈邱西奥为《罗密欧与朱丽叶》中罗密欧的好友。

"就因为这个,我才选择了走上舞台的路。否则我早像我父亲一样进入军界了。"

"老天哪,要是我有你的容貌,我会成为个怎么样的大演员啊。"

会晤的结果,迈克尔得到了聘用。他在米德尔普尔待了两年。他不久就受到了剧团同人的喜爱。他和蔼可亲,对任何人都不辞劳苦地乐于效力。他的美貌在米德尔普尔引起了轰动,姑娘们常常徘徊在后台门口看他出来。她们写情书给他,送花给他。他认为这是一种很自然的敬慕,而不让自己头脑发热。他渴求上进,似乎决意不让任何纠缠来影响他的事业。

到头来还是他的美貌保住了他,因为吉米·兰顿很快就得出结论,纵使迈克尔坚持不懈,力求出人头地,他至多只能是一个及格的演员。他的嗓子不够宽,遇到慷慨激昂的时候,容易变成尖声。它所产生的效果不是激情而是歇斯底里。而他作为一个少年主角的最大缺点是他不会求爱。他很会念一般的对话,能把台词念得颇有特色,但碰到要倾诉强烈爱情的时候,就好像有什么东西困住着他似的。他感到窘迫,而且显得手足无措。

"混蛋,别把那姑娘像一袋土豆那样搂着,"吉米·兰顿向他大声吼叫。"你吻她的那个样子仿佛你怕你们正站在风口里。你是和那个姑娘相爱着。你必须觉得你是在和她相爱着。感觉到似乎你周身的骨头在融化,即使下一分钟地震将把你吞没,你也会让地震见鬼去。"

但是没有用。纵使有漂亮的容貌、潇洒自如的风度,迈克尔还是个冷冰冰的情人。这可并不影响朱莉娅如痴若狂地爱上他。原来他们俩就是在他加入兰顿的保留剧目轮演剧团的那段时间里相识的。

她自己的生涯是绝无仅有地一帆风顺。她生于泽西①,她父亲是在那岛上土生土长的,是个兽医。她母亲的姐姐嫁了个法国煤炭商人,他住在圣马罗②,朱莉娅曾被送到她姨妈那里,在当地的公立中学念书。她学会了一口同法国女人一样流利的法语。她是个天生的女演员,从她能够记忆的时候起,大家就认为她长大了应该登台演戏。

她的姨妈法洛夫人跟一位老年女演员"沾点亲",她曾经是法兰西喜剧院③的分红演员,退休后住在圣马罗,靠她的一个老情人在她多年安安分分作他的情妇而后来分手后给她的菲薄的赡养费为生。在朱莉娅还是个十二岁的小孩子的时候,这位女演员已经是个六十多岁的吵吵闹闹的胖老太了,但她精神充沛,吃东西比什么都喜欢。她哈哈大笑起来,声如洪钟,像个男人,说话的声音深沉,嗓门提得高高的。正是她给朱莉娅上了启蒙课。她把她自己在音乐戏剧学院里学到的全都教给朱莉娅,对她讲赖兴伯格到七十岁还演天真少女,讲萨拉·伯恩哈特④和她的金嗓子,讲穆奈-苏利⑤和他的气派,讲他们中间最伟大的演员科克兰。她用在法兰西喜剧院里学到的念法,把高乃依⑥和拉辛⑦剧本中的滔滔不绝的台词念给她听,并教她同样地念。听朱莉娅用小孩子般的嗓音背诵菲德拉的那些软绵绵的热情奔放的台词,真是动人,她把亚历山大格式的

---

① 泽西(Jersey)为英国南部海峡群岛中最大的岛屿。
② 圣马罗(St. Malo)为法国西北部一海港城市。
③ 法兰西喜剧院(Comédie Française)在1680年创立于巴黎,以上演古典传统剧目为主。
④ 萨拉·伯恩哈特(Sarah Bernhardt, 1844—1923)为法国女演员,曾在《菲德拉》、《茶花女》、《李尔王》等剧中演女主角而享盛誉。
⑤ 穆奈-苏利(Jean Mounet-Sully, 1841—1916)为法国名演员,擅演法国古典主义悲剧中的角色。
⑥ 高乃依(Pierre Corneille, 1606—1684)为法国剧作家,法国古典主义悲剧的奠基人。
⑦ 拉辛(Jean Baptiste Racine, 1639—1699)为法国剧作家,所作悲剧《菲德拉》演出后遭到宫廷贵族的攻击。

诗行①的节拍念得清清楚楚,一个个字眼的吐音是那么装腔作势,
却又是那么奇妙地富于戏剧味儿。这个珍妮·塔特布一定一向是
个非常做作的女演员,但是她教朱莉娅吐词要绝对清晰,教她怎样
走步子,怎样控制自己,教她不要害怕自己的声音,并且,强调要有
及时掌握时机的感觉,这一点是朱莉娅凭直觉就具有的,后来这成
为她的最大天赋之一。

"决不要停顿,除非你有该停顿的道理,"她大叫大嚷,用握紧
的拳头猛击她坐在旁边的那张桌子,"然而你停顿的时候,就该停得
尽可能地长。"

当朱莉娅十六岁上进入在高尔街的皇家戏剧艺术学院时,那里
能教授她的东西,有许多她早已懂得。她需要去掉某些已经过时的
表演技巧,还得学会一种更口语化的语调。但凡是她可能争取得到
的奖,她都得到了,等她结束学业时,她的流利的法语几乎立即使她
在伦敦找到了一个扮演法国女仆的小角色。一时看来似乎她的法
语知识将使她专门扮演需要外国口音说话的角色,因为在这之后,她
又被聘用去扮演一个奥地利女招待。直到过了两年,吉米·兰顿才
发现她。她当时正在巡回演出一部言情剧,这戏曾在伦敦获得成功;
她扮演一个最终机关败露的意大利女骗子,多少得努力不适当地演
得像一个四十岁的女人。因为那女主角是个白肤金发的半老徐娘,
却在剧中扮演妙龄女郎,所以演出缺乏逼真的效果。当时吉米在短
期度假,从一个城市到另一个城市,每夜都去逛剧院。他在这戏结束
时,跑到后台去找朱莉娅。他在戏剧界相当有名,所以他给她的恭维
使她受宠若惊,因此他请她第二天同他一块吃饭,她接受了。

他们在餐桌旁一坐下来,他就直截了当地谈起来。

──────────────────────

① 亚历山大格式的诗行:每行六个抑扬格音步,第三音步后一顿。

"我整夜没合眼，一直想着你，"他说。

"这真是太突然了。你要提出的是正当的，还是不正当的？"

他对这轻率无礼的答话只当没有听见。

"我干这行有二十五年了。我做过催场员、舞台工作人员、舞台监督、演员、宣传员，真该死，还做过剧评家。从我刚离开公立小学还是个娃娃的时候就生活在剧院里了，所以关于演戏，除非不值得懂得的，我无所不懂。我认为你是个天才。"

"多蒙你夸奖。"

"住口。让我一个人说话。你样样具备。你的身高恰到好处，你有苗条的身材，你有一张橡胶般柔软活络的脸。"

"你是在捧我吧？"

"正是这样。这就是一张女演员所需要的脸。这张脸能显示一切，甚至显示美，这张脸能表现出心底闪过的每一个念头。杜丝①就有一张这样的脸。昨天晚上，尽管你并不真想着你正在做的，你说的一字一句却时刻都像是写在你的脸上。"

"那个角色糟透了。我怎么能用心演呢？你听见了我不得不念的那些台词吗？"

"演员们糟透，不是角色糟透。你有一条出色的嗓子，这嗓音能使观众肠断心碎。我不知道你喜剧演得怎么样，我准备冒次险。"

"你这是什么意思？"

"你的时机掌握得可以说是十全十美。这是教不出来的，你一定天生有这一招。这比教出来的要好不知多少。现在让我们言归正传。我已经打听过你。看来你讲法语能像个法国女人，所以他们给

① 杜丝(Eleonora Duse, 1858—1924)为意大利女演员，演莎剧中的朱丽叶和奥菲丽亚、左拉的《黛莱丝·拉甘》中的黛莱丝和易卜生的《玩偶之家》中娜拉等，无不绘声绘色，因而名噪一时。

你演那些说结结巴巴的英语的角色。这是没有前途的,你知道吗?"

"我只能派到这一类角色嘛。"

"难道你满足于永远演这一类角色? 你会陷在这些角色中,观众也不会接受你演的任何其他角色。配角,你就只能当配角。至多一个星期挣二十镑,大好才能就这样糟蹋掉了。"

"我总想有一天会有机会演个正正式式的角色的。"

"什么时候? 你可能得等上十年。你现在几岁?"

"二十。"

"你挣多少?"

"每星期十五镑。"

"撒谎。你拿十二镑,而且实在还远远不值呢。你样样都还得好好学。你的手势平淡无味。你不懂每一个手势必须有它的意思。你不懂怎样使观众在你开口说话前就瞧着你。你化妆得也过分。你这么一张脸,越少化妆越好。你想成个明星吗?"

"谁不想啊?"

"你要是到我这儿来,我可以使你成为英国最伟大的女演员。你背台词快不快? 在你这年纪应该很快的。"

"我相信,不论演什么角色,我能在四十八小时内把台词背得一字不错。"

"你需要的是经验,需要的是我给你演出。你到我这儿来,我让你一年演二十个角色。易卜生、萧伯纳、巴克、苏德曼、汉金、高尔斯华绥①。你有磁石般的吸引力,可你似乎全然不懂该如何运用它。"

---

① 易卜生(Henrik Ibsen, 1828—1906)为挪威著名剧作家;萧伯纳(George Bernard Shaw,1856—1950)为英国剧作家、评论家;格兰维尔·巴克(Harley Granville-Barker,1877—1946)为英国演员、剧作家、评论家;苏德曼(Hermann Sudermann,1857—1928)为德国剧作家、小说家;汉金(St. John Hankin,1869—1909)为英国剧作家;高尔斯华绥(John Galsworthy,1867—1933)为英国小说家、剧作家。

他咯咯一笑。"不过,天哪,如果你懂得这些的话,那个老太婆也早已不会让你在现在这个戏里演出了。你必须掐住观众的脖子对他们说,哼,你们这帮狗崽子,注意瞧着我!你必须控制住他们。你如果没有这份天赋,别人就没法给你,但如果你有,那就可以教你怎样来运用它。我告诉你,你有成大演员的素质。我一生中没有比这个更有把握了。"

"我知道我缺乏经验。我当然得考虑一下。我可以到你那里干一个演出季节。"

"见你的鬼。你以为我能在一个演出季节内就把你造就成一个女演员吗?你以为我会拼死拼活教你像样地演出了几场之后,就让你走掉,到伦敦去在一部以赢利为目的的戏里演个不三不四的角色吗?你当我是个什么样的该死的傻瓜呀?我要跟你订三年合同,我要给你八镑一个星期,你得像一匹马那样干。"

"八镑一个星期,简直荒谬。我不可能接受。"

"哦,不,你能接受。你只值这么些,你只能拿到这么些。"

朱莉娅在舞台上已待了三年,学到了不少东西。而且珍妮·塔特布可不是个严格的道学家,曾教给她许多有用的知识。

"你是不是可能有这样的印象,以为我在演戏之外还会让你跟我睡觉?"

"我的上帝,你以为我有时间跟我剧团里的女演员睡觉吗?我有比这重要得多的事情要做,我的姑娘。你会发现,你排练了四个小时,晚上演了个使我满意的角色,外加演两个日场,你就没多少闲工夫,也没多大的愿望跟任何人做爱了。你一上床,就只想睡个大觉。"

但是这下吉米·兰顿可错了。

三

朱莉娅被他的热情和丰富的幻想所激动，接受了他的建议。他
开始给她演些次要的角色，在他的指导下，她演得空前地出色。他
设法使评论家们对她感兴趣，奉承他们，使他们觉得他们发现了一
位杰出的女演员，并且让他们出面建议他该让她演玛格达①。她演
得非常成功，于是他很快连一接二地让她演《玩偶之家》中的娜拉、
《人与超人》②中的安以及海达·加布勒③。

米德尔普尔很高兴地发现在当地出现了一位胜过伦敦所有名
角的女演员，使之可以大吹大擂，因而人们蜂拥而来看她演的那些
过去仅仅出于地方主义的心理才去看的戏。伦敦的写花边新闻的
作家们不时提到她，好多热心资助戏剧事业的人士专程来米德尔普
尔看望她。他们回去后，满口称赞，于是有两三位伦敦剧院经理派
了代表去采访她的情况。他们将信将疑。她演萧伯纳和易卜生的
戏都很好，可是不知演起一般的戏来怎么样？那些经理有过惨痛的
经验。他们曾经单凭在某一部诸如此类的别具一格的戏里的一次
精彩演出，聘用了一个演员，结果发现他在演任何其他戏时比谁都
不更高明些。

迈克尔来加入这个剧团的时候，朱莉娅已经在米德尔普尔演出
了一年。吉米最初让他演《康蒂妲》④中的马奇班克斯。人们都会
觉得这是个十分恰当的选择，因为对这个角色，他的俊美出众的容
貌是个有利条件，而他的缺乏热情不成其为不利条件。

朱莉娅探身向前，去拿第一只收藏迈克尔照片的纸板盒。她
正舒适地坐在地板上。她把那些早期的照片很快地一张张翻过

去，要寻找他初到米德尔普尔时拍摄的那张照片；但是等她找到了
一看，却使她一阵心痛。她一时真想哭出来。那时候他就是这副模
样的呀。

康蒂姐是由一个年纪较大的女人扮演的，她是个不错的女演
员，通常演母亲、老处女姑母或特殊性格的角色，而朱莉娅除了一星
期演出八场外，闲时就看他们排练。她一见迈克尔就爱上了他。她
从没看到过比他更漂亮的年轻男子，便一味钉住了他不放。

等到适当的时候，吉米不顾米德尔普尔的正人君子们的指摘，
把《群鬼》⑤搬上了舞台，由迈克尔演剧中的小伙子，她演丽贾纳。
他们相互听对方背台词，排练后一起吃中饭，吃得很省，只求可以一
起谈谈彼此所演的角色。他们很快就亲热得形影不离了。

朱莉娅说话相当爽直；她拼命赞颂迈克尔。他可并不以自己的
美貌感到骄傲，明知道自己长得漂亮，人家恭维他，也并不完全漫不
经心，不过就像接受别人称赞他家祖传的一座精致的古老房子一
样。这是个众所周知的事实，那是一座它修建时的那个时代最好的
建筑之一，你为它感到骄傲，你小心保护它，可它就在那里，非常自
然地归你所有，正如你呼吸空气一样自然。

迈克尔精明而有抱负。他晓得他的美貌在目前是他的主要资
本，但也晓得这不可能永久保持，因此决心要成为一个演技精湛的
演员，这样才能够在容貌之外有所凭恃。他抱定宗旨要尽量从吉
米·兰顿那里学到些东西，然后到伦敦去求发展。

"要是弄得好，我可以找个上年纪的女人来资助我当剧院经理。

① 苏德曼的名剧《故乡》的女主人公。
② 《人与超人》为萧伯纳作的哲理喜剧。
③ 海达·加布勒为易卜生同名剧本中的女主人公。
④ 《康蒂姐》为萧伯纳所作，马奇班克斯为剧中的一位青年诗人。
⑤ 《群鬼》为易卜生所作以可怕的梅毒遗传为主题的问题剧。

一个人总该做自己的主人。这是发财致富的唯一途径。"

朱莉娅很快就发现他不大舍得花钱,当他们一起吃顿饭,或者星期天去附近游览的时候,她总注意付她的那部分费用。她对此并不介意。她喜欢他算着用钱;她自己倾向于奢侈浪费,每个月的房租总要拖欠一两个礼拜,因此很赞赏他,因为他不喜欢欠债,挣的薪金虽少,竟还能每星期省下一些来。他渴望积起足够的钱,使他到了伦敦,无需急急乎有什么角色就抢着演,而可以耐心等候真正是好机会的角色。

他的父亲主要靠退休金过活,作出了很大的牺牲,送他进剑桥大学。他父亲不赞成他登上舞台,曾经坚持这一点。

"如果你一定要当演员,我想我也没法阻止你,"他说,"不过,真该死,我坚持你必须像个上等人,好好受教育。"

朱莉娅听说迈克尔的父亲是位上校,满怀欣喜,听他讲有个祖先在摄政时期①在怀特府把家产全部输光,她深为震动,并且很喜欢迈克尔手上戴着的印章戒指,上面刻着个野猪头和这条铭词:"犯我者必受惩罚。"

"我看你对你的家庭比对你这好比希腊神像的容貌更自豪吧,"她对他含情脉脉地说。

"任何人都可能长得漂亮,"他带着甜美的微笑回答道。"然而并不是人人都能出身于一个体面的家庭。对你老实说吧,我很高兴我老子是位绅士。"

朱莉娅鼓起了最大的勇气。

"我父亲是名兽医。"

迈克尔面孔绷紧了一下,但随即恢复自然,笑了起来。

_____

① 指 1811 到 1820 年间英王乔治三世因精神失常而由其子摄政的那段时期。

"一个人的父亲干哪一行,当然并没有什么关系。我常听父亲说起他团里的兽医。他当然也算是位军官。爹说他还是最好的军官之一呢。"

她很高兴他曾经在剑桥大学念书。他是他学院的划船队队员,一度还传说要把他选进校队。

"我很想佩上蓝色标志①。这会对我在舞台上有用。我可以以此大做广告。"

朱莉娅说不清他是否知道她爱着他。他从没对她有过爱的表示。他喜欢跟她做伴,在他们同其他人一起的时候,他极少离开她身边。有时候,有人请他们星期天参加聚会,或者吃午饭,或者晚上吃顿丰盛的冷餐,他似乎认为他们自然应该同去同返。他在她门口跟她分手时亲吻她,不过他亲吻她犹如在亲吻那个和他一起演《康蒂姐》的中年女人一样。他对她友好、和蔼、亲切,但令人苦闷的是他显然只把她当作是个伙伴而已。然而她知道他并没有爱着任何别的人。那些女人写给他的情书,他都哈哈笑着读给朱莉娅听,她们送给他的花,他都当即转送给她。

"她们真蠢得要命,"他说。"她们这样做究竟想得到什么呢?"

"我想这是不难猜到的,"朱莉娅冷冷地说。

尽管她明知道他对那些献媚的表示如此冷漠,她还是不由得恼怒和忌妒。

"要是我跟米德尔普尔的哪个女人鬼混上,那我真是该死的蠢货了。归根到底,她们大多是些轻佻女人。我还不知是怎么回事,就会有个怒气冲冲的父亲找上门来,说这会儿你非娶了这姑娘做老婆不可。"

① 剑桥和牛津两大学的校队运动员分别以浅蓝色和深蓝色为标志。

她设法打听他在本森剧团里演戏时可曾有过什么风流韵事。她猜测准有一两个姑娘曾经纠缠不休，但他认为跟一起演戏的女演员鬼混是最大的错误。这种事情必然造成麻烦。

"还有你知道，在剧团里人们多爱说闲话。任何事情不消二十四小时就每个人都知道了。你把这种事开了头，就没法预料你会陷入什么困境。我可不会去冒这种险。"

他若要寻些欢乐，总要等到他们距离伦敦相当近的时候，这时他会飞速地赶进城里，在环球饭店随便找个姑娘。当然这代价不小，而且你回头想想，花这些钱也实在不值得；此外，他在本森剧团时还常常打板球，有机会也打打高尔夫球，不过这种玩意儿对眼睛很不好。

朱莉娅撒了个弥天大谎。

"吉米老是说，我如果有段风流韵事，会成为一个更佳的女演员。"

"别相信他。他就是这么个下流的老家伙。我想是跟他搞吧。我的意思是，这等于是说如果我写诗，我会把马奇班克斯演得更好。"

他们在一起谈了不少话，所以最后她必然了解了他对婚姻的看法。

"我认为一个演员结婚太早是最蠢的。这绝对会断送一个人的前程，这种例子实在太多了。尤其如果是跟一个女演员结婚的话。他成了明星，那时候她就成了套在他脖子上的磨石。她缠着定要跟他一同演出，假如他是经理，就非得给她演主要角色，要是他请了别人演，她就会跟你吵得天翻地覆。拿女演员来说，这简直是昏了头。她总可能会怀上孩子，这时有再好的角色给她演，也不得不谢绝。她得几个月不跟观众见面，可你知道观众是怎么样的，除非他们经常看到你，否则就会忘记你曾存在过。"

结婚？她何尝考虑过结婚的问题？她注视着他那双深凹的亲切的眼睛时，她的心在身体里融化了，而当她欣赏着他的光亮的黄褐色头发时，会因欢快的极度痛楚而瑟瑟发抖。不管他要求她什么，她都乐于给予。他这可爱的脑袋里可从没想到过这个念头。

"他当然是喜欢我的，"她心忖道。"他喜欢我，胜过任何其他人，他甚至爱慕我，可是我在那方面并不吸引他。"

她千方百计引诱他，只差没跟他一同钻进被窝去，而她所以没这样做，只因为没有机会。她开始害怕，他们相互太熟了，似乎不大可能进一步改变他们现在的这种关系；她狠狠责骂自己，因为当他们刚开始彼此接触时，她没有一下子冲向高潮。他现在对她的感情太真诚了，不可能成为她的情人。

她打听到哪天是他的生日，送给他一只金烟盒，她知道这是他最想要的。这只烟盒价钱实在太贵，不是她轻易买得起的，所以他笑嘻嘻地责备她过于奢侈。他哪里想得到她在他身上花钱，给了她多么巨大的欢欣。等她的生日到来时，他给了她半打长统丝袜。她一看就看出质量不是很好的。这可怜的宝贝，他怎么也舍不得买高档货，可是想到他竟送她一些东西，她激动得不禁清清泪下。

"你真是个感情冲动的小东西，"他说，不过看见她流泪，觉得喜悦而感动起来。

她认为他的节俭倒是个可取的特点。他舍不得乱花钱。他并不真是吝啬，但也并不慷慨。有一两次在饭店里，她以为他给侍者的小账太少，便不客气地向他指出，他却不加理会。他不多不少地给百分之十，而在不能一分一厘凑得正好时，还叫侍者找给他。

"'既不要告贷,也不要借钱给人,'①"他引用普隆涅斯的话。

剧团里有的同事一时手头不便,休想向他借钱。然而他拒绝得那么坦率,那么诚恳,所以也并不叫人见怪。

"我亲爱的老朋友,我很想借一镑给你,可我实在拮据。我还不知这个周末怎样付房租呢。"

有几个月,迈克尔忙于演他自己的角色,没有注意到朱莉娅是个怎样出色的女演员。他当然也看剧评,看到对朱莉娅赞赏的话,但他只约略看看,直到看到关于他的评论才多加注意。他看到他们的认可,心里高兴,看到他们的指责,却并不垂头丧气。他有自知之明,所以并不憎恨背兴的批评。

"我看我是糟透了,"他会直率地说。

他最可爱的特点是脾气好。他对吉米·兰顿的呵斥满不在乎。在长时间的排练中,吉米火气越来越大,他却总是泰然自若。你简直不可能跟他吵架。

有一天,他正坐在台前观看排练一幕他不出场的戏。末后有个强烈的动人场面,朱莉娅在这里有机会充分发挥她的演技。当台上在布置下一幕的布景时,朱莉娅从前台门口走出来,在迈克尔旁边坐下。他没有跟她说话,只是严肃地注视着前方。她用惊异的目光瞅了他一眼。他既不对她笑笑,也不说一句亲切的话,这不像是他平时的样子啊。接着她看到他正咬紧着牙关不让牙齿打战,眼睛里热泪盈眶。

"怎么回事,我亲爱的?"

"别跟我说话。你这肮脏的小母狗,你使我哭了。"

---

① 引自《汉姆雷特》第1幕第3场第75行,译文采用孙大雨的(见上海译文出版社1991年版《罕秣莱德》第25页)。这是御前大臣普隆涅斯对其儿子的长篇教诲中的一句。

"我的安琪儿!"

泪水涌上了她自己的眼眶,在面颊上淌下来。她感到多么欢欣,多么荣幸啊。

"嘿,真见鬼,"他抽搭着说。"我情不自禁了。"

他从口袋里拿出手帕来擦眼泪。

("我爱他,我爱他,我爱他。")

他随手擤了下鼻子。

"现在我觉得好些了。但是,我的上帝,你刚才可使我垮了。"

"这场戏还不赖,是吧?"

"这一场戏见鬼去,你才是真不错呢。他把我的心都绞碎了。那些评论家说得很对,真该死,你是个真正的女演员,没错。"

"你才发现吗?"

"我早晓得你相当好,可没想到你有这样好。你使我们大伙相形见绌,一点生气也没有了。你必将成为名角儿。什么也阻挡不住你。"

"那好,到时候你就做我戏里的男主角。"

"我怎么能在哪个伦敦经理那里得到这样的好机会呢?"

朱莉娅得到了启发。

"那你必须自己做经理,让我替你做女主角。"

他缄口不语。他脑子不大灵活,需要下点功夫才能领悟一种想法。他微微一笑。

"你知道,这主意可不错呢。"

他们在午餐时谈论了一番。大部分的话是朱莉娅说的,他全神贯注地听她讲。

"当然,要经常有合适的角色演,唯一的办法是自己开剧院,"他说。"这我知道。"

钱是个问题。他们讨论至少要多少才能着手经营剧院。迈克尔算算至少要五千镑。然而这样一笔数目他们究竟怎么能筹集起来呢？米德尔普尔有些制造商确实是在钞票里打滚，可你休想他们会掏出五千镑给一对只在本地有些名声的青年演员去开创他们的事业。再说，他们嫉妒伦敦。

"你得寻找你的有钱的老太太，"朱莉娅嘻嘻哈哈地说。

她并不完全相信自己所说的话，但讨论这样一个能使她和迈克尔建立起密切而长久的关系的计划，使她兴奋不已。而迈克尔是非常认真的。

"我不相信一个人能指望在伦敦得到成功，除非他本来已经相当有名。看来该这样做：先在人家经营的伦敦剧院里演上三四年，因为你得熟悉这一行。而这样做的好处是可以有时间读些剧本。至少手上要有三个剧本，才能着手经营剧院，否则是发神经病。而且三个剧本里还应该有一个是稳能成功的。"

"如果这样做的话，当然一定要两人合演，这样公众才能惯常在同一张节目单上看到这两个名字。"

"我觉得这关系不大。主要是要有过得硬的好角色。我深信，只要在伦敦有了点名气，要找个把后台老板就容易得多了。"

四

复活节即将来临,吉米·兰顿总是在节前的那一个星期①让剧院暂停演出。朱莉娅闲着不知如何是好;到泽西老家去走一趟似乎不大值得。一天早上,她出乎意料地收到一封迈克尔的母亲戈斯林太太的来信,信上说,如果她愿和迈克尔一同去切尔特南②待一个星期,上校和她本人将不胜欣幸。她向迈克尔出示这封信,他脸露喜色。

"是我叫她邀请你的。我觉得这样做比我就这么带了你去更有礼貌些。"

"你太好了。当然我很高兴跟你去。"

她心里欢喜得怦怦地跳。想到将和迈克尔一起待上整整一个星期,真是乐不可支。他知道她闲得慌,这样帮她排遣,正是符合他一贯的好心意。但她觉得他有句话想说,可又不大好意思说。

"你要说什么?"

他尴尬地一笑。"哦,亲爱的,你知道,我父亲是比较老派的,有些事情他不大可能理解。当然我不希望你撒谎什么的,不过我想,要是他听说你父亲是位兽医,他会觉得好像很奇特的。所以我写信去问可不可以带你去的时候,我说他是位医生。"

"哦,这没有关系。"

朱莉娅发现这位上校远不像她所想像的那么可怕。他瘦瘦小小的,满脸皱纹,一头白发修得很短。他的面貌高贵中显得苍老。他使你联想起一枚流通得过久的旧钱币上的头像。他很客气,却不大说话。他不像朱莉娅凭她在舞台上的见识所料想的上校那样暴躁或专横。她无法想像他会用这样客气而相当冷静的声音来大声发号施令。事实上，他度过了他极其平凡的军人生涯，带着名誉军衔退了役，多年来安于在他花园里种种花，在俱乐部里打打桥牌。他看《泰晤士报》，星期日上教堂做礼拜，还陪妻子去参加些茶会。

戈斯林太太是个高大个子的老妇人，比她丈夫高出许多，给你的印象是她老想把自己的身高缩低些。她风韵尚存，所以你会心想她年轻时一定很俏丽。她把头发在中央分开，颈背上盘着一个圆髻。她的古典型的容貌和高大身材使人初次见到她时肃然起敬，可是朱莉娅马上发现她实在是很羞怯的。她的动作僵硬迟钝。她穿着打扮得太过分，带着一种对她不适宜的老式的精致华丽。朱莉娅一点也不局促，看着这位老太太面露不以为然的神色，反觉同情她。她从没跟一个女演员谈过话，不大懂得如何对付她现在所处的窘境。

他们的住所一点也不富丽，只是一座独立的拉毛粉饰的小房子，位于一片四周围着月桂树篱的花园中。因为戈斯林夫妇曾在印度待过几年，所以他们有黄铜大盘子和黄铜碗盏、印度刺绣品和雕刻得密密麻麻的印度桌子。这是廉价的集市商品，你不由奇怪怎么会有人认为值得把这些东西带回家来。

朱莉娅很机灵。不消多少时候，她就觉察到尽管上校沉默寡言，戈斯林太太生性腼腆，两人却都在打量着她。她忽然想到迈克尔原来是带她来给他父母看看的。为什么呢？只有一个可能的理由，她想到这里心跳起来。

她知道他竭力要她给人好印象。她本能地觉得应该收藏起她

① 这个星期被称为"圣周"。
② 英国西南部格洛斯特郡的一个城市。

女演员的身份,于是她既不费力又不费心思,而只因觉得这样做可以
讨人喜欢,便装作一个过惯宁静的乡村生活的纯朴、稳重的天真姑
娘。她同上校一起在花园里兜兜,津津有味地听他讲豌豆和芦笋;她
帮戈斯林太太插花,打扫起居室里放得满满的那些摆饰。她对她谈
论迈克尔。她告诉她,他演起戏来多乖巧,多么受人欢迎,她还称颂
他的容貌。她知道戈斯林太太十分为他骄傲,灵机一动,又看出如果
她极其微妙地、仿佛很想保守秘密而无意中泄漏了出来似地让她晓
得她正神魂颠倒地深深爱着他,戈斯林太太定然十分开心。

"我们自然希望他有所成就啰,"戈斯林太太说。"我们当初不
大赞成他登台演戏;你知道,他父母双方都是军人家庭,可他偏偏坚
持他的主意。"

"是的,我当然明白你的意思。"

"我知道这个问题不像我年轻时候那么重要了,不过毕竟他是
绅士家庭出身的。"

"哦,可是如今有些很高雅的人士都登上了舞台,你知道吧。现
在跟过去不同了。"

"对,我想是不同了。我真高兴他带了你到这里来。原先我有
点心神不定。我以为你会是浓妆艳抹,并且……也许打扮得有些过
分的。事实上,谁也不会想到你是演戏的。"

("活见鬼,有人想得到才怪哩。在过去这四十八小时内,我不
是活灵活现地演好一个乡村姑娘的角色吗?")

上校开始跟她说起笑话来,有时还开玩笑地扭一下她的耳朵。

"唉,你可不能跟我调情啊,上校,"她一边向他投去一个淘气
而甜美的眼色,一边大声地说。"正因为我是个女演员,你就想可以
跟我无礼吗?"

"乔治,乔治,"戈斯林太太笑着说。然后她对朱莉娅打招呼:

"他一向是个调情好手。"

("嗨,我像一桶牡蛎一样受着欢迎呢。")

戈斯林太太给她讲印度的情况,有那么些有色人种的仆人多奇异,而社交界却是多么高尚,全是些军人和治理印度事务的文官,可总不像在本国,她说她回到了英国多么快活。

他们要在复活节后的星期一回去,因为那天晚上要演出,于是星期天晚餐后,戈斯林上校说他要到书房去写几封信;过了一两分钟,戈斯林太太说她得找厨子去。到只剩下他们两个人的时候,迈克尔背朝壁炉站着,点起一支香烟。

"恐怕这里太冷静了吧;希望你不要嫌这些日子过得枯燥无味。"

"我在这里快活极了。"

"你跟我家里人相处得非常好。他们十分喜欢你。"

"上帝啊,我下了功夫才这样的,"朱莉娅心里想,但她嘴里说,"你怎么知道?"

"哦,我看得出来。爸爸对我说你很像个贵妇人,一点不像是女演员,妈妈说你真聪明,懂事。"

朱莉娅目光朝下,仿佛对这些溢美之词有些愧不敢当。迈克尔走过来,站在她面前。她忽然觉得他活像个漂亮的年轻仆人在谋求工作的样子。他奇怪地紧张起来。她的心在肋骨上猛撞。

"亲爱的朱莉娅,你愿意嫁给我吗?"

在过去的一个星期里,她一直在问自己他会不会向她求婚,现在他终于出口了,她却莫名其妙地慌乱起来。

"迈克尔!"

"不是马上,我不是要求马上结婚。而是等我们有了点初步的成就。我知道你的演技能把我甩得老远,但是我们俩很快就会发的,待我们自己经营起剧院来,我想是能成为很好的搭档的。而且你晓得我是喜欢得你什么似的。我是说,我从没遇到过一个比得上你的女人。"

("该死的笨蛋,说这套废话干吗呀?难道他不知道我发疯似地只想嫁给他吗?他干吗不吻我,吻我,吻我?我不知该不该告诉他,我为了他,害苦了相思病呀。")

"迈克尔,你这么漂亮,没人能拒绝嫁给你的!"

"宝贝儿!"

("我还是站起身来吧。他不会懂得如何坐下的。上帝哪,这个场面不知吉米教过他演了多少遍啦!")

她站起身子,抬头凑向他的脸。他双手抱住她,吻她的嘴唇。

"我得去告诉妈妈。"

他放开了她,奔向门口。

"妈妈,妈妈!"

一会儿上校和戈斯林太太都进来了。他们满面表现出欢乐的期待。

("天哪,原来是个精心策划的鬼把戏。")

"妈妈,爸爸,我们订婚了。"

戈斯林太太哭起来了。她跨着蹒跚的脚步走到朱莉娅跟前,刷的伸出双臂,抱住了她,唏嘘着亲吻她。上校用男子汉的姿态紧紧握了一下他儿子的手,把朱莉娅从他妻子怀抱里拉出来,也亲吻了她。他深深地感动了。所有这些感情使朱莉娅激动,她虽然欢笑着,泪水却从她面颊上直淌下来。迈克尔看着这动人的情景,深感同情。

"喝瓶香槟酒庆祝一下吧,你们说好不好?"他说。"我看妈妈和朱莉娅激动得太厉害了。"

"女士们,上帝保佑她们,"上校等大家的酒杯斟满后说。

五

朱莉娅此刻看着她自己穿着结婚礼服的照片。

"耶稣啊,我模样多怪。"

他们当时决定对他们的订婚保守秘密,朱莉娅只告诉了吉米·兰顿、剧团里的两三个姑娘和她的管服装的。她叫他们发誓不说出去,可弄不懂怎么一来不到四十八小时似乎整个剧团的人都知道了。

朱莉娅快活得不得了。她比任何时候更加狂热地迷恋迈克尔,恨不得当场立时就跟他结婚,但是他的理智占着上风。他们这时只不过是一对内地的演员,如果结成了夫妇去开始征服伦敦的奋斗,必将损毁他们成功的机会。朱莉娅千方百计尽量明显地向他表示——事实上也确实表示得非常明显——她很乐意做他的情妇,但是他断然拒绝。他是个正人君子,不肯占她的便宜。

"'啊,我不会爱你如此之深,要不是我更爱荣光,'①"他引用了一句诗。

他深信,如果他们在结婚前就过同居生活,到结婚时必将深深悔恨。朱莉娅为他的坚定的原则感到骄傲。他是个和蔼、温存的情人,不过,没有过多久,他似乎便有点把她视为理所当然的妻子;看他那副亲密而却随便的样子,你会当他们已经结婚好多年了。然而他允许朱莉娅跟他作出亲热的表示,显出他温顺随和的性格。她最喜欢偎依着他坐着,让他的手臂搂住她的腰,脸贴着脸,而最幸福的时刻是她能把她如饥似渴的嘴紧紧压在他那两片薄薄的嘴唇上。尽管他们在这样并肩坐着的时候,他总喜欢谈论他们正在钻研的角色或者讨论未来的计划,然而他还是使她欢乐万分。她永不厌倦赞颂他的美。她对他说,他的鼻子何等典雅,他的黄褐色的鬈发何等可爱,这时候她觉得他搂住她腰的手臂稍稍在收紧,看见他眼睛里闪现着温柔的目光,她神魂颠倒了。

"宝贝儿,你将使我骄傲得忘乎所以哩。"

"假意地说你不是绝顶漂亮,那是再愚蠢不过的。"

朱莉娅认为他绝顶漂亮,她说他漂亮是因为她喜欢说他漂亮,但她说这话也是因为她知道他喜欢听这话。他对她有喜爱、有爱慕,觉得跟她在一块自由自在,而且他信任她,但是她心里很明白,他并不热爱着她。她安慰自己,他只会爱她到这个程度,她想等他们结了婚,两人睡在一起,她自己的热情该会激发起他同样的热情。目前她尽量使用她的乖巧,见机行事,并且尽量克制。她晓得不能惹他厌烦。她知道决不能使他觉得她是一种负担或者责任。他会为了一局高尔夫球,或者为了去跟一个偶然相识的朋友吃顿饭而把她抛置不顾,但她从来不让他看出她心中的不快。她隐隐察觉,她作为一个女演员所取得的成功有助于增强他对她的感情,于是拼命努力把戏演好。

他们订婚一年多后,一位正在寻觅人才的美国剧院经理,耳闻吉米·兰顿的保留剧目轮演剧团,来到了米德尔普尔,对迈克尔很感兴趣。他捎了张便条给他,请他第二天下午到他旅馆一晤。迈克尔喜出望外,激动得气也透不过来,连忙拿条子去给朱莉娅看;这只可能意味着那位美国经理将请他去演一个什么角色。她的心一沉,可是装得跟他一样激动,第二天陪着他同去旅馆。迈克尔会晤那个

---

① 引自英国诗人理查德·洛夫莱斯(Richard Lovelace,1618—1658)的名作《出征致露卡斯塔》,译文采用黄杲炘的,《英国抒情诗100首》(上海译文出版社,1986年)第269页。

大人物的时候,她在门厅里等着。

"祝我交好运,"他转身离开她走进电梯时轻声地说。"这事情太好了,几乎难以相信是真的。"

朱莉娅坐在一张宽大的皮沙发上,一心希望迈克尔拒绝接受那美国经理要他演的角色,或者认为给他的薪金太低,有损他的尊严,所以不肯接受。要不,他叫迈克尔念他心目中的那个角色的台词,得到的结论是他达不到要求。然而半小时后,她看见迈克尔向她走来时,他两眼闪闪发亮,步履轻快,她就知道他成功了。她一时觉得就快呕吐起来,等她在脸上强装出热切、愉快的笑容,只觉得肌肉绷得又紧又硬。

"没问题了。他说那是个很好的角色,一个男孩子角色,十九岁。先在纽约演八到十个星期,然后去各地巡回演出。稳稳有四十个星期和约翰·德鲁①在一起。每星期二百五十美元。"

"啊,宝贝儿,这对你太好啦。"

显然他是欣然接受了。拒绝的念头在他脑子里根本没闪现过。

"可是我——我,"她想,"即使他们出我一千美元一个星期,我也不去,如果这意味着要和迈克尔分开的话。"

黯然的失望攫住了她。她毫无办法。她必须假装和他同样的愉快。他兴奋得坐不住了,拖着她直往热闹的大街上走去。

"这是个难得的机会。当然美国开支大,不过我每星期至多五十美元就该能够生活了,而且听说美国人挺好客,我常会吃饭不用花钱。我看没有理由不能在四十个星期里省下八千美元来,那就是一千六百英镑②。"

---

① 约翰·德鲁(John Drew,1853—1929)出身于美国一演员世家,美丰姿,擅演喜剧及社会剧。
② 由此可见,当时英镑与美元的比率为1∶5。

（"他不爱我。他根本不把我放在心上。我恨他。我恨不得杀了他。该死的美国经理。"）

"如果他第二年再聘用我，我每星期可拿三百美元。那就是说，两年时间我几乎可以挣到四千镑。差不多足够开始经营剧院了。"

"第二年！"朱莉娅一时失去了控制，饱含着眼泪，嗓音也沉重了。"你是说，你将去两年吗？"

"哦，到了夏天我当然会回来的。他们给我付回来的路费，我准备回家里去过夏，这样可以一个钱也不花了。"

"我不知道没有你在身边怎么过。"

她把话说得很轻松，听来像是奉承却又似很随便。

"嗯，我们可以愉快地一起过夏，而且你知道一年，至多两年，嗯，闪电般一晃就过去了。"

迈克尔随意走着，而朱莉娅却在他不知不觉中带着他朝她心里要去的方向走去。这会儿他们到了剧院前面。她停了步。

"我们回头见。我得到剧院去看吉米。"

他听了，脸沉了下来。

"你不能在这个时候离开我！我必须有个人可以谈谈。我想我们可以在开演前一同去吃点什么。"

"万分抱歉。吉米·兰顿等着我去，你知道他是怎样的人。"

迈克尔对她甜美而和蔼地笑笑。

"嗯，好，那么你去吧。我不会因为你难得一次使我失望而责怪你的。"

他向前走去，她从后台门走进了剧院。吉米·兰顿在屋顶下给他自己安排了一小套房间，可以从楼厅进去。她按了一下前门上的电铃，他亲自来开门。他看见了她，既诧异又高兴。

"哈啰，朱莉娅，进来吧。"

她一言不发地在他身边走过去,他们走进他的起居室,只见这间屋子很不整洁,摊满了剧本的打字稿、书籍和其他乱七八糟的东西,还有他那顿简单的午餐剩下的东西还在写字台上的一只盘子里。她转身面对着他。她牙关咬得紧紧的,皱眉蹙额。

"你这恶鬼!"

她倏地伸手一挥,冲到他面前,双手扭住了他松开的衬衫领口,猛摇着他。他竭力挣脱,无奈她力气很大,又是发了狂。

"住手。住手。"

"你这恶鬼,你这猪猡,你这卑鄙龌龊的下流坯。"

他挥舞着臂膀,用张开的手掌啪地给了她一个响亮的耳光。她不觉松了手,一手按上自己的面颊,因为他这一下打得她好痛。她放声大哭。

"你这畜生。你这条疯狗打起女人来了。"

"收起你的废话,亲爱的。你难道不知道,女人打我,我总打还的吗?"

"我没有打你。"

"真该死,你差点把我掐死。"

"活该。嘿,我的天,我真想杀了你。"

"得了,坐下吧,亲亲,我给你喝口苏格兰威士忌,让你镇静下来。然后你可以告诉我究竟是怎么回事。"

朱莉娅朝四周看看,想找一只可以舒适地坐下的大椅子。

"耶稣呀,这鬼地方像个猪圈。你究竟为什么不找个打杂女工?"

她用一个恼火的动作把一把圈手椅上的书全都甩在地板上,自己一屁股坐下,开始认真地哭起来。他给她斟了一杯浓烈的威士忌,加了一点儿苏打水,叫她喝下去。

"好了,你像托斯卡①这么干,为了什么呀?"

"迈克尔要去美国。"

"是吗?"

她挣脱了他挽住她肩膀的手臂。

"你怎么可以? 你怎么可以这样做?"

"我跟这事情毫不相关。"

"你撒谎。大概你连那个肮脏的美国经理在米德尔普尔都没听说吧。肯定是你干的好事。你有意这样做,存心拆散我们。"

"啊,亲爱的,你冤枉我了。事实上,我不妨告诉你,我曾对他说,我们剧团的人他要谁都可以,唯一的例外是迈克尔·戈斯林。"

他对她讲这话的时候,朱莉娅没有注意到吉米眼睛里流露的神色,如果她看到的话,定会诧异为什么他扬扬得意,仿佛已成功地耍了一个巧妙的小花招。

"连我也不例外吗?"她说。

"我晓得他不要女的。他们自己有的是。他们需要的是穿得衣冠楚楚、不在客厅里吐痰的男角儿。"

"哦,吉米,别放迈克尔走。我受不了。"

"我怎么能阻止他呢? 他的合同到这个季节末就到期了。这正是他难得的好机会。"

"但是我爱他。我需要他。假定他在美国看上个别人呢? 假定有个美国女继承人爱上了他呢?"

---

① 托斯卡(Tosca)是意大利歌剧作家普契尼(Giacomo Puccini, 1858—1924)所作同名歌剧中的女主人公。她是个女歌星,与画家马里奥相爱。马因掩护他的好友,一个在逃的政治犯而被捕。警察局长垂涎托斯卡的美色,说她如愿顺从,他可释放马,并帮他们双双离境,但必须对马假行处决。她佯装应允,在他正给他们签发护照时趁机把他刺死。时将天明,她赶赴刑场,去和马会合,不意马已被真的枪决。同时她杀死警察局长的事已被发觉;军警追来,她跳墙自尽。

"如果他对你的爱情这样靠不住,那我看你还是干脆把他丢了的好。"

这句话可重新燃起了她的怒火。

"你这混账的老太监,你懂得什么爱情?"

"这些娘们啊,"吉米叹了口气说。"你要是想跟她们上床睡觉,她们说你是个下流的老色鬼;你要是不想跟她们睡觉呢,她们就说你是个混账的老太监。"

"唉,你不理解。他是如此出众地漂亮,她们会一批批地拜倒在他的脚下,而我那可怜的小乖乖又是那么经不起谄媚。两年内什么事情都可能发生啊。"

"两年是怎么回事?"

"假如他获得成功,他还得继续待一年哩。"

"唷,不用为此操心。他到这个季节末准会回来的,而且永远不会再去。那位经理只看见他演的《康蒂姐》。这是他唯一的演得还算像样的角色。相信我的话,不久他们就会发现他们是上了当。他势必完蛋。"

"你对演戏懂得什么?"

"什么都懂。"

"我恨不得挖掉你的眼珠子。"

"我警告你,要是你胆敢碰我一碰,我可不是轻轻回击,而要在你牙床骨上狠狠地给你一家伙,教你一个礼拜休想舒舒服服吃东西。"

"天哪,我相信你做得出来。你说你自己算是个上等人吗?"

"我喝醉了也不会说自己是上等人。"

朱莉娅格格地笑了,吉米觉得这场争吵的最坏的阶段过去了。

"你同我一样知道,你演戏的本领可以把他抛到九霄云外。我告诉你,你将成为肯德尔夫人①以来最伟大的女演员。你何苦为了一个将永远成为你脖子上的一块磨石的男人而妨碍你自己的前途呢?你想要经营剧院,而他就会想要当男主角同你合演。他决计演不好的,我亲爱的。"

"他容貌出众。我可以带他。"

"你以为自己很了不起,是吗?可你错了。如果你想成功,你就不能让一个不够格的男主角跟你搭档。"

"我不管。我宁愿嫁他而失败,也不愿成功而嫁别的人。"

"你是处女吗?"

朱莉娅又格格地笑了。

"我看这不关你什么事吧,可事实上我是的。"

"我知道你是。嗯,除非你有什么顾虑,否则你何不趁我们停演的机会,跟他到巴黎去待上两个星期呢?他要到八月份才动身。这样你可以对他放心了。"

"噢,他不肯。他不是这种人。你知道他要做上等人。"

"即使上层阶级也传宗接代嘛。"

"你不懂,"朱莉娅傲然地说。

"我看你也不懂。"

朱莉娅不屑回答他的话。她心中实在郁郁不欢。

"我没有他没法生活,我告诉你。他走了,叫我怎么办?"

"继续跟我在一起嘛。我给你再订一年合同,我有许多新的角色想给你演,而且我心目中另有一个小伙子,是个新秀。当你有个确实能陪衬你的人跟你搭档的时候,你将惊奇地发现你会多么省

---

① 肯德尔夫人(Mrs. Kendal, 1848—1935)为英国著名女演员,和她丈夫威廉·肯德尔常同台演出,担任男女主角,但她的成就显然比他大,而他又是个杰出的剧院经理。

力。你可以拿十二镑一个星期。"

朱莉娅走到他面前,用锐利的目光盯住他两只眼睛。

"你为了要我在这里继续干一年,才干这套勾当吗?你伤了我的心,毁了我的整个生活,就为了要把我留在你这糟糕的剧院里吗?"

"我发誓没有这回事。我喜欢你,我爱慕你。我们这两年的生意比过去什么时候都好。可是真该死,我哪会对你要那样的阴谋诡计!"

"你骗人,你这不要脸的骗子。"

"我发誓我说的是真话。"

"那就拿出证明来,"她粗暴地说。

"叫我怎样证明呢?你知道我确实是规规矩矩的。"

"给我十五镑一个星期,我就相信你。"

"十五镑一个星期?你晓得我们收入有多少。我怎么付得出?哦,好吧,就这样算数。不过我将不得不从自己的腰包里掏出三镑来。"

"我才不管呢。"

六

　　排练了两个星期以后，原来聘用迈克尔来美国演的角色，不要他演了，接着他有三四个星期被闲搁着，等待有什么可以给他演的。终于他开始上台了，那出戏在纽约没演满一个月。后来到外地去巡回演出，但是生意不好，被撤演了。又等了一段时间，他派到了一个古装戏的角色，在演出中，他那漂亮的容颜十分沾光，因而大家不大注意他的没精打采的表演，就在演这出戏时结束了这个季节。没有提到要续订合同。聘用他的经理谈到他的时候说话确实很难听。

　　"哼，我要设法跟兰顿这母狗养的家伙算账，"他说。"把那呆木头塞给我的时候，他心里是完全明白的。"

　　朱莉娅经常写信给迈克尔，连篇累牍的情话和闲谈，而他则一星期回一封信，每一封都是写得端端正正的恰好四张纸。他在信的结尾总是向她致以最真挚的爱，并在自己的签名前面写着"你的非常亲爱的"，但他的信的其余部分却都是些情况报道，而缺乏热情。然而她还是始终带着痛苦的焦急心情等待着他的来信，一遍遍反复阅读。虽然他写得轻松愉快，不大谈那里的剧院，只说什么他们派给他的角色都很糟，要他演的戏不值一顾，但消息在戏剧圈里传得很快，朱莉娅知道了他没有取得多大的成就。

　　"我该是心地太坏了，"她想，"不过我要感谢上帝，感谢上帝。"

　　当他向她通知了启程返航的日期，她欣喜若狂。她要求吉米把节目安排一下，让她可以去利物浦接他。

　　"要是船到得晚，我或许要在那里过夜，"她对吉米说。

他讥嘲地笑了一下。

"我看你是想趁他远洋归来的兴奋心情,达到你的目的吧。"

"你真是个肮脏小人。"

"别说了,亲爱的。我给你出个主意,让他喝得有点醉醺醺,然后把你自己和他一起锁在一间房间里,告诉他你不会放他走,除非他把你变成个不规矩的女人。"

可是她动身的时候,他送她到车站。她走进车厢时,他拿起她的手,轻轻拍拍。

"觉得紧张吗,亲爱的?"

"噢,亲爱的吉米,快乐得发狂,焦急得要命。"

"好,祝你好运气。可别忘了他是远远配不上你的。你又年轻又漂亮,你是英国最伟大的女演员。"

火车开出了车站,吉米去车站酒吧要了一杯威士忌苏打。"主啊,世上的凡人是何等愚蠢啊,"他叹息道。但是朱莉娅立在空车厢里,对着镜子细看着自己。

"嘴太大,脸太肥,鼻子太肉头。感谢上帝,幸亏我有美丽的眼睛和好看的腿儿。两条优美无比的腿儿。不知道我妆化得是不是太浓艳。他不大喜欢下了舞台浓妆艳抹。我不涂胭脂就看上去脸色太红了。我的眼睫毛倒是挺不错的。真见鬼,我的模样还可以。"

因为朱莉娅到最后一刻才知道吉米是否允许她去,所以没法通知迈克尔她将去接他。他见到她很惊异,坦率地表现出喜出望外。他那双秀美的眼睛闪着欢欣的光芒。

"你比任何时候都更可爱了,"她说。

"嘿,别犯傻了,"他笑着说,亲昵地紧紧捏住她的臂膀。"你可以吃了晚餐后回去,是吗?"

"我可以到明天才回去。我在阿黛尔菲饭店订了两个房间,这样我们可以痛痛快快地谈谈。"

"阿黛尔菲是相当豪华的,是不是?"

"唷,你又不是每天从美国回来的。管它费用多大。"

"你岂不成了奢侈的小东西? 我原先不知道我们的船什么时候可以到达利物浦,所以对家里说,等我转车去切尔特南的时候打电报告诉他们。我将通知他们,我明天去那里。"

他们到了旅馆,迈克尔听从朱莉娅的建议,来到朱莉娅的房间,这样他们可以安安静静地谈谈心。她坐在他膝盖上,一臂挽着他的脖子,脸颊贴在他脸上。

"啊,又回到了这里,多好哇,"她叹了口气说。

"那还用说?"他说,并不理解她指的是他的怀抱,而不是他的到达。

"你还喜欢我吗?"

"喜欢极了。"

她热情地吻他。

"哦,你不晓得我多想念你啊。"

"我在美国一败涂地,"他说,"我没有在信上告诉你,因为我想说了徒然使你烦恼。他们认为我糟透糟透。"

"迈克尔,"她叫了起来,仿佛没法相信他说的话。

"事实是,我想,因为我太英国式了。他们不要我再干一年。我早料到他们不会要,不过表面上我还是问了他们是否考虑续聘,他们回答说不,回绝得干干净净。"

朱莉娅默不作声。她看上去像是深感忧虑,心里却怦怦地跳得欢。

"老实说,我并不在乎,你知道。我不喜欢美国。当然,我碰了一鼻子灰,这是无可否认的,但也只能逆来顺受。你才不知道非得和怎么样的一些人打交道呢！嘿，跟这些人比起来，吉米·兰顿真是个大好的上等人了。即使他们要我待下去，我也不会干。"

虽然他脸上装得满不在乎的样子，朱莉娅觉得他心里一定深深感到屈辱。他一定不得不忍受好多不愉快的事儿，她憎恨他被这情况弄得闷闷不乐，然而，啊，她可是大大松了一口气呀。

"你现在预备怎么办?"她轻声柔气地问。

"嗯，我将回家去待一阵，好好考虑一下。然后我将去伦敦，看看能不能弄到个角色。"

她知道不宜建议他回米德尔普尔。吉米·兰顿不会要他。

"我看你不会愿意跟我一起去吧?"

朱莉娅不大相信自己的耳朵了。

"我？宝贝儿，你知道，我哪里都愿意跟你去。"

"你的合同到这个季节末要到期了，如果你想有所成就，就得快去伦敦试一下。我在美国能节省一个小钱就节省一个小钱，他们都叫我守财奴，可我尽管让他们怎么说。我带回来了一千二百到一千五百英镑。"

"迈克尔，你怎么能这样干呢?"

"我不随便慷慨解囊，你知道，"他欢快地笑着说。"当然这点钱还不够用来开始经营剧院，可是用来结婚是够了，我的意思是说，我们总得有点储备，以防一时没有角色演，或者几个月找不到工作。"

朱莉娅听着，过了一两秒钟才明白他的意思。

"你是说现在就结婚吗?"

"当然在前途茫茫的情况下，结婚是冒险，不过有时候一个人也不能不冒冒险。"

朱莉娅用双手握住他的头，把嘴唇紧紧贴上他的嘴唇。接着她叹息了一声。

"宝贝儿,你真了不起,你像希腊的天神一样美,然而你却是我一生中所知道的最大的大傻瓜。"

那天晚上,他们上一家剧院去看了一场戏,晚餐时喝了香槟,庆祝他们团聚,并为他们的未来祝福。当迈克尔送到她房间门口时,她抬头把脸凑近他的脸。

"你要我在走廊里跟你说晚安吗?我想进去稍待一会儿。"

"不要了吧,宝贝儿,"她娴静而庄严地说。

她觉得自己俨然是个名门闺秀,需要维护一个古老望族的一切高贵传统;她的纯洁是无价之宝;她还觉得她这样做正给人留下异常美好的印象;当然他是个高尚的绅士,因此"真见鬼",她也应该是个高尚的贵妇人。她对自己的表演十分得意,所以走进房间,多少有点声响地把房门锁上后,便大摇大摆地走来走去,向想象中在左右两旁奉承她的仆从谦和地频频低头行礼。她伸出百合花般洁白的手给颤巍巍的老总管亲吻(他在她婴孩时代常把她放在膝盖上颠上颠下),而当他用苍白的嘴唇贴上来时,她感觉到有什么东西掉落在她手背上。原来是一颗泪珠。

七

要不是迈克尔性情温和,他们婚后的第一年早已吵得天翻地覆
了。迈克尔必须在获得了一个角色或者是首演之夜特别兴奋的时
候,要不就是在欢乐的聚会上喝了几杯香槟之后,他那务实的头脑
才能想到爱情。如果他第二天必须保持头脑清醒,以应付一次约
会,或者要打一场高尔夫,必须保持目光稳定,那就无论怎样谄媚、
诱惑都打动不了他。朱莉娅跟他疯狂地吵闹。她妒忌他的绿室俱
乐部的朋友们,妒忌使他离开她身边的各种体育比赛,并妒忌他借
口必须结交那些可能对他们有用的朋友而去参加的那些男子午餐
会。有时候她使劲使自己涕泪纵横地对他大吵大闹,他却坐在那里
泰然自若,双手交叉在胸前,漂亮的面孔上堆着和蔼的微笑,仿佛她
只不过是在自行显得滑稽可笑而已——这种情况最使她怒不可遏。

"你是不是以为我在追别的女人?"他问。

"我怎么知道?反正显然你全不把我放在心上。"

"你知道你是我世界上唯一的女人。"

"我的上帝!"

"我不懂你要什么。"

"我要爱情。我原以为我嫁给了英国最美的美男子,实际上我
是嫁了个服装店里的人体模型。"

"别这么傻了。我只是个普通的正常的英国人。我不是个在街
头摇手风琴的意大利卖艺人。"

她在房间里急促地走来走去。他们住在白金汉门的一套小公
寓内,那儿没有多大面积,可她尽量布置得好好的。她朝天高高张

开双臂。

"我仿佛是斜眼,驼背。我仿佛已是五十岁了。难道我真那样没有吸引力吗?爱情需要乞求,是多么丢人!痛苦啊,痛苦啊!"

"这个动作好极了,亲爱的。活像是个投板球的姿势。记住这个。"

她对他轻蔑地瞥了一眼。

"你只会想到这些。我的心在裂开来,可你只会谈论我的一个偶然的动作。"

但是他从她脸上的表情看出她正把这个动作贮存进她的记忆里,知道她会在需要的时候巧妙地运用它。

"毕竟爱情不是一切。它在适当的时候、适当的地方确实是美好的。我们在蜜月中大大地乐了一阵,这是蜜月的目的所在,可现在我们该好好着手工作了。"

他们很幸运。他们设法在一出演出很成功的戏里弄到两个相当不错的角色。朱莉娅有一场能发挥演技的好戏,得到了满堂彩,而迈克尔的惊人的美貌也引起了轰动。迈克尔凭他的绅士风度和温文潇洒,给他们两人都赢得了公众的注意,他们的照片给刊出在画报上。他们应邀参加许多聚会,迈克尔虽然节俭,却不惜花钱款待那些对他们会有帮助的人。朱莉娅看到他在这些场合很慷慨大方,印象颇深。

有一位演员兼经理愿意请朱莉娅在他主演的下一部戏里担任女主角,但是没有给迈克尔演的角色,她因而很想推辞,但是他不让她推掉。他说他们的经济情况不能容许让感情妨碍事业。他最后在一部古装戏里弄到一个角色。

大战爆发的时候,他们俩都在演戏。迈克尔立即入了伍,这使朱莉娅既骄傲又痛苦,可是靠他父亲——他有一个老战友在陆军部任要职——从中帮忙,他很快就取得了个军官资格。在他被派往法国去时,朱莉娅深深懊悔过去经常对他责骂,下定决心假如他作战阵亡,她一定自杀。她要去当护士,这样也可以到法国去,至少跟他在同一块国土上,然而他使她理解,爱国心需要她继续演戏,她就无法违拗这很可能是他临终遗言的嘱咐。

迈克尔极其赞赏战争。他在团部集体用膳的战士中很受欢迎,而陆军部队里的军官们几乎一下子就把他当作自己人,尽管他是个演员。看来军人家庭的出身给他打上了烙印,他本能地随顺着职业军人的作风和思想方法。他机灵得体,和蔼可亲,懂得怎样灵活地走门路,所以势所必然地会进入某位将军的参谋部。他显示出自己具有相当的组织能力,在大战的最后三年中,他成了总司令部的人员。最终他升到少校,荣获战功十字勋章①和荣誉军团勋章②。

在这一段时间里,朱莉娅演了一连串的重要角色,被认为是最优秀的青年女演员。戏剧业在整个战争时期始终十分繁荣,她常在久演不衰的剧目中演出,收益不少。薪金不断增加,她听了迈克尔的话,能够硬从苛刻的经理那里拿到八十镑一个星期。

迈克尔回英国来度假,朱莉娅快活得不得了。虽然他在法国并不比在新西兰搞牧羊业更危险些,她却做得仿佛他跟她在一起待的这一段短短的时期乃是一个注定要死的人在世间所能消受的最后几天。她把他当作是刚从战壕的恐怖中脱身出来的,对他又亲切,又体贴,什么也不苛求。

正好在战争结束之前,她对他的爱情消失了。

她当时怀孕了。迈克尔认为不宜在这时候生孩子,然而她快三

---

① 战功十字勋章(Military Cross)为英国于 1915 年设立的勋章。
② 荣誉军团勋章(Legion of Honour)为拿破仑于 1802 年设立的。

十岁了,认为如果他们总将有个孩子的话,那就不该再拖延了。她在舞台上已经站稳脚跟,可以几个月不登台,而迈克尔随时可能阵亡——固然他曾说过,他十分安全,但说这话只是为了安她的心,而就连将军有时也会战死的——如果她还得继续活下去,她必须有一个跟他生的孩子。孩子将在那年年底出生。她比以往任何时候都更热切地盼望着迈克尔的假期再次来到。她感觉十分良好,可她渴望他的怀抱,觉得有些心神不定,似乎觉得孤独无助,需要他的保护的力量。

他来了,合身的军服上佩着红色的参谋领章,肩章上的王冠闪闪发亮,模样英俊无比。他在司令部里勤劳工作的结果,长胖了许多,皮肤也晒黑了。修短的头发、潇洒的风度和军人的举止,使他看来十足是个军人。他兴高采烈,不但因为回家来可以待上几天,而且因为战争结束在望。他打算尽快离开军队。有了社会影响而不加利用,岂不糟蹋?那么多青年脱离了舞台,不是出于爱国心,就是因为被那些待在国内的爱国者弄得坐立不安,最后还由于征兵,于是舞台上的主要角色都由那些不适合服役或者因严重伤残而退役的人们来担任了。这里正好有个出色的空当,迈克尔知道假如他迅速复员,重上舞台,就尽可以挑拣到好的角色。当他使自己在公众的回忆中重新树立起来时,他就可以寻找个剧院,凭借朱莉娅现有的声誉,稳可以开始自己经营。

他们谈到很晚,然后上床睡觉。她放荡地蜷缩在他怀里,他双手抱住了她。经过了三个月的禁欲,他热情如炽。

"你真是个最了不起的好妻子,"他轻声说。

他把嘴紧紧贴上她的嘴。她突然感到一阵轻微的厌恶。她强自克制才没有把他推开。过去,在她的热情的鼻孔里,他的肉体,他的青春的柔美肉体似乎散发着一股鲜花和蜂蜜的芳香,这是最使她为他迷醉的东西之一,但现在它不知怎么在他身上消失了。她意识到他不再有青春的香味,他有的是男人的浊气。她感到有些恶心。她没法用同样的狂热去配合他的狂热,她只求他快快满足了性欲,转身睡去。

她躺在床上久久未能入睡。她感到沮丧。她心灰意懒,因为知道已失去了她无限珍贵的东西,她哀怜自己,几乎哭出来;但是同时却满怀胜利的感觉,似乎因为过去他使她不快,现在她得到了报复而高兴;她从原来把她困住在他身上的情欲中解放了出来,感到很痛快。如今她可以同他平起平坐了。她在床上伸直双腿,欣慰地喘了一口气。

"上帝啊,做自己的主人多美好。"

他们在房间里进早餐,朱莉娅靠在床上,迈克尔坐在她旁边的一张小桌子前。他在读报,她看着他。怎么可能三个月的时间会在他身上产生了这么大的变化,要不,是否只是因为这些年来她始终还拿着她在米德尔普尔看见他翩翩年少、英姿勃勃地上台排练而顿觉神魂颠倒的目光看着他呢? 他现在依旧非常漂亮,毕竟还只三十六岁,不过他已经不再是个孩子了;瞧他那头短发、经过风吹雨打的皮肤、光滑的前额和眼睛下面开始出现的细细的皱纹,他显然是个男子汉了。他失去了他小马般的活泼,他的动作定型了。每一点变化都很小,但加在一起,便在她敏锐精细的眼睛里形成了天大的差异。他是一个中年男子了。

他们还是住在初到伦敦时租下的那套小公寓里。虽然朱莉娅有一段时间收入颇丰,但是在迈克尔服现役期间,似乎不值得搬迁新居,可现在婴儿就快出世,这套房间分明太小了。朱莉娅在摄政王花园找到了一所她很中意的房子。她要及早搬去住下,准备在那里坐月子。

房子面向花园。客厅楼上是两间卧室,卧室上面的两间房间可以分别用作日夜育儿室。迈克尔对这一切都称心满意;甚至租金也不嫌昂贵。朱莉娅在过去的四年里挣的钱比他多得多,所以她提出由她单独承担布置新居的费用。他们这时正站在两间卧室中的一间里。

"我可以就利用许多原有的家具来布置我的卧室,"她说。"我要给你到梅普尔家具店去另买一套好货。"

"我不希望太花费,"他笑着说。"我想我不大会使用的,你知道。"

他喜欢同她睡一张床。他虽不热情,却很亲切,他有一种动物般的嗜好,喜欢感觉到她的肉体贴着自己的肉体。过去长时期来,这一直给她最大的快慰。现在她可一想到就恼火。

"噢,在孩子生下之前,我们不该再胡闹。在一切都顺利过去之前,我要你单独睡。"

"我可没想到过这个。要是你认为这样对孩子有好处的话……"

八

大战一结束，迈克尔就想办法复员了，随即登台演戏。他重上舞台，成为个比离开舞台时优秀得多的演员。他在军队里养成的那种轻松活泼的神态很起作用。他是个身体健壮、生气勃勃的正常的人，经常笑容满面，时而哈哈大笑。他非常适宜于演客厅喜剧。他的柔和的嗓音能使一句俏皮的台词产生特殊的效果，虽然他始终不会逼真地求爱，他还是能够演好打趣的谈情说爱场面，把求婚演得像是在说笑话，或者一段爱情的表白像是在取笑自己，观众看了倒也觉得颇有趣味。他从来不试图演其他的角色，总是演他自己。他擅长演花花公子、绅士式的赌棍、禁卫军官兵和性格中不乏好的一面的年轻坏蛋。经理们都喜欢他。他很勤奋努力，并能听从指导。只要他能得到工作，他不大计较是什么样的角色。他力争他认为应得的薪金，但如果争不到，那么少些也干，总比闲着好嘛。

他仔细安排自己的计划。大战结束后的第一个冬天传播开了流行性感冒。他的父亲和母亲都死了。他继承了四千镑左右的遗产，加上他自己和朱莉娅的积蓄，两人共有的资本有七千镑了。但是剧院的租金大涨，演员的薪金和舞台工作人员的工资也增加了，因此经营剧院的开支要比战前大得多。以前足够用来开始经营的一笔数目现在不够了。唯一的办法是去找个有钱的人来合股，这样如果开始时遇到一两次失败，还不至于把他们逐出这个圈子。据说你总能在这城市里找到个傻瓜开张金额不小的支票给你上演一部戏，可是等你谈到实际问题时，你会发现有个重要条件，那就是主角必须由他感兴趣的某一个美人儿来担任。若干年前，迈克尔和朱莉娅常开着玩笑说,有个有钱的老太太会爱上了他,资助他经营剧院。但他早就懂得根本找不到一个有钱的老太太来扶持一个娶了个女演员而又对妻子绝对忠实的青年男演员。最后,这笔钱倒是由一个有钱的女人提供了,但并不是个老太太,不过她不是对他感兴趣,而是对朱莉娅感兴趣。

德弗里斯太太是个寡妇。她是个又矮又胖的女人,长着个优美的犹太鼻子和一双优美的犹太眼睛,精力充沛。态度既奔放,又羞怯,还带着些男性的气概。她热爱戏剧。在吉米·兰顿看来将不得不关闭他的保留剧目轮演剧院的时刻,她多次帮过他的忙;所以当朱莉娅和迈克尔决定去伦敦碰碰运气的时候,兰顿曾经写信给她,请她大力照顾他们。

在这以前,她在米德尔普尔看过朱莉娅的戏。她举行聚会,让这些青年演员可以认识一些剧院经理,还邀请他们到她在吉尔福德①附近的豪华别墅去小住,他们在那里享受到了做梦也没想到过的奢侈生活。她不大喜欢迈克尔。朱莉娅则不断接受多丽·德弗里斯送来的鲜花,在她所住的公寓和她使用的化妆室里放得满满的,多丽还送给她不少礼物,诸如皮包、小手袋、次贵重宝石的项链、饰针等,她理所当然地感到高兴;但是她只当不知道多丽的慷慨根本不是由于敬慕她的演戏才能。

当迈克尔出去打仗时,多丽坚邀她住到她在蒙塔古广场的寓所去,可是朱莉娅用尽深表感激的言辞拒绝了她,多丽只能叹着气,掉着眼泪,更加爱慕她。后来罗杰生了下来,朱莉娅请她做孩子的教母。

有一段时间,迈克尔一直在心中琢磨着,有没有可能多丽·德弗里斯会拿出他们所需要的钱来入伙,不过他精明地察觉她或许会

---

① 吉尔福德(Guildford)为英国东南部萨里郡的一个城市,在伦敦西南。

为朱莉娅而投资，可不会为了他。朱莉娅却不愿去请求她。

"她对我们已经这么好，我实在难以向她开口，而且假如她拒绝的话，会多丢脸啊。"

"这个险值得一冒，再说她即使亏掉这笔钱也不会在乎的。我深信，你要是肯试一下，包管能说服她。"

朱莉娅也明知她能够。迈克尔在有些地方头脑非常简单；她觉得没有必要向他指出明显的事实情况。

不过，他这个人既已打定了什么主意，不做到是决不罢休的。他们正要去吉尔福德和多丽共度周末，在星期六夜场结束后，他们坐着朱莉娅作为生日礼物送给迈克尔的新汽车往那里去。这是个暖和美丽的夜晚。迈克尔已经出钱——虽然开支票的时候感到心痛——买下了三部他们两人都中意的剧本的选择上演权，他还听说有家剧院，他们可以比较便宜地盘下来。创业的条件一切俱备，独缺资本。他力劝朱莉娅抓住这个周末提供的好机会。

"那你自己去跟她讲，"朱莉娅不耐烦地说。"我对你说了我不干。"

"她不会为了我拿出钱来的。你能叫她绕着你小指头打转。"

"我们现在懂得了一些关于为上演新戏提供资金的所以然。人们为上演新戏提供资金有两个理由，要么因为他们贪图名声，要么就是因为他们迷恋着什么人。许多人高谈艺术，但是你不大看见他们真正掏出钱来，除非他们想从中得到些自己所要的什么。"

"好嘛，我们尽量让多丽得到她所要的名声。"

"那可正巧不是她所企求的呢。"

"你这话是什么意思？"

"你猜不出吗？"

他开始明白过来，他惊奇得把车速降低下来。朱莉娅所猜疑的可能是真的吗？他从来不以为多丽怎么喜欢他，至于说她爱上了他——嘿，那更是他想都没想到过的。当然朱莉娅有双敏锐的眼睛，什么都难以逃过她这双眼睛，可又是个妒忌心很重的小东西，老是以为许多女人死皮赖脸地迷恋着他。固然多丽曾经在圣诞节送过他一副袖口链扣，但他认为那只是因为她给了朱莉娅一只价值至少两百镑的胸针，免得他觉得被撇在一边，受到冷落。这可能只是她的诡计。不过他可以老实说自己可从来没有做过一件会使她觉得他们之间有什么花样的事。朱莉娅不禁咯咯地笑出来。

"不，宝贝儿，她爱的可不是你。"

朱莉娅看出他想到哪里去了，这可使他感到困窘。你休想在这个女人面前隐藏些什么。

"那你为什么不早给我讲清楚？谢谢老天爷，但愿你说话让人听得明白。"

朱莉娅向他说明白了。

"我从没听见过这样荒谬的事情，"他大声叫起来。"你这头脑多肮脏啊，朱莉娅！"

"别胡扯，亲爱的。"

"我一句都不相信。毕竟我头上长着眼睛啊。难道你的意思是说我真是有眼无珠看不出来吗？"她从没看见他如此激动过。"即使确有其事，我想你也能自己多加小心。这是千载难逢的好机会，我认为不抓住它是愚蠢。"

"《一报还一报》中的克劳第奥和依莎贝拉①。"

①在莎士比亚的喜剧《一报还一报》(Measure for Measure)中，克劳第奥因未经结婚与情人生了孩子而被判处死刑，他姐姐修女依莎贝拉为他向摄政安哲鲁恳求赦罪，安见美色而起淫心，向依提出若她能依从，便同意赦免她的弟弟。依去狱中告诉她弟弟，他竟要求姐姐牺牲贞操救他性命。

"你说什么混账话,朱莉娅。真见鬼,我是个上等人啊。"

"'犯我者必受惩罚。'"

在剩下的路程上,他们驾驶着汽车,沉浸在好似暴风雨到来前的沉默里。德弗里斯太太很晚还没睡,等待着他们。

"我要看你们来了才上床,"她说着,把朱莉娅搂在怀里,在她两面面颊上亲吻着。她轻快地跟迈克尔握了握手。

第二天早上,朱莉娅靠在床上愉快地阅读星期日的报纸。她先看戏剧新闻,然后看闲话栏,在这之后是妇女专页,最后把眼光在那些世界新闻的标题上草草掠过。书评她是不看的;她永远弄不懂为什么要浪费那么多篇幅来刊登这些东西。

迈克尔住在她隔壁房间,曾进来道了声早安,就到花园里去了。不一会儿,她门上有人轻轻叩了一下,多丽进来了。她的乌黑的大眼睛闪闪发亮。她在床上坐下,握住朱莉娅的一只手。

"宝贝儿,我刚才跟迈克尔谈过。我准备拿出钱来让你们着手经营剧院。"

朱莉娅的心突然怦怦跳起来。

"啊,你不可以。迈克尔不该向你提出要求。我不会要的。你已经对我们太好太好了。"

多丽俯身过去,吻朱莉娅的嘴唇。她的声音比平时低沉,还带着一点颤抖。

"哦,我的宝贝,难道你不知道我什么都愿意为你做吗?这将是多好哇,它将使我们关系更加密切,我将多么为你骄傲。"

她们听见迈克尔吹着口哨在走廊里走来,当他走进房间的时候,多丽向他转过身来,一双大眼睛泪汪汪的。

"我刚告诉了她。"

他兴奋得眉飞色舞。

"好一个崇高的妇女!"他在床的另一边坐下,握住朱莉娅空着的那只手。"你怎么说,朱莉娅?"

她想了想,向他瞥了一眼。

"'Vous l'avez voulu, Georges Dandin.'①"

"你说的什么?"

"莫里哀。"

合伙契约签好了,并且迈克尔在办妥了剧院秋天开张的登记手续后,随即聘用了一个广告代理人。一篇篇短篇报道送到各报社,宣告新事业的开创,于是迈克尔和他的广告代理人着手筹备请报馆来采访他和朱莉娅。他们的照片,有的是一个人的,有的是合影的,其中有些和罗杰在一起,出现在各种周刊上。家庭情调尽量适当利用。他们决定不下手头的三个剧本哪个先上演最好。后来,一天下午,朱莉娅正坐在她的卧室里看小说,迈克尔手里拿着一部稿子走进来。

"喂,我要你马上读一读这部剧本。这是一个代理人刚送来的。我看这倒是可以一炮打响的。只是我们必须立即给回音。"

朱莉娅放下手里的小说。

"我现在就读。"

"我下楼去。你读完了,叫我一声,我上来跟你商量。这里面有一个正配你演的很精彩的角色。"

朱莉娅读得很快,把与她无关的场景一掠而过,而对于女主人公的角色——当然就是她要演的角色啰——则读得非常仔细。她读完了最后一页,按铃叫她的女仆(也就是那个管服装的)去告诉

---

① 法语,意为"这原是你要这样做的,乔治·当丹",引自莫里哀的喜剧《乔治·当丹》第1幕第7场;采用李健吾译文。

迈克尔,她等着他来商量。

"嗯,你觉得怎么样?"

"剧本不错。我看不大可能不成功。"

他听她口气里有点疑虑。

"那么有什么问题吗?这个角色是再好没有了。我的意思是说,这正是你比任何人都能演得更好的角色。里面有不少喜剧成分,还多的是你要的感情戏。"

"那确实是个再好没有的角色,这我知道;问题是在于那个男主角。"

"嗯,男主角也挺好嘛。"

"我知道;不过他是五十岁,如果你把他改得年轻些,那就把整个剧本的意图化为乌有了。你总不想去演一个中年男子的角色吧。"

"可我本来就不想演这个角色啊。只有一个人来演最合适。蒙特·弗农。我们可以请到他。我演乔治。"

"那可是个小角色。你不能演那个。"

"为什么不能?"

"但是我想我们自己经营剧院的目的就是要我们两个都演主角啊。"

"嘿,我可一点儿也不在乎这个。只要我们能找到你演明星角色的剧本,我无关紧要。或许在下一个剧本里,也会有我演的好角色。"

朱莉娅在椅子上朝后靠,现成的泪水涌上眼眶,在面颊上淌下来。

"啊,我真没良心呀。"

他微微一笑,而他的微笑还是那么媚人。他向她走来,在她身边跪下,把她搂在怀里。

"老天爷保佑,那位老太太现在怎么啦?"

这会儿她瞧着他,心想他以前凭什么引起了她那么疯狂的热恋。而今一想到跟他发生性关系就使她恶心。幸亏他睡在她给他买了家具布置的那间卧室里觉得很舒适。他不是个把性生活看得很重的男人,他发现朱莉娅不再对他有所要求,倒减轻了负担。他乐意地想到她生了孩子后性欲减退了,他不得不说他早就想到会这样的,只是感到遗憾他们没有早点生个孩子。他有两三次由于亲昵而不是由于性欲,提出过恢复他们的夫妻生活,她总是用种种理由推托,不是说疲倦,就是说身体不舒服,或者第二天有两场戏要演,更不用说早上还要去试穿服装,反正他都处之泰然。朱莉娅比以前容易相处得多了,她不再吵闹了,因此他感到空前地快乐。他的婚姻是多么叫人满意,看看别人的婚姻,不由得认为自己是个少有的幸运儿。朱莉娅人好,又聪明,像猴子般聪明;你无论对她谈什么都行。真是一个人所能找到的理想的伴侣呀,我的伙计。他会这样说,与其打场高尔夫,不如单独跟她在一起待一天。

朱莉娅惊奇地发现自己因不再爱他而怀着一种异样的怜悯心情。她是个好心肠的女人,知道他一旦觉察她不怎么把他放在心上,会感到那是何等沉重的打击。她依旧吹捧他。她注意到,长时间来,他听她称赞他的优美的鼻子和漂亮的眼睛,总是洋洋得意。她心中暗暗有点好笑,看他到底受得了多少赞美。她竭力夸奖他。可是现在她更多的是看到他那没有曲线的单薄的嘴唇。随着年龄的增长,他这张嘴越来越难看,到他老年时,将会只剩下一条生气全无的直线。他的节俭,早先似乎是一种使人好笑、同时又相当使人感动的性格,而今使她厌恶。人们在舞台生涯中常常会遇到困难,这时候,他们从迈克尔那里得到同情和亲切友爱的好话,却极少能得到现钱。他拿出一个畿尼①，就自以为慷慨得不得了，而用掉一张五镑的钞票对他来说是极度的挥霍。他很快就发现朱莉娅管这个家浪费很大，便坚持说要省她的力，把这管家的事抓到自己手中。从此浪费就杜绝了。每一个便士都盘算着用。朱莉娅弄不懂，仆人们为什么肯留在他们家。他们留着，原来是因为迈克尔对待他们十分和善。他的热诚、欢快、亲切的态度使他们一心只想讨他喜欢，那厨娘找到了一家肉铺，在那里买肉可以每磅比别处便宜一个便士，这使他满意，她也满意。朱莉娅想到他的一味省俭和他在舞台上精彩地扮演的那些随心所欲、挥霍无度的人物之间的对比是何等奇特，不禁发笑。她常常以为他不会有想慷慨一下的冲动；而现在，仿佛这是再自然不过的，他决定自己靠边站，这样她也许能有她的机会。她从心底里感动得说不出话来。她深深痛责自己多少时间来总是想着他的不是。

---

① 畿尼为英国旧金币，合21先令。

九

他们把那部戏上演了,演出很成功。接着,他们一年又一年地继续演出一部部戏。因为迈克尔用管家的那套方法和节约原则经营着剧院,所以就是有时理所当然地遇到些挫折,也没有亏损多少,而且在演出成功的戏上挣得了可能挣得的每一个便士。迈克尔自鸣得意,认为伦敦没有一家剧院的经理部门能够比他花更少的钱在演出上。他非常巧妙地动脑筋把旧布景改得看起来像是新的,还把逐渐收藏存贮藏室里的家具改头换面,省下了不少租用家具的费用。他们赢得了富有开创精神的经理部的声誉,因为迈克尔为了免得付给名作家高额的演出税,总是愿意让无名作家来试试。他寻找一些从未有过一显身手的机会而只要付很低报酬的演员。他因而发掘了一批非常有利可图的新秀。

他们经营了三年之后,有了相当稳定的基础,因而迈克尔得以向银行借到足够的资金,买下一座新建剧院的长期租赁权。经过反复讨论,他们决定把它取名为西登斯剧院。他们的第一炮没打响,接着上演的一部戏又是没有起色。朱莉娅害怕了,气馁起来。她觉得这个剧院不吉利,又觉得公众对她渐渐厌恶了。就在这个关键时刻,迈克尔充分表现出了他的能耐。他毫不动摇。

"搞这个行当,你必须好好歹歹一起承受。你是英国最出色的女演员。只有三个人不论剧本好坏,都能卖座,你就是其中之一。我们发了两发哑弹。下一部戏一定会成功,我们就能挽回我们的所有损失,外加赚到一大笔。"

迈克尔一发现自己已经站稳脚跟,便企图收买多丽·德弗里斯的股份,但是她不听劝说,对他的冷淡也置之不顾。这下他的狡黠算是碰到了对手。多丽认为没有理由让掉她看来不错的投资,而且她在合伙中的一半股份正好使她与朱莉娅保持密切接触。然而这一回他鼓足勇气再次设法挤掉她。多丽深表愤慨地拒绝在他们困难的时候丢弃他们,他只能无可奈何地死了心。他安慰自己,想多丽可能会留下一笔巨额财产给她的教子罗杰。她除了在南非的几个侄女之外没有其他亲人,而看她的模样,你不可能不猜疑她是患有高血压的。当前,他们随时可以去她在吉尔福德附近的别墅,倒也方便。这可以省得他们自己花钱去搞乡村别墅。

第三部戏大获成功,迈克尔马上指出他的看法是多么正确。听他的口气,仿佛这次成功应该直接归功于他。朱莉娅几乎但愿这次也像上两次一样失败,好杀杀他的威风。因为他的那股骄气使人受不了。当然你得承认他有几分聪明,或者该说是精明,不过并不真像他自己所想像的那么聪明。没有一件事他不自以为比什么人都精通。

他逐步地越来越少演戏。他发现自己对经理工作的兴趣要大得多。

"我要把我的剧院管理得像市政机关一样有条有理,"他说。

同时他觉得在朱莉娅演戏的晚上,到边远的剧院去看看,留意发掘有演戏才能的人,也许更有好处。他备有一本小簿子,用来记下每一个他认为有前途的演员。后来他开始当起导演来。那些导演排练一部戏时要索取那么高的报酬,使他老是不服气,而近来有些导演甚至坚持要求在总收入中分成。终于有一次,朱莉娅最中意的两位导演都没有空,而她另外唯一信任的那位又自己在登台演出,因而不能给他们全部的时间。

"我真想自己试一下,"迈克尔说。

朱莉娅心中怀疑。他缺乏幻想的能力,他的思想平庸。她不相信他能驾驭整个剧组。但是仅有的那位可以请来的导演索取的费用高昂得他们两人都觉得难以接受,于是别无选择,只有让迈克尔一试了。

他干得比朱莉娅预料的出色得多。他一丝不苟,不辞辛劳。说也奇怪,朱莉娅觉得他比以往任何一位导演更能使她充分发挥。他知道她能够做什么,熟悉她的语调的每一个变化、她的俏丽眼睛的每一个眼色、她的身体的每一个优美的动作,他能够给她提示,使她因而作出她舞台生涯中最出色的表演。他对全体演员既随和又严格要求。在有人动肝火的时候,他的和颜悦色、他的真诚温厚,能使空气缓和。从此之后,他应该继续导演他们演出的戏就不成问题了。剧作家们喜欢他,因为他既然缺乏想像力,便不得不让演员在台上把剧本照本宣读,而且常常因为弄不清楚他们的意思,还得听他们解释。

朱莉娅现在发财了。她不能不承认迈克尔对她的钱财同对他自己的钱财一样爱护。他小心关注她的投资,他替她卖出股票得到盈利时,同自己赚了钱一样高兴。他在她账户上记上很高的薪金,并且可以骄傲地说她是伦敦薪金最高的女演员,但在他自己演出时,他从来不在账上给自己记上一笔高出于他演的角色所应得的薪金。当他导演了一部戏,总在费用账上记上一笔二流导演应得的导演费。

他们共同负担家用和罗杰的教育费。罗杰生下不到一个星期,他们就给他在伊顿公学报名登记了。不可否认,迈克尔处处注意公平和老实。当朱莉娅发现自己比他有钱得多时,她提出所有这些开支都由她来支付。

"你不应该这样做,"迈克尔说。"只要我能够支付我的份儿,我总归付。你比我挣得的钱多，那是因为你应该比我多得。我给你在账上记上高额的薪金，因为你应该得到那么多。"

没有人能不敬佩他为她牺牲的克己精神。他放弃了自己的任何抱负，为了全力扶持她的事业。即使不大喜欢迈克尔的多丽也承认他的无私的心怀。朱莉娅每次想跟多丽谈论论他，总觉得不大好意思，但是多丽凭她的机灵劲儿，早已看出迈克尔如何惹朱莉娅憋着一肚子气，并且时常耐心向她指出他对她帮助有多大。每个人都赞扬他。一个十全十美的丈夫。

她似乎觉得只有她才知道跟他这样一个虚荣的怪物生活在一起是什么滋味。每逢他在高尔夫球赛中击败了对手，或者在一笔生意上占了某人上风，他那副洋洋得意的神气真叫人冒火。他以他的机灵狡诈为荣。他令人厌烦，令人厌烦得要死。他喜欢把他所做的每一件事、所想到的每一项策划都讲给朱莉娅听。当初只要和他待在一起，就是一大乐趣，然而这些年来，她只觉得他啰唆得叫人受不了。他无论讲到什么，总是非把细枝末节原原本本讲出来不可。

他不仅以办事精明能干而自高自大；随着年事增长，还变得无耻地为自己的仪表得意忘形。年轻时他把自己的俊美视为当然，现在他开始注意起来，千方百计地保留残存的丰采。这成了一种不能自己的思想负担。他十分当心保持他的体形。他从来不吃使人发胖的东西，也从来不忘运动锻炼。他发觉头发在稀薄下来，便去寻找头发专家；朱莉娅深信，如果他可以暗地里去做整容手术的话，他准会照做不误。他养成了习惯，坐着的时候总把下巴微微撅出，这样颈项上的皱纹可以看不出来，还弓起背部，使肚皮不要下垂。他走过镜子前面，非照一下不可。

他巴不得别人恭维他，能引出一句便眉开眼笑。恭维话对他来说是解饥解渴的生活必需品。朱莉娅想起最初原是她使他听惯恭维话的,不禁苦笑起来。多少年来,她老是对他说他有多美,以致而今他没有奉承竟无法生活。这是他唯一的弱点。一个失业的女演员只要当面对他说他简直太漂亮了,他马上会认为她可以演他心目中的某一个角色。

过去这些年来,据朱莉娅所知,迈克尔从没跟女人有过什么纠葛,不过等他到了四十五岁左右,他开始稍微跟人调调情了。照朱莉娅猜测,这种调情没有引起多大的后果。他很谨慎,他所要求的只是人家对他的仰慕而已。她听说当女人们缠住他的时候,他总拿她作挡箭牌,把她们打发走。要不是他不肯冒险做出什么伤害她感情的事,那就是由于她的妒忌心和疑心病太厉害,他觉得还是终止这不正常的友谊的好。

“天晓得她们看中他什么,”朱莉娅对着空房间大声说道。

她随便拿起五六张他较近的照片,一张张仔细看来。她耸了耸肩。

“嗯,我看也不能怪她们。我自己也曾为他倾倒。当然啦,那时候他比现在更漂亮。”

朱莉娅想到自己曾经那么狂热地爱过他,不禁有点伤心。因为她的爱已经消亡,她感到生活欺骗了她。她叹了口气。

“唉,我腰酸背痛了,”她说。

十

有人叩门。

"进来,"朱莉娅说。

伊维走进来。

"你今天不睡一会了吗,兰伯特小姐?"她看见朱莉娅坐在地板上,四周摊满着一叠叠照片。"你到底在干什么呀?"

"在做梦。"她从那些照片里拿起两张来。"瞧这儿这一张,还有那一张。"

一张是迈克尔正当青春焕发时扮演迈邱西奥的剧照,另一张是迈克尔扮演他最近的角色的,头戴白色大礼帽,身穿晨礼服,肩上挂着一具望远镜。他那副自鸣得意的神气令人不可想像。

伊维擤了一下鼻子。

"哦,得了,已经失去的东西惋惜也徒然。"

"我在回想过去,越想越没劲。"

"我并不奇怪。当你开始想起过去的时候,这说明你看不到未来,可不是吗?"

"闭上你的臭嘴,你这老母牛,"朱莉娅说,她要粗俗起来会非常粗俗。

"快上床吧,否则你今晚什么也演不好啦。我来把摊了一地的照片收拾起来。"

伊维是替朱莉娅管服装的,又是她的女仆。她最初是在米德尔普尔来到她身边的,后来随着她一起到伦敦。她是个伦敦佬,是个单薄、邋遢、瘦骨嶙峋的妇人,一头红发常年蓬蓬松松,老是好像需要好好洗一下;两颗门牙掉了,可是尽管朱莉娅多年来再三表示愿意出钱给她装上新的,她就是不要。

"我吃得有限,这一口牙齿已经尽可以对付了。在我嘴里装上许多大象的獠牙,只会使我坐立不安。"

迈克尔早已要朱莉娅有个至少外貌与他们的地位更相称些的女仆,他还曾试图使伊维承认她已经做不动这生活,但是伊维不听他这话。

"你怎么说都可以,戈斯林先生,不过只要我身体还好,还有力气,谁也休想来做兰伯特小姐的女仆。"

"我们都上年纪了,你知道,伊维。我们不再像过去那样年轻了。"

伊维用食指在鼻孔底上一擦,擤了一下鼻子。

"只要兰伯特小姐还年轻得能演二十五岁的女人,我就也还年轻得能够给她梳妆打扮。而且做她的女仆。"伊维对他锐利地瞥了一眼。"你付一份工钱就能把这工作做好,何必要付两份呢?"

迈克尔喜悦地轻声笑了笑。

"这话倒有点儿道理,亲爱的伊维。"

她催促朱莉娅上楼。朱莉娅逢到没有日场演出的日子,总在下午睡上两个小时,然后稍微按摩一下。她现在脱下衣服,钻进被褥中间。

"见鬼,我的热水袋几乎冰凉了。"

她看了看壁炉架上的时钟。怪不得。热水袋在被中放了准有一个小时了。她还意识到自己在迈克尔的房间里待了那么长时间,尽是看着那些照片,空自回想着过去。

"四十六岁。四十六岁。四十六岁。我要到六十岁退休。五十八岁去南美和澳洲演出。迈克尔说我们可以在那里发一笔财。两万英镑。我可以重演我全部的老角色。当然,即使六十岁,我也能扮演四十五岁的女人。可是哪儿来的这些角色？那些混蛋剧作家啊。"

她思索着哪个剧本里有个四十五岁的女人的第一流角色，不知不觉睡着了。她睡得很沉，直到伊维前来唤醒她，因为女按摩师来了。伊维拿来了晚报，朱莉娅便脱光了衣服，让按摩师揉擦着她细长的双腿和腹部，一边戴上眼镜，阅读她早上已经阅读过的同样的戏剧新闻，还有闲话栏和妇女专页。

不一会儿，迈克尔走进来，在她床边坐下。他常在这个时候来和她闲谈几句。

"哎，他叫什么名字？"朱莉娅问。

"谁？"

"刚才来吃饭的那个孩子。"

"我叫不出他的名字。我开车把他送回剧院去了。我再也没有想到他。"

按摩师菲利普斯小姐喜欢迈克尔。你跟他在一起很自在。他说来说去总是这么一些话，你完全知道该回答些什么。他没有架子。而且少有的漂亮。好家伙！

"喂，菲利普斯小姐，她减肥减得很好吧？"

"哦，戈斯林先生，兰伯特小姐身上一两脂肪也没有。我觉得她的苗条的体形保持得太好了。"

"可惜我不能请你替我按摩，菲利普斯小姐。你一定也能帮我保持我的体形。"

"你怎么说的，戈斯林先生。瞧，你还是二十岁小伙子的体形。我不懂你是怎么保养的，说真的，我不懂。"

"生活朴素和多动脑筋，菲利普斯小姐。"

朱莉娅并不在听他们说些什么，但是菲利普斯小姐的回答钻进了她的耳朵。

"当然没有比按摩更重要的了,我总是这么说,不过你也要注意节食。那是绝对无疑的。"

"节食!"她想。"等我到了六十岁,我将开怀大吃。我将尽量吃我喜欢的黄油面包。我要早餐吃热面包卷,午餐吃土豆,晚餐吃土豆。还有啤酒。上帝啊,我多爱喝啤酒。豌豆汤和番茄汤;糖蜜布丁和樱桃馅饼。奶油,奶油,奶油。啊,上天作证,我到死再也不想吃菠菜了。"

按摩结束后,伊维给她端来一杯茶、一片切掉油肉的火腿和几片清吐司。朱莉娅起身穿好衣服,和迈克尔一同下楼上剧院去。她喜欢在开幕铃响之前一个小时到场。迈克尔继续往前,开到他的俱乐部去吃饭。伊维乘出租汽车比她先到,所以朱莉娅走进化妆室的时候,一切都已经给她准备就绪。她重新脱去身上的衣服,披上一件晨衣。她在梳妆台前坐下来开始化妆,发现花瓶里插着一些鲜花。

"喂,谁送来的? 是德弗里斯太太吗?"

多丽逢到她首演的夜场、第一百个夜场和第二百个夜场(如果演得到的话),还有在每逢她为自己家里订购鲜花的时候,总要叫花店送一些给朱莉娅。

"不,小姐。"

"查尔斯勋爵吗?"

查尔斯·泰默利勋爵是朱莉娅的最老而且最忠诚的爱慕者,他经过花店的时候,往往弯进去,叫他们送些玫瑰花给她。

"这里有卡片,"伊维说。

朱莉娅看了看。托马斯·芬纳尔先生。塔维斯托克广场。

"住在那种地方。你看他究竟是何等样人,伊维?"

"大概是个被你致命的美貌迷住了的家伙吧,我想。"

"这些花至少得一个英镑。塔维斯托克广场在我看来不像是很阔气的。说不定他为了买这几朵花,一个星期没有好好吃一顿饭哪。"

"我想总不至于吧。"

朱莉娅在往脸上涂油彩。

"真该死,你一点也不罗曼蒂克,伊维。只因为我不是个歌舞女郎,你就弄不懂为什么竟有人会送花给我。老天知道,我这两条大腿比多少歌舞女郎的都漂亮啊。"

"人和大腿都漂亮,"伊维说。

"嗯,我不妨对你说,在我这年龄,还有陌生小伙子给我送花来,我认为倒是无伤大雅的。我的意思是这正好给你看看。"

"他要是看见你现在这样子,就不会给你送花来——如果我对男人有所了解,我肯定他们绝不会。"

"去你的,"朱莉娅说。

然而在伊维给她化妆得称心满意、又给她穿上了袜子和鞋子之后,还有几分钟空余时间,她便在写字台前坐下,用她潦草粗大的笔迹写了一封热情洋溢的短信给托马斯·芬纳尔先生,感谢他馈赠美丽的鲜花。她天生讲礼貌,而且她有个原则:戏迷来信,一概回覆。她就是这样与观众保持联系的。写好了信封,她随手把那张卡片投进了字纸篓,准备穿上第一幕的剧装。催场员过来在化妆室门上叩了几下。

"开场演员,请。"

这几个词儿,尽管天晓得她听到过不知多少遍了,却依然使她激动。它们好比一服补剂,激起了她的勇气。生活获得了意义。她将从这个虚假的世界踏进一个真实的世界。

十一

第二天,朱莉娅和查尔斯·泰默利共进午餐。他的父亲丹诺伦特侯爵因娶了一位女继承人而承受了一笔巨大财产。朱莉娅常去参加他喜欢在他希尔街的府邸里举行的午餐会。她在心底里深深鄙视她在那里遇到的那些太太小姐和贵族老爷,因为她是个职业妇女和艺人,但她知道这种交际对她有用。它能使他们来西登斯剧院观看报上吹捧的首演的夜场;并且她知道在周末的聚会上和一批贵族人士在一起合影,有很好的广告作用。有一两位常演女主角的演员,年纪比她轻,听见她至少对两位公爵夫人直呼其名,对她并没有因而产生什么好感。她可并不觉得遗憾。

朱莉娅不善辞令,然而她眼目晶莹,聪明伶俐,所以她一学会那一套社交应酬的语言,马上就成了个非常有趣的女人。她学样的本领特别大,平时不大施展出来,因为她认为这有害于她的表演,但是在这些圈子里却大显身手,并因而获得了富有机智的声誉。她很高兴她们喜欢她,这些时髦的游手好闲的女人,可是她暗暗发笑,因为她们被她的魅力迷得头昏目眩。她想,不知她们如果真正晓得一个著名女演员的生活是多么平淡,工作多么艰苦,又得经常谨慎小心,还必须有各种刻板的习惯,会怎么想。但是她和蔼地向她们提供化妆的方法,让她们仿制她的服装。她总是穿得很漂亮。即使迈克尔也乐意地只当她穿的衣服都不用自己花钱,不知道她实际上在这些衣服上面花费了多少。

她的德性在心灵和生活这两方面都无懈可击。大家都知道她和迈克尔的婚姻堪称模范。她是安于家室的典范。另一方面,在他们这特定的圈子里好些人都深信她是查尔斯·泰默利的情妇。大家认为他们之间的关系已经维持了那么长久,所以已经受到了人们的尊重;当他们应邀到同一家人家去度周末时,宽容的女主人总给他们安排两间毗连的房间。

人们的这种想法是早已与查尔斯·泰默利分居的查尔斯夫人首先散布出来的,事实上纯属捏造。唯一的依据是查尔斯疯狂地爱了朱莉娅二十五年,而从未和谐相处的泰默利夫妇之所以协议分居,确实是因为朱莉娅的缘故。的确最初正是查尔斯夫人使朱莉娅和查尔斯相识的。他们三人正好同在多丽·德弗里斯家进午餐,当时朱莉娅还是个年轻女演员,在伦敦刚获得第一次重大的成功。那是一个盛大的宴会,她很受尊重。查尔斯夫人那时三十多岁,有美人之称,虽然除一双眼睛之外面貌并不美妙,然而凭着她的老脸皮厚,好歹摆出一副能给人深刻印象的姿态,这时她带着殷勤的笑容俯身朝向桌子对面。

“噢,兰伯特小姐,我想我从前认识你在泽西的父亲。他是位医生,是不是?那时候他常来我们家。”

朱莉娅肚子角落里有点恶心的感觉;她此刻记起查尔斯夫人婚前是谁了,于是她觉察到设置在她面前的陷阱。她轻声一笑。

“根本不是这样,”她回答说。“他是位兽医。他常去你们家给那些母狗接生。你们家母狗可多哪。”

查尔斯夫人一时不知该说什么。

“我母亲很喜欢狗,”她答道。

朱莉娅幸喜迈克尔不在场。可怜的小乖乖,他会羞惭得无地自容的。他讲到她父亲时总称之为兰伯特医生,而且念得像个法国姓氏,当大战后不久她父亲死了,她母亲去和她在圣马罗寡居的姐姐同住，从那时起他讲到她时总称之为德兰伯特夫人①。刚开始舞台生涯的时候，朱莉娅在这一点上多少有点敏感，但是一成了大明星，就改变了心思。她反而喜欢——尤其是在显贵人物中间——强调她父亲是兽医这一事实。她说不清为什么，不过觉得这样做可以使他们老老实实，不再啰唆。

但是查尔斯·泰默利知道他妻子有意要羞辱这年轻女子，心里恼火，便偏偏对她特别亲切。他问她，他能不能去看望她，送她一些美丽的鲜花。

他当时是个将近四十岁的男子，优美的身躯上面长着一个不大的脑袋，容貌不大漂亮，可是模样很高贵。他看上去很有教养，实际上也正是这样，而且举止非常文雅。他是个艺术爱好者。他买现代画，并收集古董家具。他还是个音乐爱好者，博览群书。开始时，他到这一对年轻演员在白金汉宫路居住的小公寓去坐坐，觉得很有趣味。他看出他们相当贫困，接触到他欣欣地自以为是波希米亚式的生活②，感到振奋。他来了几次，后来他们请他在他们家吃午饭，那是由一个稻草人模样的名叫伊维的妇女烧好了端来给他们吃的，他觉得简直是个奇遇。这就是生活。

他不大注意迈克尔，尽管迈克尔长得过于显著地美，在他心目中只是个平庸的青年，然而他却被朱莉娅迷住了。她的热情、强烈的性格和沸腾的活力都是他从未看到过的。他去看了她几次演出，把她的表演和他回忆中的著名外国女演员相比。他觉得她具有一种特别属于她个人的气质。她的磁石般的吸引力是无可置疑的。他突然激动地发现她有天才。

---

① 迈克尔有意把兰伯特这个英国姓氏用法语的读音来念，并在前面加上一个"德"（de），表示是法国的名门望族。
② 指不顾习俗、放荡不羁的艺术家生活。

"也许又是一个西登斯。一个更伟大的爱伦·泰利①。"

在那些日子里,朱莉娅没有想到过下午有上床歇一会的必要,她强壮得像匹马,从来不知疲倦,所以他常带她到公园②去散散步。她觉得他要她做个自然之子。这对她非常适合。她毫不费力就能表现得天真、坦率,对什么都小姑娘般欢欣愉快。他带她到国家美术馆③、泰特陈列馆④和不列颠博物馆⑤去,而她确实几乎同她所讲的那样深为欣赏。他喜欢给人灌输知识,她也喜欢吸收知识。她记性好,从他那里学到了不少东西。若说她后来能够跟最优秀的人士谈谈普鲁斯特⑥和塞尚⑦,因而你既惊奇又喜悦地发现一个女演员竟有如此高超的文化修养,那么她就是从他那里得来的。

她知道他已经爱上了她,可是有一段时间他本人还不知不觉。她觉得这有点滑稽。在她看来,他是个中年男子,认为他是个正派的老家伙。她正狂热地爱着迈克尔。当查尔斯意识到自己爱上了她的时候,他神态有所改变,似乎突然变得腼腆起来,两人在一起时往往默不作声。

"可怜的小乖乖,"她心里想,"他真是个地道的绅士,给弄得手足无措了。"

但是她已经准备好一套办法,以应付她相信他迟早会硬着头皮向她作出的公开求爱。有一点她要向他明确表示。她不打算让他

---

① 爱伦·泰利(Ellen Terry, 1847—1928)为英国女演员,长期与亨利·欧文(Henry Irving)合演莎剧,红极一时。
② 指伦敦的海德公园(Hyde Park)。
③ 在伦敦特拉法尔加广场,创建于 1824 年。
④ 由英国实业家亨利·塔特爵士(Sir Henry Tate, 1819—1899)于 1897 年捐献其私人美术藏品并出资在伦敦建立,以收藏展出十七世纪到现代的英国作品为主。
⑤ 旧译"大英博物馆",在伦敦,创建于 1753 年。
⑥ 普鲁斯特(Marcel Proust, 1871—1922)为法国意识流小说家,强调描写真实的生活和人物的内心世界,所著七卷长篇小说《追忆逝水年华》名闻世界。
⑦ 塞尚(Paul Cézanne, 1839—1906)为法国画家,为后期印象派的代表人物。

认为,他是爵爷、她是女演员,因而他只消招招手,她就会跳上床去同他睡觉。假如他试图这样做,她要对他扮演一个被激怒的女主人公,用当初珍妮·塔特布教她的手势,猛然伸出一条臂膀把食指顺着同一方向直指房门。另一方面,假如他大为震惊,弄得张口结舌,她自己也得周身发抖,说话里夹入抽抽搭搭的哭声什么的,并且说她从没想到他竟对她如此痴情,可是不,不,这要使迈克尔心碎的。他们会一起痛痛快快地哭一阵,然后万事大吉。由于他态度温文尔雅,她可以相信,一旦使他认识到绝不可能的时候,便决不会干出令人讨厌的事来的。

可是事情的发展完全出乎她的意料。有一次,查尔斯·泰默利和朱莉娅在圣詹姆斯公园①里散步,他们观看了塘鹅,在这景色的启发下,谈到她能否在某个星期天晚上扮演米拉曼②。他们回到朱莉娅的公寓去喝杯茶。他们合吃了一只烤饼。然后查尔斯站起身来要走了。他从口袋里拿出一幅微型画像,送给朱莉娅。

"这是克莱朗③的画像。她是十八世纪的一位女演员,有你的许多天赋特长。"

朱莉娅瞧着这张头发上敷着粉的美丽聪明的脸蛋,心想不知这画像的框子上镶嵌的是钻石呢,还是一般的人造宝石。

"啊,查尔斯,你怎么可以! 你真好。"

"我想你会喜欢的。这是作为临别纪念的。"

"你要出门吗?"

---

① 圣詹姆斯公园(St. James Park)在伦敦海德公园和绿色公园之东,原为英王亨利八世营建的御花园,1697 至 1837 年间王室居住于此。
② 米拉曼夫人为英国喜剧作家威廉·康格里夫(William Congreve, 1670—1729)的代表作《如此世道》中的女主人公。
③ 克莱朗(Clairon, 1723—1803)为法国女演员,以演拉辛名剧《菲德拉》中的女主人公菲德拉著称。

她很惊奇,因为他从没说起过。他瞅着她,微微含笑。

"不。但是我今后不再来看你了。"

"为什么?"

"我想你和我一样明白。"

这时朱莉娅做了一桩可耻的事情。她坐下来,默默地对着画像凝视了一会。她出色地掌握好节拍,慢慢抬起眼睛,直到和查尔斯目光相接。她几乎能够要哭就哭,这是她最见功夫的拿手好戏,此刻她既不作声,也不抽泣,但眼泪却夺眶而出,在面颊上淌下来了。她的嘴微微张着,眼光里流露出一个小孩子受了莫大委屈但不知为了什么缘故的那种神情,其效果之哀婉动人,叫人不堪忍受。他的脸孔因受到内心的剧痛而变了样。当他开口说话的时候,由于过分激动,声音也嘶哑了。

"你是爱迈克尔的,是不是?"

她微微点了点头。她抿紧嘴唇,仿佛正竭力在控制自己,而泪珠儿尽从两颊上往下滚。

"我绝对没有希望吗?"他等待她的回答,可她一言不发,只把手举到嘴边,好像要咬指甲的样子,同时始终用那双泪如泉涌的眼睛注视着他。"你可知道,我再这样来看你使我多么难过? 你要我继续来看你吗?"

她又是微微点了点头。

"克莱拉①为了你的事情跟我吵得厉害。她发现了我爱上了你。我们不能再会面,这道理很明白。"

这一回朱莉娅稍稍摇了摇头。她抽泣了一声。她仰面靠在椅子上,把头转向一边。她的整个身体似乎显示出她的悲痛绝望。血

① 这是查尔斯夫人的名字。

肉之躯是无法忍受的。查尔斯走上前去,屈膝跪下,把她这哀伤得
肝肠寸断的身子搂在怀里。

"看在上帝分上,别这样伤心。我受不了哇。唉,朱莉娅,朱莉
娅,我是多么爱你,我不能使你如此悲伤。我愿承受一切。我决不
对你有任何要求。"

她把泪痕纵横的脸孔朝向他("天哪,我这会儿的模样才好看
哩"),把嘴唇凑上去。他轻柔地吻她。这是他破题儿第一遭和她
接吻。

"我不愿失去你,"她用沙哑的嗓音喃喃地说。

"宝贝,心肝!"

"就像过去那样吧?"

"就那样。"

她深深地吐出一声满足的叹息,在他怀里偎依了一两分钟。等
他一走,她就站起身来去照镜子。

"你这个卑鄙的坏女人,"她对自己说。

可她又咯咯地笑了起来,仿佛丝毫不觉得羞耻,接着走进浴室
去洗脸擦眼睛。她感到说不出的兴奋欢畅。她听见迈克尔走进来,
便大声叫唤他。

"迈克尔,瞧查尔斯刚才送给我的那幅微型画像。在壁炉架上。
那些是钻石还是人造宝石?"

查尔斯夫人刚和她丈夫分居的时候,朱莉娅有些担心,因为她
威胁要提出离婚诉讼,而朱莉娅极不愿意作为第三者在法庭上露
面。有两三个星期,她一直胆战心惊。她抱定宗旨,不到必要时刻,
不向迈克尔透露风声;她很高兴幸亏什么也没有说,因为后来看出
那威胁只是为了从她无辜的丈夫那里榨取更大金额的赡养费。

朱莉娅用巧妙之至的手段应付查尔斯。双方取得谅解,由于她

对迈克尔的深厚爱情，他们之间不可能有任何密切关系，但在其他方面，他是她的一切、她的朋友、她的顾问、她的知己，是她在任何紧急情况下有求必应的靠山，遇到任何挫折都可以从他那里得到安慰。

后来查尔斯凭着高度的敏感，察觉她其实不再爱着迈克尔，这倒提供了一个比较棘手的问题。这时朱莉娅必须大施手腕。她不愿做他的情妇，倒并不是因为有什么顾忌；假如他是个演员而爱得她那么狂热，爱了她那么长久，她就不会在乎而会纯粹出于好心跳上床去跟他睡觉；但她就是不中意他。她很喜欢他，可是他是那么温文，那么有教养，那么高雅，她没法想像他做她的情夫。这将好比去同一件艺术品睡觉。他对艺术的爱好使她心中不无可笑的感觉；毕竟她是艺术的创造者，而他说到底也不过是个观众而已。

他企求她跟他私奔。他们将在那不勒斯湾的索伦托①买幢别墅，有个大花园，他们还将有条纵帆船，可以在美丽的酒一般颜色的海面上长日游逛。爱和美和艺术；人间的世界消失得无影无踪。

"该死的混蛋，"她想。"仿佛我会放弃我的事业，去把自己埋葬在意大利的哪个角落里！"

她叫他相信，她得对迈克尔负责，再说还有那个婴儿；她不能让他长大成人时背上他母亲是个坏女人的包袱。什么橘子树不橘子树，如果她念念不忘迈克尔的不幸和她的婴儿正由陌生人照管着，她就会心如刀割，在那美丽的意大利别墅里永远不得安宁。一个人不能只顾自己，是不是？一个人必须也想到别人。她是非常温柔和富有女子气的。有时候她问查尔斯为什么不跟他妻子办理离婚，另娶一个贤淑的女人。想到他要为她浪费他的一生，实在受不了。他

---

① 位于意大利西南部那不勒斯湾的南端，为一避暑胜地。

对她说,她是他生平爱过的唯一的女人,他将一直爱到生命结束。

"听着多么伤心啊,"朱莉娅说。

虽然如此,她始终把眼睛睁得大大的,只要发现任何女人有夺走查尔斯的企图,就千方百计从中破坏。如果危险确实存在,她就会毫不犹豫地表现出极端的忌妒。

查尔斯和朱莉娅早已约定——从他的高尚教养和她的善良心地可以想见这是考虑得十分周到的,他们不是用明确的字眼,而是用迂回曲折的明喻暗示来约定的——假如迈克尔有个三长两短,他们就得好歹把查尔斯夫人解决掉,然后结为夫妻。可是迈克尔的健康情况绝顶良好。

这一回,朱莉娅在希尔街参加的午餐会使她非常开心。这次聚会很盛大。朱莉娅从来不鼓励查尔斯邀请他有时碰到的演员和作家们,因而她是这里唯一需要挣钱糊口的人。她一边坐着一位又老又胖又秃的唠叨不休的内阁阁员,他对她殷勤备至;她的另一边坐着一位年轻的韦斯特雷斯公爵,模样像个小马倌,夸耀自己比法国人更精通法国俚语。他发现朱莉娅能说法语,便坚持用法语跟她交谈。午餐完毕后,她应他们的要求,依照人们在法兰西喜剧院演出的方式朗诵了《菲德拉》中的一段慷慨激昂的长篇台词,然后模仿英国皇家戏剧艺术学院的英国学生朗诵了这同一段台词。她引得满堂宾主捧腹大笑,于是她因获得了成功而满面春风地向大家告别。

这是一个晴朗的日子,她决定从希尔街步行到斯坦霍普广场。她挤在牛津街的人群中往前走,许多人都认得她,尽管她两眼直朝着前方,还是感觉到他们的目光盯着她。

"随便跑到哪里,人们总是盯着你看,真讨厌得要命。"

她略微放慢脚步。这真是个美好的日子。

她开了大门锁,走进屋内,刚进去,就听见电话铃响。她不加思索地拿起听筒。

"喂?"

她平时听电话常用假装的嗓音,可这回她忘了。

"兰伯特小姐?"

"恐怕兰伯特小姐不在家。你是哪一位,请问?"她马上装出伦敦土音问道。

单音节词使她露了馅儿。一阵咯咯的笑声从电话里传来。

"我只是要谢谢你写信给我。你知道,你不必多这麻烦。承蒙你们请我吃了饭,我想应该送些花给你,表示感谢。"

他的声音和所说的话告诉了她这是谁。就是那个她叫不出名字来的爱脸红的小伙子。即使现在,她虽然曾看到过他的名片,还是记不起来。唯一给她印象的是他住在塔维斯托克广场。

"你太客气了,"她用自己的口音答道。

"你可高兴哪一天出来跟我一起喝茶吗?"

好大的胆子!她跟公爵夫人一起喝茶都不高兴哩;他简直把她当作是个歌舞女郎了。你想想看,这确实是挺滑稽可笑的。

"我想没什么不高兴吧。"

"你这是真的吗?"他的声音听来很激动。他有条悦耳的嗓子。"什么时候?"

那天下午她根本不想上床睡一会。

"今天。"

"O.K. 我从写字间溜出来。四点半怎么样?塔维斯托克广场一百三十八号。"

他这建议提得很好。他原可以轻易地提出个时髦场所,那里人们都会盯着她看。这说明他并不只是想要人家看见他和她在一起。

她乘出租汽车去塔维斯托克广场。她怡然自得。她正做着一件好事。若干年后，他将能告诉他妻子和孩子们，当他还是会计事务所里的一个起码小职员时，朱莉娅·兰伯特曾跟他一起喝茶。她是多么朴素，多么自然。听她随随便便地闲谈，谁也想不到她是英国最伟大的女演员。要是他们不相信他这些话，他会拿出她的照片，上面签着"你的真挚的"，作为证明。他会笑着说，当然啦，如果他当时不是那么年轻无知，就不会厚着脸皮去邀请她。

她到达了那幢房子，付了出租汽车的车钱，突然想起还不知道他的姓名，等到女仆来开门时，将说不出是来找谁的。但是在寻找门铃的时候，她看到那里有八只门铃，两只一排，排成四排，每只门铃旁边有张卡片或者用墨水写着姓名的纸条。这是幢老房子，给分成一套套公寓房间。她开始看这些姓名，觉得毫无把握，不知是否其中有一个会帮她回忆起什么来，正在这时门开了，他站立在她面前。

"我看见你车子开过来，就奔下楼来。对不起，我住在三楼呢。我希望你不介意。"

"当然不介意。"

她爬上那不铺地毯的楼梯。爬到第三层楼梯口时，她有点气喘吁吁。他一股劲地连蹦带跳，已经到了上面，好比一头年轻的山羊，她想，可她却不愿说出她情愿稍微慢一点。

他领她进去的那间屋子还算宽敞，但是陈设却显得肮脏而灰暗。桌子上放着一盆蛋糕、两只杯子、一只糖缸和一壶牛奶。这些陶器是最低廉的货色。

"坐吧，"他说。"水马上就开。我去一会就来。我的煤气灶装在浴室里。"

他走开后，她向四下察看。

"可怜的小乖乖,他一定穷得像教堂里的耗子一样。"

这间屋子使她清晰地回想起自己初上舞台时曾经待过的一些住所的情况。她注意到他怪可怜地力图掩盖这间屋子既是起居室又是卧室这一点。靠墙的那张长沙发分明晚上就是他的床铺。岁月在她想像中往后隐退,她感觉到奇异地恢复年轻了。他们曾经就在这样的屋子里享有过多少欢乐,曾经怎样欣赏他们异乎寻常的饭菜,有纸袋装的熟食,还有在煤气灶上烹制的火腿蛋!他用一只棕色茶壶沏了一壶茶走进来。她吃了一块上面有粉红色糖霜的方形松糕。那是她多少年没有吃过的了。锡兰红茶,泡得很浓,加了牛奶和糖,使她回忆起自以为已经忘却的日子。她看到了自己年轻时当个默默无闻、努力奋斗的女演员的形象。真有意思啊。她需要作出一个姿态,可只想到了这样的一个:她脱下帽子,把头一甩。

他们谈起话来。他显得羞怯,比他在电话里说话时要羞怯得多;嗯,这并不值得奇怪,既然现在她就在面前了,他准是被弄得不知所措了,而她决心要让他不要拘束。

他告诉她,他的父母住在海盖特①,父亲是律师,他原来也住在那儿,但他要做自己的主人,所以在订的雇用契约的最后一年中离开了家庭,租下了这套小公寓。他正在准备结业考试。他们谈到戏剧。他从十二岁以来,看过她所演的每一出戏。他对她说,有一次,他十四岁的时候,曾经在一次日场结束后,站在后台门口等着,看见她出来,曾请她在纪念册上签名。他长着一双蓝眼睛和一头浅棕色的头发,看着很可爱。可惜他把头发用发膏这样平贴在头皮上。他皮肤白皙,脸色红得厉害;她想,不知他是不是患有肺病。虽然他穿的服装是低档货,却穿得很合身,她喜欢他这副样子,而且他看上去

① 海盖特(Highgate)为伦敦以西米德尔塞克斯郡(Middlesex)的一个住宅区。

使人难以置信地干净。

她问他为什么拣了塔维斯托克广场这个地方。地段位于市中心,他解释道,而且他喜欢这里的树木。你往窗外望望,确实是不错的。她站起来看,这样正是有所动作的好办法,然后她就可以戴上帽子,向他告别。

"是的,确实可爱,是不? 这是典型的伦敦;它使人心旷神怡。"

她说这话的时候,转身朝向他,而他正站在她旁边。他伸出一条手臂搂住她的腰,着着实实地亲吻她的嘴唇。没有一个女人一生中受到过这样的惊吓。她竟愕然不知所措。他的嘴唇是柔软的,他身上还带着一股青春的芳香,真令人陶醉。不过他这种行动是荒谬绝伦的。他正用舌尖硬把她的嘴唇顶开,这下他用双臂抱住了她。她并不觉得生气,也并不觉得要笑,她不知道自己感觉如何。这时,她感到他正在轻轻地把她拖过去,他的嘴唇依然紧贴在她的嘴唇上,她清清楚楚地感觉到他炙热的身体,仿佛那里面有一只熔炉在燃烧,简直不同凡响;然后她发现自己被放在那张长沙发上,他挨在她的身旁,吻着她的嘴、她的脖子、她的面颊和她的眼睛。朱莉娅只觉得心中一阵异样的剧痛。她用双手捧住他的头,吻他的嘴唇。

几分钟后,她站立在壁炉架前,朝着镜子,给自己修饰一下。

"瞧我的头发。"

他递给她一把木梳,她梳了一下。然后她把帽子戴上。他就站在她的背后,她看到自己的肩后他那张脸上的热切的蓝眼睛里闪耀着一丝笑影。

"我原以为你还是个羞怯怯的小伙子呢,"她对他在镜子里的影子说。

他咯咯地笑笑。

"我几时再跟你见面?"

"你还想跟我见面吗？"

"当然想。"

她快速地转了一下念头。这事情太荒谬了，当然她不想再见他，让他这样大胆妄为，也真是愚蠢，不过敷衍一下也好。如果她对他说这事情到此为止，他会缠着不肯甘休的。

"我过两天打电话给你。"

"你发誓。"

"我拿人格担保。"

"不要隔得太久。"

他坚持要陪她下楼，送她上出租汽车。她原想一个人下去，这样可以看一看大门口门框上那些门铃旁边的卡片。

"真该死，我至少总该知道他的名字啊。"

但他不给她这个机会。当出租车驶去时，她倒在车内一个角落里，咯咯地笑个不停。

"被人强奸了，我亲爱的。实际上是被人强奸了。竟然在我这年龄。连请原谅也不说一声。把我当作轻佻女子。像是十八世纪的喜剧，正是这么回事。我简直像是个侍女。裙子上装着裙环，还有为突出她们的臀部穿着的那些——叫什么名堂来着——可笑的蓬松的玩意儿，加上一条围裙，头颈上系着条围巾。"想到这里，她依稀想起了法夸尔①和哥尔德斯密斯②，便杜撰了这样一段台词："嘿，先生，真可耻，占一个可怜的乡村姑娘的便宜！倘然夫人的侍女阿比盖尔太太得知夫人的兄弟夺走了处于我这地位的一个年轻女子所能持有的最珍贵的宝贝——就是说她的童贞——她会怎么说啊！

① 英国剧作家法夸尔(George Farquhar, 1677—1707)擅于写有精彩对白的言情喜剧。
② 英国小说家哥尔德斯密斯(Oliver Goldsmith, 1728—1774) 曾写有著名喜剧《委曲求全》。

呸,呸,先生。"

朱莉娅回到家里,按摩师菲利普斯小姐已经在等她。按摩师正和伊维在闲谈。

"你到底到哪儿去了,兰伯特小姐?"伊维说。"你要不要休息啊,我请问你。"

"该死的休息。"

朱莉娅脱去衣服,大张着手把它们扔了一地。于是她赤身裸体地跳到床上,在床上站立了一会儿,有如从海浪中升起的维纳斯。然后扑倒在床上,四肢伸展得直挺挺地。

"你这是什么意思?"伊维说。

"我觉得舒适。"

"嗯,假如我这样做,人家准会说我喝醉了。"

菲利普斯小姐动手按摩她的双脚。她轻轻地揉着,使她休息而不使她吃力。

"你刚才一阵旋风似地进门来的时候,"她说,"我觉得你年轻了二十岁。你眼睛里光华闪烁。"

"噢,你把这个话留给戈斯林先生吧,菲利普斯小姐。"然后她想了一想说,"我感觉好像是个两岁的娃娃呢。"

后来在剧院里也是如此。和她合演的男主角阿尔奇·德克斯特走进她的化妆室里来谈些什么。她刚化妆好。他大吃一惊。

"哈啰,朱莉娅,今晚你怎么啦? 天哪,你漂亮极了。唷,你看上去至多只有二十五岁。"

"我儿子都十六了,再装得怎么年轻也没用啦。我四十岁了,不怕让人知道。"

"你的眼睛是怎么搞的? 我从没见过这样地光芒四射。"

她兴高采烈。他们一起演那出戏——剧名为《粉扑》——已经有好几个星期了,但是今天晚上朱莉娅好像是在作首场演出。她的表演非常精彩。她从来没有博得过这么多笑声。她一向富有磁石般的吸引力,可这回仿佛它正光辉灿烂地在整个剧场里流动着。迈克尔正巧在一个包厢的角落里看了最后的两幕,戏一结束,便来到她的化妆室。

"你可知道,听提词员说,我们今晚的戏延长了九分钟,因为他们的笑声太长了。"

"七次谢幕。我还以为观众们会通宵闹下去呢。"

"哎,这只能怪你自己,宝贝儿。天下没有一个人能演得像你今夜那样精彩。"

"老实对你说,我演得真痛快哪。耶稣基督啊,我肚子饿了。我们晚餐有些什么?"

"洋葱牛肚。"

"噢,好极了!"她举起双臂抱住他的脖子,吻了他。"我最爱洋葱牛肚。啊,迈克尔,迈克尔,要是你爱我,要是你那冷酷的心里有一丁点儿温情,那就让我喝瓶啤酒吧。"

"朱莉娅。"

"就这一次。我并不常常向你要求什么的啊。"

"那好吧,你今夜演了这么一场好戏,我想我不能不依你,不过,天哪,明天我非叫菲利普斯小姐好好整整你不可。"

十二

朱莉娅上了床,两脚直伸到汤婆子上,只觉得很是舒服,她欢欣地看看她这玫瑰红和淡蓝色的房间,以及梳妆台上装饰着的那些金黄色小天使,心满意足地舒了口气。她想这多么像是蓬巴杜夫人①的情调啊。

她把灯关了,却毫无睡意。她真想到奎格饭店去跳舞,但不是跟迈克尔跳,而是跟路易十五②或巴伐利亚的路德维希③或阿尔弗雷德·德·缪塞④跳。法国女演员克莱朗和巴黎歌剧院的舞会。她记起了查尔斯先前送给她的那幅微型画像。这就是她今夜的感受。

这样的奇遇她好久好久没有碰到了。上一回是在八年之前。那是一个她应该绝对引以为耻的插曲;老天哪,从那以后她多害怕,可事实上她每次回想到这件事,没有不暗自好笑的。

那也是一件偶然发生的事。她当时演了好长时间的戏,一直没有休息过,极需要休息一下。她在演着的那出戏不再有吸引力了,他们正要开始另排一部新戏,就在这时候迈克尔找到了个机会,把剧院出租六个星期给一家法国剧团。这似乎正好让朱莉娅有机会到外面去跑跑。多丽在戛纳⑤租了一幢房子,准备在那里度过这个季节,朱莉娅可以去她那里待一阵。

她动身的时候是复活节的前夕,所以往南去的火车挤得厉害,她弄不到卧铺,但是库克公司⑥里的人对她说没有问题,到巴黎车站有空铺等着她。但到了巴黎,她十分惊愕地发现似乎根本没有人知道她的事,列车长对她说所有的卧铺都订掉了。唯一的机会是有人在最后一分钟不见到来。她不喜欢坐在头等车厢角落里过夜，便心烦意乱地跑进餐车去进晚餐。

他们给了她一张两人坐的桌子，不一会儿，一个男人走进来，在她对面坐下。她不去理他。接着列车长前来对她说很抱歉，可他实在无能为力。她徒然闹了一番。列车长走后，那同桌的男人向她打招呼。虽然他说的是流利地道的法语，她却从他的口音中听出他不是法国人。他彬彬有礼地问她是怎么回事，她便把事情原原本本讲给他听，并向他谈了她对库克公司、铁路公司以及人类普遍的效率低下的意见。他颇表同情。他对她说，吃好了晚饭，他要去前后车厢兜一兜，亲自看看可有什么办法。说不定哪个列车员收了些小费什么都能安排。

"我实在累死了，"她说。"我愿出五百法郎搞个卧铺。"

谈话这样开了头之后，他告诉她他是西班牙驻巴黎大使馆的随员，正要去戛纳过复活节。她虽然跟他交谈了一刻钟，却没有去注意他是个什么样的人。现在她看清他留着胡子，一部拳曲的黑色络腮胡子和两撇拳曲的黑色小胡子，但那部胡子在他脸上长得很特别；两边嘴角下面有两摊空白。这使他的面貌显得异样。他的一头黑发、下垂的眼皮和相当长的鼻子，使她想起她过去见过的一个什么人。突然她想起来了，由于极其惊奇，她脱口而出地说：

---

① 蓬巴杜（侯爵）夫人（Marquise de Pompadour, 1721—1764）为法国国王路易十五的情妇。
② 路易十五（Louis XV, 1710—1774）为法国国王，1743 年起亲政，受其情妇蓬巴杜夫人左右，终使法国专制政治陷入危机。
③ 巴伐利亚的路德维希（Ludwig of Bavaria）即巴伐利亚国王路德维希一世（1786—1868），喜爱艺术，好与文人、艺术家交往。
④ 阿尔弗雷德·德·缪塞（Alfred de Musset, 1810—1857）为法国浪漫主义诗人，和乔治·桑的爱情关系激发他的创作热情，写出些著名的抒情诗。
⑤ 戛纳（Cannes）为法国东南部地中海滨的旅游胜地。
⑥ 库克公司为英国人托马斯·库克（Thomas Cook, 1808—1892）创办的旅游服务公司，旧时上海有通济隆洋行，即其分支机构。

"你知道吗,我起初想不出你使我想起什么人。你跟卢浮宫①里提香②画的弗兰西斯一世③的肖像异常相像。"

"长着他那双细小的猪眼睛吗?"

"不,不是,你的眼睛大,我想主要是那部胡子。"

她朝他眼睛底下的皮肤瞟了一眼,那皮肤稍带紫罗兰色,平滑无纹。尽管那胡子显得苍老,他还是个年轻人,至多不会超过三十岁。她想,不知道他是否是位西班牙大公。他穿得并不讲究,但外国人往往都是如此,他的衣服即使裁剪得很糟,价钱倒可能不小,而那领带,虽然花哨得相当俗气,她看得出是条夏尔凡领带④。

在他们餐后喝咖啡的时候,他问她可否请她喝杯利口酒⑤。

"多谢你。它也许可以使我睡得更好些。"

他敬她一支香烟。他的香烟盒是银质的,她看了觉得有点讨厌,但是当他盖上盒子时,她看见盒子角上有个金质的小王冠。他准是位伯爵什么的。银烟盒上有个金王冠,这是挺时髦的。可惜他不得不穿着现代服装!假如他和弗兰西斯一世同样打扮,那形象定然极其显赫。她竭力做出温文有礼的样子。

"我想我应该告诉你,"他随即说,"我知道你是谁。还请允许我加上一句,我十分敬慕你。"

她用她俏丽的眼睛对他注视了一会儿。

"你看过我的演出?"

"是的,我上个月在伦敦。"

---

① 卢浮宫(the Louvre)在巴黎,原为王宫,1793 年辟为美术博物馆。
② 提香(Titian Tizieno Vecelli,1477—1576)为意大利文艺复兴盛期的威尼斯画家。
③ 弗兰西斯一世(Francis I,1494—1547)为法国国王。
④ 夏尔凡(Charvet)为以法国厂商 Charvet 命名的一种柔软无光的丝绸或人造丝领带料子,此处指用这种料子所制的高级领带。
⑤ 利口酒(liqueur)为一种浓味的甜酒,常用作餐后酒。

"是一出有趣的小戏,是不是?"

"全靠你演得有趣。"

侍者来收钱的时睺,她不得不坚持付自己的账。那西班牙人陪她回到她的车厢,然后说要去前后车厢看看,能不能给她找到一个卧铺。过了一刻钟,他带着一名列车员回来,告诉她,已经给她弄到一间包房,如果她把行李交给那列车员,他会领她去的。她很高兴。他把自己的帽子扔在她空出的座位上,她便跟着他沿走廊走去。他们到了那间包房,他吩咐列车员把行李架上的手提箱和公文包拿到这位女士原来的那节车厢去。

"那不是拿你自己的包房让给我吗?"朱莉娅叫起来。

"车上只有这一间。"

"噢,我怎么也不要。"

"拿走,"西班牙人对列车员说。

"不,不,"朱莉娅说。

列车员在那陌生人的点头示意下,把行李拿走了。

"我不成问题。我哪里都能睡,但是如果我想着如此伟大的一位艺术家不得不和另外三个人一起挤在一节闷死人的车厢里过夜,我是一刻也没法合眼的。"

朱莉娅继续表示不能接受,但并不太着力。他真是太好了。她不知该如何感谢他。他甚至不让她付卧铺的钱。他几乎含着眼泪恳求让他享受这非凡的特权,给她这一点小小的奉献。

她随身只带着一只化妆用品包,里面放着她的润肤油膏、她的睡衣和她的盥洗用品,他把这只包给她放在桌子上。他只要求能允许他在她想睡觉之前坐在她那里抽一两支香烟。这个要求她很难拒绝。床铺已经摊好,他们就坐在床上。过了几分钟,列车员回来了,拿来一瓶香槟和两只玻璃杯。

这是桩小小的奇遇,朱莉娅颇觉有趣。他殷勤备至,唉,那些外国人多懂得该如何对待一位伟大的女演员啊。当然啦,伯恩哈特每天都碰得到这种事情。还有西登斯,每逢她走进一间客厅,人人都站立起来,仿佛她是王族似的。他赞扬她法语说得漂亮。是生于泽西,在法国念书的吗?啊,原来如此。但是,她为什么不用法语演出,而要用英语演出呢?她如果用法语演出,准会和杜丝一样名满天下。她使他联想起杜丝,同样光芒四射的眼睛和白皙的皮肤,而且表演时带着同样的感情和出奇的自然。

他们才喝完半瓶香槟,朱莉娅觉察到时间已经很晚了。

"这会儿我想真该睡了。"

"我跟你分手吧。"

他站起身,吻了吻她的手。他走后,朱莉娅把门闩上,脱了衣服。她把灯都关了,只剩下她头后边的一盏,开始阅读书报。不多一会儿,有人敲门。

"谁?"

"对不起,来打扰你。我把牙刷忘记在盥洗室里。可以进来拿吗?"

"我已经睡了。"

"我不刷牙齿没法睡觉。"

"唷,他倒是挺干净的。"

朱莉娅微微耸耸肩,伸手到门上,拉开插销。在这种情况下,过于谨慎小心会是愚蠢的。他进来了,走进盥洗室,不一会就出来了,手里挥挥一柄牙刷。她自己在刷牙的时候,看到过这柄牙刷,不过总当是隔壁房间那个旅客的。在那个时期,接连的两间包房合用一间盥洗室。

那西班牙人好像偶然看到了这里的酒瓶似的。

"我口渴得很,可不可以让我喝一杯香槟?"

朱莉娅沉默了一刹那。这是他的香槟,又是他的包房。嗯,好吧,让他得寸进尺吧。

"当然可以。"

他给自己倒了一杯,点上一支香烟,在她床沿上坐下来。她把身子挪进一点,给他让出些位置。他完全把这视为当然。

"你不可能在那边车厢里睡觉,"他说。"那里有个男人呼吸声音可大哩。我几乎宁愿他打鼾的。假如他打鼾,人家倒可以叫醒他。"

"我很抱歉。"

"哦,没问题。如果情况再坏,我会在你门外的走廊里蜷缩一夜的。"

"他总不见得指望我会请他来睡在这里吧,"她心里说。"我开始怀疑这全是设置好的圈套。休想,我的小子。"接着她出声说道:"罗曼蒂克,当然啰,不过不太舒适。"

"你真是个十分迷人的女人。"

她幸喜自己的睡衣很漂亮,脸上也没抹上油膏。事实上,她脸上的脂粉也还没擦掉。她的嘴唇红得鲜艳夺目,她很清楚,在背后的阅读用灯的灯光衬托下,她并不太难看。然而她讥嘲地回答道:

"要是你以为把包房让给了我,我就会让你和我睡觉,那你可弄错了。"

"正如你说的,当然啰。可为什么不行呢?"

"我不是那种十分迷人的女人。"

"那你是什么样的女人呢?"

"是个忠实的妻子,慈爱的母亲。"

他轻轻叹了口气。

"很好。那我就告辞了,祝你晚安。"

他把烟蒂在烟缸上捻灭了,拿起她的手来亲吻。他把嘴唇贴着她的手臂慢慢往上移。这使朱莉娅微微感到一种特殊的刺激。那胡子使她的皮肤微微作痒。接着他俯身过来吻她的嘴唇。他的胡子有一阵像是发霉的气味,她觉得很特别;她弄不清这气味使她恶心呢,还是使她激动。说也奇怪,她回头想想,她从来没有被一个留胡子的男人亲吻过。这似乎异样地猥亵。他啪的一声把灯关了。

他一直待在她身边,直到拉下的窗帘缝里透进一丝亮光,告诫他们天已破晓。朱莉娅在心灵和肉体上都彻底垮了。

"我们到达戛纳的时候,我将完全不像人样了。"

这风险多大啊!他很可能把她杀了,或者偷走她的珍珠项链。她想起自己招来的这种危险,周身热一阵冷一阵。他也是到戛纳去的。假如他到了那里硬要跟她来往,她将如何向她的朋友们解释他是什么样的人?她确信多丽不会喜欢他。他还可能向她敲诈勒索。如果他要求重复这回的勾当,她该怎么办?他很热情,这是无可置疑的,他还曾问她将耽搁在哪里,虽然她没有告诉他,但他要打听的话,是肯定能打听到的;在戛纳这样的地方,几乎不可能不偶然碰到他。他会缠住她。如果他真如他所说的那样深深地爱她,那就没法想像他会放过她,而且这种外国人是多么不可信赖,他可能会当众大闹的。唯一可以宽慰的是他只在这里度过复活节,她可以假装疲惫不堪,对多丽说她喜欢安静地待在别墅里歇息一阵。

"我怎么会成了这样的蠢货?"她大声地自怨自艾。

多丽将到车站来接她,要是他冒失地上前来向她告别,她就将对多丽说他把包房让给了她。这样说没有坏处。尽可能说真话,总是最好的办法。但是在戛纳下车的乘客相当多,朱莉娅走出车站,坐进多丽的汽车,没有看到他的影子。

"今天我什么也没有安排,"多丽说。"我想你会觉得累,所以要你就和我单独在一起待上二十四小时。"

朱莉娅在她手臂上亲热地拧了一下。

"这太好了。我们就在别墅里到处坐坐,脸上涂些油膏,畅快地聊聊天。"

可是第二天多丽安排好一同出去吃饭,还要到克罗伊塞特河上的一个酒吧间去和她们的房东们会晤,共饮鸡尾酒。这一天天气晴朗,风和日丽。她们下了汽车,多丽站定下来,吩咐车夫回头来接她们,朱莉娅等着她。

突然她的心猛地一大跳,原来那个西班牙人正朝着她走来,一边有一个女人吊在他臂膀上,另一边是一个小女孩,他正搀着她的手。朱莉娅来不及转身闪避。就在这时候,多丽跑来同她一起跨过人行道。西班牙人走来了,他对她瞟了一眼,一点也没有相识的表示,他正跟吊在他臂膀上的女人谈得起劲,就这样走过去了。朱莉娅一刹那间就明白他不想看见她,正同她自己不想看见他一样。那个女人和那孩子显然是他的妻子和女儿,他特地到戛纳来和他们共度复活节的。

真是大大地松了一口气!现在她可以无所恐惧地尽情欢乐了。但当她陪着多丽去酒吧间的时候,朱莉娅心想男人们真是可恶。你简直一分钟也不能信任他们。一个男人自己有漂亮的妻子,又有这么可爱的一个小女孩,竟然会在火车上跟个陌生女人胡搞起来,真是可耻。你还以为他们总该讲点体面吧。

然而随着时间的流逝,朱莉娅的愤慨渐渐消退了,后来常常想起这桩奇遇,竟觉得极大的喜悦。毕竟这事情怪有趣的。有时候她听任自己胡思乱想,在幻想中重温那奇异的一夜所发生的一切。他是个非常可人心意的情人。等她成了老太婆,他将使她有所回忆。

尤其是那部胡子给她的印象最深：它碰到她脸上时，那种说不出的感觉，还有那既讨厌又异样刺激的像是发霉的气味，真是美妙。

这些年来，她一直在寻找留胡子的男人，她似乎觉得，倘有这样的一个人向她求爱的话，她简直没法拒绝。可是人们不大留胡子了，对她来说也幸亏如此，因为她一看见，膝盖就会有些发软，而偶尔碰到个留胡子的，却又不来向她献殷勤。

她很想知道这西班牙人到底是谁。一两天后，她在卡西诺赌场里看见他在玩"九点"①，问了两三个人是否认识他。谁都不认识，他就这样永远无名无姓地留在她的记忆中，留在她的骨髓里。奇怪的巧合是，那天下午那个如此出人不意地轻举妄动的年轻人的名字，她同样也不知道。她想想真有点滑稽。

"要是我事先晓得他们要对我放肆，我至少得向他们要张名片吧。"

想到这里，她乐陶陶地睡着了。

---

① 一种纸牌赌博戏，原文为法语 Chemin de fer，意为"铁路"。

十三

　　过了几天,有一天早晨,朱莉娅正躺在床上读剧本,地下室打来
一个电话,说是芬纳尔先生打来的,问她接不接。这个名字对她全
然是陌生的,她正想不接,忽然想起这可能就是她奇遇中的那个小
伙子。她的好奇心使她叫他们把电话接上来。她听出正是他的
声音。

　　"你答应过打电话给我,"他说。"我等得不耐烦了,所以反过
来打给你。"

　　"这几天我忙得焦头烂额。"

　　"那我什么时候和你见面呢?"

　　"等我一有空再说。"

　　"今天下午怎么样?"

　　"今天我有日场演出。"

　　"日场结束后来喝茶吧。"

　　她笑了笑。("不,年轻的毛头小伙子,你可别以为我会再干一
次那样的事。")

　　"我做不到,"她回答说。"我总是待在化妆室里,休息到夜场
演出。"

　　"我能在你休息时来看你吗?"

　　她犹豫了一下。或许最好倒是让他到化妆室来;随时随刻有伊
维跑出跑进,七点钟又有菲利普斯小姐来按摩,不可能搞出什么胡
乱的事来,而且正好趁机会亲切地(因为他真是个可爱的小东西)
而又坚决地对他说,那天下午的事不可能重演。她要好好准备一些

话向他解释那是荒谬之至的,他必须答应她把这个插曲从他记忆中整个儿抹掉。

"好吧。五点半来,我请你喝杯茶。"

从下午到晚上演出之间她在化妆室里度过的那三个小时,是她繁忙的生活中最惬意的时刻。剧组里的其他人员都走了;伊维在那里侍候她,门卫使她不受干扰。她的化妆室很像一间船舱。世界似乎远在天边,她很欣赏隐逸的情趣。她感到一种令人神往的自由。她打打瞌睡,看看书报,时而舒适地靠在沙发里,浮想联翩。她玩味她正在扮演的角色和过去演过的那些心爱的角色。她想到她儿子罗杰。愉快的遐想在她头脑中漫步,有如情侣们在绿色的树林中闲游。她喜欢法国诗歌,有时候独自背诵起魏尔兰①的诗句来。

五时半正,伊维给她送来一张名片。"托马斯·芬纳尔先生,"她念道。

"请他进来,再端些茶来。"

她早已决定如何对待他。她要和蔼而又疏远。她要对他的工作表示朋友般的关怀,问他考试成绩如何。然后她要跟他谈谈关于罗杰的情况。罗杰现在十七岁,再过一年就要上剑桥大学了。她要隐隐使他明白她已经老得足以做他母亲这一点。她要做得仿佛他们之间什么也没有发生过,让他就这样离去,从今往后除了隔着舞台的脚光将永远不再见她的面,乃至几乎相信整个这件事只是他想像中的幻觉。

然而当她看见他时,看到他那瘦小的个儿、泛着潮热的面颊,还有他那双迷人的、孩子气的蓝色眼睛,心里突然一阵剧痛。

伊维在他背后关上门走了。朱莉娅躺在沙发上,伸出一条手

---

① 魏尔兰(Paul Verlaine,1844—1896)为法国象征主义诗人。

臂,把手给他,嘴唇上堆着莱加米尔夫人①的殷勤的微笑,但是他却一下子双膝跪下,狂吻她的嘴。她情不自禁,双臂抱住他的脖子,同样狂热地亲吻他。

("噢,我的美好的决定啊!我的上帝,我不能爱上他啊。")

"看在老天分上,你坐下吧。伊维马上会端茶来。"

"叫她不要来打扰我们。"

"你这是什么意思?"但他的意思很清楚。她心跳急促起来。"太荒唐了。我不能。迈克尔随时会进来。"

"我要你。"

"你说伊维会怎么想?白痴才冒这样的险。不,不,不。"

随着一声敲门声,伊维端着茶走进来。朱莉娅吩咐她把桌子搬到她沙发跟前,在桌子对面给那年轻人放把椅子。她用不必要的谈话把伊维拖在那里。她觉察到他在瞧着她。他的两只眼睛骨碌碌地盯着她的一举一动和她脸上的表情;她避开他的目光,可是感觉到他目光中的急切和他一个劲儿的情欲。她心慌意乱起来。她觉得自己的嗓音也不大自然了。

("真该死,我怎么啦?上帝啊,我气都快透不过来啦。")

伊维走到门口时,这孩子做了个手势,这手势是完全出于本能的,所以不是她的目光而是她的敏感注意到了它。她不由得朝他一看。只见他脸色惨白。

"哎,伊维,"她说。"这位先生要跟我讨论一个剧本。你看着,别让人来打扰我。我要叫你的时候,会打铃的。"

"很好,小姐。"

---

① 莱加米尔夫人(Madame Récamier,1777—1849)为法国社交界名媛,当时的名画家大卫曾为她画过一张躺在沙发上的肖像画,现存巴黎卢浮宫中。

伊维走出去,把门关上。

("我是个笨蛋。我是个该死的笨蛋。")

但他已经把桌子移开,跪倒在地上,把她搂在怀里。

她到菲利普斯小姐快来以前,才打发他离开,等他走了,她按铃叫伊维。

"这戏①好吗?"伊维问。

"什么戏?"

"他在跟你谈的那出戏。"

"他很聪明。当然他还年轻。"

伊维正低头看着梳妆台。朱莉娅喜欢样样东西都安放在原处,如果一瓶油膏或她的睫毛膏不是丝毫不错地放在一定的地方,就会发脾气。

"你的木梳呢?"伊维问。

他曾用来梳过头发,随便丢在茶几上了。等伊维看见了,她盯着思索了一会。

"木梳怎么搞到那里去了?"朱莉娅轻声嚷了一声。

"我正觉得奇怪呐。"

这可把朱莉娅窘住了。在化妆室里搞那种勾当,当然是荒唐透顶的。啊,连门锁孔里钥匙都没塞一把。钥匙在伊维身边。尽管如此,这样冒险反而增添刺激。想想她会疯狂到这个地步,真是好玩儿。不管怎么样,他们现在已经约好了相会的日子。

汤姆——她问过他家里人叫他什么,他说托马斯,可她实在没法这样叫他②——汤姆要请她到一个他们可以在那里跳跳舞的地

①　原文为 Play,既可作"戏剧、剧本"解,也可作"调戏、把戏"解,此处显然是妙语双关。
②　汤姆是托马斯的昵称,朱丽娅对他太亲昵,所以非用昵称称呼他,才觉顺口。

方去吃晚饭，正巧迈克尔那天要去剑桥大学整夜排练大学生创作的一系列独幕剧。他们尽可以在一块儿待上几个小时。

"你可以到天亮送牛奶的人来的时候才回去①，"他说。

"那么我第二天要演出怎么办呢？"

"我们可管不了这个。"

她不让他到剧院来接她，等她到达他们约定的饭店时，他已经在门厅里等她了。他看见她来，眉飞色舞。

"那么晚，我怕你不来了呢。"

"对不起，戏演完后，来了几个讨人厌的家伙，我没法甩掉他们。"

这可不是真话。那天她整个晚上都像个小姑娘第一次参加舞会那样地兴奋。她不由地心想自己是何等荒谬。但是当她卸好妆，重新打扮准备去进晚餐时，她总觉得搞得不满意。她在眼皮上搽上蓝色，又把它擦去，在面颊上涂了胭脂，又擦干净了，再试另一种颜色。

"你想要怎么样？"伊维问。

"我想要看上去像二十岁，你这笨蛋。"

"你再这样弄下去，要看得出你现在的年龄了。"

朱莉娅从没看见他穿过夜礼服。他好比一枚簇新的大头针般光耀夺目。虽然他不超过一般身高，可是他的瘦削的体形使他显得个子高高的。尽管他摆出一副惯于社交的架势，她看到他在点菜时在领班侍者面前畏畏缩缩的样子，心中有些感动。

他们跳舞，他舞跳得不太好，但他那稍稍有些尴尬的样子，在她看来也很可爱。人们认得她，她意识到他为他们注视着她而感到自

---

① 这是英语中一句开玩笑的话，意谓"在外面玩了通宵，天亮才回家"。

己脸上也有光彩。一对刚在跳舞的年轻男女走到他们桌子跟前,向她问好。等他们走开后,他问道:

"这不是丹诺伦特侯爵和侯爵夫人①吗?"

"是的。乔治②还在伊顿公学念书的时候,我就认识他了。"

他用两只眼睛目送着他们。

"她原是塞西莉·劳斯顿小姐,不是吗?"

"我忘了。她是吗?"

看来她对此根本不感兴趣。过了一会儿,另一对舞侣经过他们面前。

"瞧,那是莱巴德夫人,"他说。

"她是谁?"

"你可记得,几星期前他们曾在柴郡③的府邸举行过一次盛大宴会,威尔士亲王④也参加的。《旁观者》上登载着。"

哦,原来他就是这样晓得所有这些情况的。可怜的宝贝啊。他在报刊上读到有关显贵人士的报道,有时候在饭店或剧院里看到了他们本人。这对于他当然是一种兴奋激动的事儿。浪漫生活。他才不知道这些人实际上多么惹人厌烦哪!他如此无知地热爱这些在画报上刊出照片的人士,使他显得难以置信地天真,于是她含情脉脉地瞧着他。

"你过去曾经请哪位女演员到外面吃过饭吗?"

他脸涨得通红。

"从来没有过。"

---

① 小说一开头就写朱莉娅询问送了什么座位的票子给丹诺伦特家,这夫妇俩和查尔斯·泰默利都是丹诺伦特家族人员。
② 这是丹诺伦特侯爵的教名,朱莉娅和他们家很熟,故而直呼其教名。
③ 柴郡(Cheshire)在英格兰西部沿海。
④ 威尔士亲王(Prince of Wales)为英国王太子的称号。

　　她极不愿意让他付账,她依稀意识到这顿饭足以花费他一个星期的薪水,不过她知道,如果她抢着要付账的话,会损害他的自尊心。她突然随口问他现在什么时候,他本能地朝手腕上看看。

　　"我忘记戴表了。"

　　她用锐利的目光瞅着他。

　　"你当掉了吗?"

　　他的脸又涨得通红。

　　"不。我今晚穿衣服太匆忙了。"

　　她只消看看他打的领带,就知道并不是这么回事。他在对她撒谎。她知道他为了请她出来吃饭,当掉了手表。她感动得喉头都哽住了。她恨不得立刻当场拥抱他,吻他的蓝眼睛。她爱他。

　　"我们走吧,"她说。

　　他们开车回到塔维斯托克广场他那兼作卧室和起居室的屋子里。

十四

第二天,朱莉娅到卡地亚商店①去买了一只手表,准备送给汤姆·芬纳尔,以补偿他当掉的那只,两三个星期之后,她得悉他的生日到了,又送了他一只金烟盒。

"你可知道,这正是我想望了一生的东西。"

她不知道他眼睛里是不是含着眼泪。他热情地亲吻她。

此后,她总是借着一个个名目,送他珍珠前胸饰钮、袖口链钮和背心钮子。她送这些礼物给他,感到兴奋不已。

"我没法送还你什么,真是糟糕,"他说。

"把你曾经当掉了请我吃饭的那只手表送给我吧。"

那是一只小金表,价值不会超过十镑的,然而她不时喜欢拿来戴在手上。

朱莉娅是在那晚第一次同他吃晚饭之后才暗自承认爱上他的。这使她震惊。但是她满怀欢欣。

"我总认为我这一生不可能再恋爱了。当然这不会长久。可是为什么不尽可能从中寻求乐趣呢?"

她决定必须让他再到斯坦霍普广场来。没隔多久,机会来了。

"你知道你的那位青年会计师,"她对迈克尔说,"他名叫汤姆·芬纳尔。有天晚上我在外面吃饭,碰到了他,我请他下星期天来参加我们的宴会。我们需要一个临时凑数的男宾客。"

"噢,你认为他合得拢吗?"

这是个盛大的宴会。她就因为这个缘故而邀请他的。她想他会喜欢遇到一些以前仅仅从照片上看到的人们。她已经发觉他有

点势利。嗯,这正是好事;她可以让他认识所有他想要认识的时髦
人物。

原来朱莉娅头脑很敏锐,她十分清楚汤姆并不爱她。跟她发生
暧昧关系,满足了他的虚荣心。他是个性欲旺盛的青年男子,最喜
交欢。听他吐露的口风和从她引他说出来的往事中,她发现他从十
七岁开始就和许多女人发生过关系。他是爱性行为而不是爱其人。
他把它看作是天下最大的乐趣。她也懂得他何以能如此得计。他
的身体是皮包骨,正因为如此,他的衣服那么合身,而他这瘦骨嶙峋
自有其动人之处,他的清秀干净更具有一种迷人的魔力。他的腼腆
和他的厚颜无耻交融在一起,使人无可抗拒。一个妇人被人当作毛
丫头,会感到异样地荣幸,所以就会干脆翻滚到床上去。

"当然,他所有的就是性感。"

她知道他的漂亮是由于年轻。他年纪大起来会渐渐憔悴、干
瘪、枯萎的;他两颊魅人的红光会变成紫色,他细嫩的皮肤会起皱纹
而变得灰黄;但是想到她所爱他的一切只能保持那么短暂的时间,
又增添了她的柔情。她对他感到一种异样的怜悯。他富有青春活
力,她贪婪地享用着,犹如猫儿舐饮牛奶。但他并不是一个有趣的
人。虽然听见朱莉娅说了一句发笑的话,他会哈哈大笑,可他自己
从来不说一句发笑的话。她并不介意,他的沉闷使她感到安心。她
从来没有比跟他在一起时更觉得轻松愉快,她一个人的活跃足以抵
得上两个人。

人们不断地对朱莉娅说,她看上去年轻了十岁,还说她从来没
有演得这样精彩过。她知道这是真的,她也知道是什么缘故。但是
她应该谨慎行事。她必须保持清醒的头脑。

---

① 法国卡地亚名牌手表的门市部。

查尔斯·泰默利老是说一个女演员所需的不是智力,而是敏感,这他很可能说对了;或许她并不聪明,可是她感觉灵敏,她信赖感觉。现在感觉教她决计不能对汤姆说她爱着他。她小心翼翼地向他表明她并不要求管束他,他有喜欢怎样做就怎样做的自由,她装出一种态度:这回事无非是儿戏,双方都不必看得太重。然而事实上她竭尽全力束缚住他,使他为她所有。

他喜欢聚会,她就带他去参加一个个聚会。她叫多丽和查尔斯·泰默利请他吃午饭。他喜欢跳舞,她就替他弄到一个个舞会的请帖。为了他,她特地亲自去参加,待上一个小时,她觉察到,他看见人们围着她团团转而感到得意。她知道那些达官贵人使他眼花缭乱,便介绍他认识这些名流。

幸亏迈克尔对他颇有好感。迈克尔爱讲话,汤姆乐于听。他在业务方面脑子很灵。有一天,迈克尔对她说:

"汤姆是个乖巧的家伙。他对于所得税非常熟悉。我相信,他教了我一个办法,下次报税可以少付两三百镑。"

迈克尔正在物色新的演戏人才,时常在晚上带他去伦敦或郊区看戏;他们总是在朱莉娅演出结束后去接她,三人一同进晚餐。有时候迈克尔请汤姆在星期天陪他打高尔夫,打好球后,如果没有聚会,就带他一起回家吃晚饭。

"有这么一个小伙子在身边很有意思,"他说。"他使人不会生锈。"

汤姆在这个家庭里很讨人欢喜。他往往跟迈克尔玩十五子游戏①,或者陪朱莉娅玩单人纸牌戏,当他们开起留声机来时,他总在

---

① 玩十五子游戏(backgammon)的双方各有十五个棋子,轮流掷骰子决定行棋格数,以决胜负。

那里换唱片。

"他将成为罗杰的好朋友,"迈克尔说。"汤姆头脑清醒,他比罗杰大好几岁。他应该会对他产生好的影响。你为什么不请他来和我们一起度假呢?"

("幸运的是,我是个出色的女演员。")但是需要当心不要在声音中露出欢欣,不要在脸上露出使她怦怦心跳的狂喜。"你这主意不错,"她回答说。"要是你喜欢,我可以请他来。"

他们的戏要演过八月份,而迈克尔曾在塔普洛租了一幢房子,以便他们可以在那里度过酷热的夏天。朱莉娅得去伦敦演出,迈克尔逢到业务需要时也得赶到伦敦去,但她在白天和星期天都可以待在乡下。汤姆有两星期假期;他欣然接受了邀请。

可是有一天,朱莉娅发现他异乎寻常地沉默。他脸色苍白,兴高采烈的神气没有了。她知道总有什么问题,可他不告诉她是什么;他只是说他烦恼得要死。最后她终于迫使他说出他向一些商人借了钱,现在他们正催他还债。原来她带领他进入的生活圈子,使他入不敷出,而他跟她去参加盛大聚会时,不好意思穿着他原来的廉价服装,便到一个高价的裁缝那里去定做了几套新衣裳。他买马票,希望能赢得足够的钱来还债,但他看中的马被别的马胜过了。在朱莉娅眼里,他欠的钱真是笔极小的数目,只有一百二十五镑,她认为一个人让这么点小事困恼着,实在荒谬。她当即提出由她来给他这笔钱。

"噢,我不能接受。我不能拿女人的钱。"

他涨红着脸;一想到拿女人的钱就惭愧。朱莉娅用尽了一切甜言蜜语。她讲道理给他听,她假装生气了,甚至流了几滴眼泪,最后才承蒙他大恩大德,答应向她借这一笔钱。

第二天,她送去一封信,里面是钞票,共二百镑。他打电话给她，说她送来的钱远远超过了他的急需。

"啊，我知道人们总是不肯老实讲出自己欠的数目，"她哈哈地笑着说。"我可以肯定你欠的数目比你说的多。"

"我向你保证，我没说谎。我尤其不会对你说谎。"

"那就把多余的留下供不时之需吧。我们一同出去吃饭的时候，我不愿意让你付账。另外还有出租汽车的车钱等等都一样。"

"不，说真的。这太羞人啦。"

"胡说什么！你知道我的钱多得不知该怎么花呢。我帮你摆脱困境，使我从而得到快乐，难道你不愿给我快乐吗?"

"你真是太好了。你不知道你帮我解除了多大的忧愁。我不知道该怎样感谢你。"

可是他的话音是苦恼的。可怜的小乖乖，他真太保守了。不过，她给了他钱，确实使她感到一种过去从未感受过的刺激;这激起了一股惊人的热情。

她心中另有一个计谋，她认为这在汤姆来到塔普洛作客的两个星期里很容易实现。汤姆在塔维斯托克广场的卧室兼起居室，在她心目中起初似乎乌七八糟中别有情趣，那些简陋的家具触动了她的感情。然而时间夺去了它们的这些动人之处。有两次她在楼梯上碰到一些人，觉得他们异样地注视着她。有一个邋遢的女管家给汤姆收拾房间并准备早餐，朱莉娅有种感觉，认为她准晓得他们的事情，所以经常在窥视着她。有一次，朱莉娅在房间里，有人在试着旋门锁，朱莉娅走出去看时，只见那女管家正在掸楼梯扶手上的灰尘。她对朱莉娅阴阳怪气地一瞥。朱莉娅憎恶楼梯周围滞留着的陈腐食物的气味，凭着她敏锐的目光，很快就发现汤姆的房间实在不太干净。肮脏的窗帘、破旧的地毯、蹩脚的家具，一切都使她厌恶。

正巧在不久前，一直在寻找有利的投资对象的迈克尔在斯坦霍普广场附近买进了一排汽车间。他发现,如果把自己不要用的租出去,自用的就可以不花一分钱。汽车间上面有好几间房间。他把它们分成两套小套房,一套给他们的车夫住,另一套准备出租。这一套还空着,朱莉娅便向汤姆建议他该租下。这将是再好没有了。她可以在他从写字间回来时溜去看他,待上一个小时;有时候她可以在剧院散场后去弯一弯,没有人会晓得他们在搞些什么的。他们在那里可以逍遥自在。她对他讲他们共同布置这套套房该多么有趣;她相信,他们家里有许多不用的东西,放在他那边,好算是给他们帮了大忙。另外需要些什么,他们将一起去买。

他被自己有一套套房的念头诱惑着,可总以为这事情是不可能的;房租虽低,却是他无法负担的。这朱莉娅也知道。她还知道,如果她提出由她来支付,他将愤然拒绝。然而她想,在河畔悠闲而舒适的两个星期期间,她准能消除他的顾虑。她看出这个主意对他的诱惑力有多大,她完全有把握能够想出办法来使他相信他同意她的建议实在是帮她的忙。

"人们想做什么,无需理由,"她寻思道。"他们需要的是借口。"

朱莉娅兴奋地盼望着汤姆到塔普洛来作客。早上和他一起泛舟河上,下午和他一起在花园里各处坐坐,够多逍遥。有罗杰在家,她抱定宗旨和汤姆之间不能干出荒唐事来;体面攸关嘛。但她几乎可以整天和他相处在一起,将胜似身在天堂。逢到她作日场演出时,他可以跟罗杰一起玩儿。

可是事情的发展却完全不像她所预期的那样。她万万没想到罗杰和汤姆会情投意合,一见如故。他们之间年龄相差五岁,她想——或者说,若然她想到过这一点的话——汤姆将把罗杰只当是个大孩子,当然是个很好的孩子,不过你也只能当他是个孩子,替你

拿拿东西,搬搬东西,当你不高兴和他多啰唆的时候,就叫他自己
玩去。

　　罗杰十七岁。他是个相貌不错的孩子,长着带红色的头发和蓝
蓝的眼睛,但是你所能夸他的也就是这些了。他既没有他母亲的活
力和丰富多样的表情,又没有他父亲的秀美的容貌。朱莉娅对他多
少有点失望。他小时候,她经常跟他一起合影,那时候他很可爱。
现在他却相当木头木脑,一副一本正经的样子。说真的,你如果仔
细看看,会发现他仅有的不错的部分就是他的牙齿和头发。朱莉娅
很喜欢他,不过总嫌他有点呆板。她和他单独在一起的时候,时间
过得多么缓慢而沉闷。对于她认为准能使他感兴趣的东西,诸如板
球之类,她表现出极大的兴趣,可是他对此好像总没有多少话可说。
她怕他可能不大聪明。

114

　　"当然他年龄还小,"她抱着希望地说。"也许他长大了会好
起来。"

　　自从他开始上预备学校①时起,她一直很少见到他。逢到假
日,她晚上总要演出,于是他便跟他父亲或哪个男朋友一同出去,星
期天和父亲一同打高尔夫球。她如果在外面进午餐的话,往往除了
早上他到她房间里去几分钟之外,一连两三天不见他的面。可惜他
不能一直是个漂亮可爱的小孩子,能在她房间里玩耍而不干扰她,
笑嘻嘻地对着照相机,一条手臂挽住她的脖子,一起拍照。她偶尔
去伊顿公学看望他,和他一起喝茶。他的房间里放着几张她的照
片,她感到高兴。她意识到自己到伊顿去时,多少引起了轰动,而他
寄宿的人家的主人布拉肯布里奇先生对她殷勤备至。

---

　　① 预备学校:在英国一般指为升入公学或其他中学作准备的私立小学,在美国则指为
　　　升入大学作准备的私立中学。

当半学年结束的时候,迈克尔和朱莉娅已经搬到塔普洛去居住了,所以罗杰直接来到那里。朱莉娅热情地吻他。他回到家里,并不像她预料的那样兴奋。他有点若无其事的样子。他似乎已经一下子变得十分老成了。

他随即对朱莉娅说他希望在圣诞节离开伊顿公学,他认为他能在那里学到的东西都已经学到了,他要到维也纳去待几个月学德语,然后进剑桥大学。迈克尔原来希望他参加陆军,但是他坚决不同意。他还不知道自己究竟想成为什么样的人。朱莉娅和迈克尔一开始就担心他要登上舞台做演员,但是他对此显然并无兴趣。

"反正他什么也成不了,"朱莉娅说。

他过他自己的生活。他到河上去,在花园里到处躺着看书。在他十七岁生日那天,朱莉娅送给他一辆非常漂亮的敞篷小汽车,于是他就开着它以极其危险的速度在乡间乱兜。

115

"有一点叫人安心,"朱莉娅说。"他并不打扰别人。他似乎很能够自己寻开心。"

每逢星期天,他们总请许多人来共度假日,有男女演员,偶尔有个作家,还有一些他们的阔朋友。朱莉娅觉得这些聚会很有味儿,她知道人们喜欢来参加。在罗杰回来后的第一个星期天,来了一大批人。罗杰对客人们彬彬有礼。他作为主人之一,尽他招待客人的责任,很像个老于社交的人。不过朱莉娅总觉得他说不出的冷淡,仿佛在扮演一个角色,而没有全身心地投入,她不安地感觉到他并不接受所有这些人,而是在冷眼品评他们。她的印象是,他对他们这些人一个也不认真对待。

汤姆约好下个星期六来,她在剧院散场后开车带他下乡。那是个月明之夜,在那个时刻路上空荡荡的。驾驶汽车令人神往。朱莉娅恨不得永远沉浸在这个情景之中。她偎依着他,他在黑暗中时不时吻她。

"你快活吗?"她问。

"快活极了。"

迈克尔和罗杰已经睡了,但餐室里摆好了晚餐,在等着他们。这幢寂静无声的房子使他们感到自己仿佛是来到这里的不速之客。他们好像两个流浪汉,从黑夜里走出来,走进一所陌生的宅子,看见为他们摆着丰盛的佳肴。这是多么罗曼蒂克啊。它有点儿像《天方夜谭》里的一个故事的味儿。

朱莉娅领他到他的房间,那是在罗杰的房间的隔壁,然后就去睡了。第二天早晨,她很晚才醒来。那是个晴朗的日子。为了要和汤姆单独在一起,她没有从城里请其他的客人来。等她穿好了衣服,他们将一同到河上去玩。她吃了早餐,洗了澡。她穿上一件与阳光明媚的河边景色很相称的短小的白色连衣裙,头戴一顶阔边的红色草帽,它在她脸上罩上一层暖色的光泽。她化的是淡妆。她望着镜子里的影子,满意地笑笑。她看上去确实非常美丽和年轻。她下楼缓步走进花园。花园里有一片草地一直延展到河边,她在这里看见迈克尔,身边摊满着星期日的报纸。他只一个人。

"我当你去打高尔夫球了。"

"不,小伙子们去了。我想让他们单独去,他们可以玩得更有劲些。"他带着他的和蔼的微笑。"他们对我来说是太活跃了些。今天早晨八点钟,他们就洗了澡,一吃罢早饭,就开着罗杰的汽车溜掉了。"

"我真高兴他们成为朋友。"

朱莉娅这话倒是真心话。她将不能和汤姆去河上玩,是有些失望的,不过她极希望罗杰喜欢他,因为感觉到罗杰不是不加选择地随便喜欢别人的;好在未来的这两个星期中,她尽可以和汤姆在一起的。

"他们使我感到自己完全是个该死的中年人了,我不瞒你说,"迈克尔说道。

"胡说八道。你比他们哪一个都漂亮,这你自己也很清楚,我的宝贝。"

迈克尔撅出些他的下巴,缩进些他的肚子。

小伙子们到午餐快准备好的时候才回来。

"对不起,我们回来得太晚了,"罗杰说。"乱七八糟的人群太挤了,我们几乎在每个发球区都得等待。我们打了个平手。"

他们又饿又口渴,又兴奋又得意。

"今天这里没人来,好极了,"罗杰说。"我原怕你要请一大帮人来,我们又得像小绅士那样循规蹈矩了。"

"我想休息一下有好处,"朱莉娅说。

罗杰朝她瞥了一眼。

"对你有好处,妈妈。你看上去怪疲劳的。"

("他那双该死的眼睛。不,我决不能露出我对他这话不乐意。感谢上帝,我能演戏。")

她欢畅地笑了一声。

"我一夜没好好儿睡,尽是想着我们到底该拿你脸上的粉刺怎么办。"

"我知道;这些粉刺不难看得要命吧?汤姆说他以前也长过。"

朱莉娅瞧着汤姆。他穿着网球衫,领口敞开着,头发蓬蓬松松的,面孔已经被太阳晒红了,看上去令人难以相信地年轻。他确实看上去年龄并不比罗杰大。

"反正他的鼻子就要脱皮了,"罗杰轻声笑着继续说。"到那时候他才好看哩。"

朱莉娅心中略感不安。她觉得汤姆似乎年龄缩小了,所以他不仅仅在年龄上、而且在其他方面也成了罗杰同一辈的人。他们乱七八糟地胡扯。他们狼吞虎咽地大吃,还一大杯一大杯地喝啤酒。迈克尔同往常一样饮食很有节制,看着他们这样子,觉得挺有趣。他欣赏他们的青春和他们的高涨情绪。他使朱莉娅联想起一条老狗躺在太阳里,用尾巴轻轻拍打着地面,一边看着身边蹦蹦跳跳的一对小狗。他们在草地上喝咖啡。朱莉娅坐在那里的树荫下,望着河水,心旷神怡。汤姆身材瘦削,穿着他那条白色长裤,十分潇洒。她从没看见他抽过板烟。她觉得他这模样出奇地动人。可是罗杰学着他的样子在取笑他。

"你抽板烟是因为它使你有男子汉的感觉呢,还是因为你喜欢抽?"

"住口,"汤姆说。

"你咖啡喝完了吗?"

"喝完了。"

"那么来吧,我们到河上去。"

汤姆朝她投了个疑惑的眼色。罗杰看见了。

"啊,没关系,你不必为我尊敬的父母亲操心,他们有星期日的报纸可以看。妈妈新近给了我一条赛艇。"

("我必须耐住性子。我必须耐住性子。我怎么会愚蠢得送了他一条赛艇呢?")

"很好,"她说,脸上堆着溺爱的微笑,"河上去吧,可别掉了下去。"

"掉下去也淹不死我们。我们会回来喝茶的。网球场划好线了没有,爹? 喝了茶我们要打网球。"

"我相信你爹能另外找个人,让你们好打双打。"

"哦,不用费心了。单打实在更好玩,而且又能有更多的运动。"接着他对汤姆说:"我跟你比赛,看谁先奔到停船处。"

汤姆一跃而起,急速跟着罗杰飞奔而去了。迈克尔拿起一张报纸,寻找他的眼镜。

"他们正好一搭一档,是不是?"

"显然是的。"

"我原来担心罗杰单独在这儿和我们在一起会觉得厌烦。现在有个人陪着他玩,对他这就好了。"

"你不以为罗杰太不顾到别人吗?"

"你是说打网球的事吗?哦,我亲爱的,我打不打无所谓。两个孩子要一起玩,这是很自然的。从他们的眼光看,我是个老年人,他们认为我会使他们的游戏扫兴。归根到底,最要紧的是他们应该玩得痛快。"

朱莉娅深感内疚。迈克尔固然不风趣、太吝啬、又自鸣得意,但是他是何等少有地善良,何等可贵地无私无我!他没有一点妒忌心。只要不花钱,他总以使别人欢乐为真正的快事。她对他的心思了如指掌。的确,他的思想一向平庸,但是另一方面却绝无半点可耻的念头。他如此值得她爱慕,而她竟对他厌烦得要死,这好不令人着恼啊。

"我想你作为男人比我作为女人要好得多,我亲爱的,"她说。

他对她和蔼亲切地一笑,微微摇了摇头。

"不,亲爱的,我曾经有过出色的外形,而你有的是天才。"

朱莉娅咯咯笑了。你能从一个永远听不懂你在说些什么的男人身上得到相当的乐趣。但是当人们说某个女演员是天才的时候,他们指的是什么呢?朱莉娅常常问自己,究竟是什么使她终于高出于她同时代的人的呢?她曾经被人贬低过。有一个时期,有人把她和这个或那个当时正走红的女演员相比,说她不如她们,现在可再没有人对她的超群绝伦提出异议了。

诚然,她没有电影明星的世界声誉;她上过银幕,去碰碰运气,可是没有获得成功;在舞台上她的面部是多么灵活,多么富于表情,而在银幕上却由于某种原因而显不出来,所以她在迈克尔同意下尝试了一次之后,从此拒绝接受时常有人前来向她提出的邀请。她的尊严的态度在公众中产生着有效的广告作用。然而朱莉娅并不妒忌电影明星;她们来了又去了,而她始终存在。

有机会的时候,她去观看在伦敦舞台上扮演主要角色的女演员们的表演。她乐于称赞她们,而且她的称赞是真诚的。有时候她从心底里认为她们确实优秀,因而弄不懂为什么人们独独对她这样大惊小怪。她很聪明,不会不知道公众对她如何评价,但她并不自视过高。往往她的表演完全出于自然,根本没法想像可能有另外的表演法,但是人们似痴若狂地叫好不止,这一直使她惊奇。评论家们赞赏她丰富多样的演技。他们尤其赞扬她善于进入角色。

她并不自觉自己一直在仔细观察各式各样的人,但当她着手研究一个新角色的时候,种种模糊的回忆不知从哪里涌上脑子里来,于是她发现她了解要扮演的这个人物的各种情况,而她原先是对此一点模糊概念都没有的。想起一个她认识的人,或者仅仅在街上或宴会上见过的人,对她都有帮助;她把这些回忆和自己的个性结合起来,就这样创造出以事实为基础、并用她的经验、她对技巧的知识和惊人的吸引力加以充实的人物。人们以为她只在舞台上那两三个小时中作表演,却不知当她带着专心的样子跟人谈话或在办什么事情的时候,她所扮演的人物始终存在于她的心坎里。她常常感觉到自己是两个人,一个是女演员,众人喜爱的红人,伦敦穿着得最时髦的女人,这是个影子;另一个是她晚上在舞台上扮演的女人,这才是实体。

"什么叫天才,我要是知道才见鬼呢,"她心里想。"不过有一点我是知道的:我愿抛弃一切,只求回到十八岁。"

然而她知道这不是真的。如果她有可能重新倒退回去,她要不要呢?不。并不真要。她所关心的并不是走红——或者你喜欢说是成名——也不是在于掌握观众,不是在于他们对她的真诚仰慕,当然更不是她因而能够得到的金钱;真正使她激动的是她感到自己身上蕴藏着的力量,是她掌握作为媒介的角色的本领。她能进入角色,也许不是个很好的角色,台词也很无聊,然而凭着她的个性,凭着她现成的聪明灵巧,她能给角色注入生命。她处理角色的本领是任何人无从企及的。有时候她觉得自己好比上帝。

"再说,"她暗自好笑,"我十八岁的时候,汤姆还没出生呢。"

他喜欢同罗杰玩毕竟是很自然的。他们是同一代的人。今天是他假日的第一天,她必须让他开开心心地玩去;反正还有整整两个星期哩。他很快就会对整天和一个十七岁的孩子待在一起感到厌烦。罗杰很可爱,可是他鲁钝;她不能因母爱而看不到这一点。她必须十分注意,不能流露出半点困恼的样子。她一开始就抱定宗旨,绝对不要对汤姆有任何要求;如果他觉得对她欠什么情,那就糟透了。

"迈克尔,你为什么不把汽车间上面的那套房间租给汤姆呢?他既已通过了考试,成了注册会计师,就不能再住在一间卧室兼起居室的屋子里了。"

"这个主意不错。我去向他提出。"

"这样可以省掉一笔经租人的费用。我们可以帮他布置。我们有许多堆置着的旧家具。与其让它们在阁楼上霉烂掉,还不如让他使用。"

汤姆和罗杰回来吃了一顿饱饱的茶点,便去打网球,一直打到天黑。晚饭后,他们玩多米诺骨牌。朱莉娅出色地扮演着一个年纪还不好算大的妈妈,满怀欢喜地观看着她的儿子和他的男朋友打牌。她很早就去睡了。不多一会,他们也都上楼了。他们的房间正好就在她房间的上面。她听见罗杰走进汤姆的房间。他们谈起话来,她的窗子和他们的窗子都开着,她听得见他们热烈谈话的声音。她恼怒他们哪来那么多话可以交谈。她一向觉得他们俩都不是十分健谈的。过了一会儿,迈克尔的声音打断了他们。

"哎,你们这两个孩子,睡觉吧。你们可以明天再谈嘛。"

她听见他们的笑声。

"好吧,爹,"罗杰大声说。

"一对混账的碎嘴子,你们真是。"

她又听见罗杰的声音。

"好吧,晚安,老头儿。"

汤姆也热情地回答:"明天见,老朋友。"

"两个白痴!"她心中愠怒地想。

第二天早晨,朱莉娅正在吃早饭,迈克尔来到她房间里。

"小伙子们到亨特科姆去打高尔夫球了。他们要打两局,所以他们问是否必须回来吃午饭。我对他们说,他们来好啦。"

"我不太喜欢汤姆把我们家当作个饭店。"

"哎,我亲爱的,他们还不过是两个小孩子嘛。让他们尽量玩个痛快吧。"

那天她将整天见不到汤姆的面,因为她为了要及时赶到剧院,必须在五六点钟之间动身去伦敦。迈克尔当然大可一团和气地随他们怎么做。她可伤了心。她几乎要哭出来。他准是根本不把她放在心上,而她此刻想念的是汤姆;她本来下定决心,务使今天不同于上一天。她一醒来就抱定宗旨要容忍,要顺从事情的发展,然而她没有料到会迎面挨到这样一记耳光。

"报纸来了没有?"她绷着脸问。

她满腔怒火,驾车到市里去。

再下一天也并不好上多少。小伙子们没有到外面去打高尔夫球,但他们打网球。他们没完没了的活动使朱莉娅极为生气。

汤姆穿着短裤,露着两腿,上身一件球衫,看上去至多不超过十六岁。他们一天要洗三四次澡,所以他不可能保持头发平服,等头发一干下来,乱蓬蓬地满头都是鬈发。这使他看上去更年轻了,然而是多么媚人啊。朱莉娅心里难过。她觉得他的举止行动不知怎的都变了;老跟罗杰在一起,他已经不再是原来穿着讲究合宜的出入于交际场中的汤姆,而重新变成了一个不修边幅的小学生。

她从没在话里透露过,甚至目光里也没暴露过,他是她的情人;他对待她仿佛仅仅是罗杰的母亲。他说的每一句话,无论淘气还是客气,都使她感觉到她是属于长一辈的。他的行为中一点也没有年轻人向一个迷人的女人献殷勤的意味;他那样子宛如在一个没有出嫁的姑母面前展现的宽容的亲切。

朱莉娅恼恨汤姆竟俯首帖耳地围着一个比他小得多的孩子转。这说明他缺乏意志。但是她不怪他;她怪罗杰。罗杰的自私使她憎恶。当然可以说他还年轻。不过他只顾自己,不顾别人的欢乐,显出他的卑劣本性。他不会做人,也不替别人着想。他这样行动,仿佛这幢房子、这些仆人、他的父母都是专为他的方便而存在的。她多次想要严厉训斥他,却总不敢在汤姆面前扮演一个训子的母亲的角色。而且当你责骂罗杰的时候,他会显出一副受到严重伤害的样子,好像一头遭到了袭击的雌鹿,真叫人气得发疯,这使你感到自己既不仁慈又不公正。她也会有这样的表情,这是他从她那里继承到的一种眼神;她在舞台上经常运用,效果十分动人,她知道这不一定说明有多了不起,不过当她在他的眼睛里看到这种神情时,却使她感到震惊。此刻她一想到这个,就对他心软了。但是这感情的突变告诉了她一个事实:她是在妒忌罗杰,在疯狂地妒忌着。这一认识使她多少有点震惊;她不知该放声大笑,还是该感到羞耻。她思索了片刻。

"哼,我要拆他的台。"

她不打算让下个星期日像上一个那样度过。感谢上帝,汤姆是个势利的人。"女人用魅力来吸引男人,并纵容他们的恶习来掌握他们,"她喃喃自语,弄不清这句警语是她自己杜撰的,还是从她过去演过的哪个剧本里想起来的。

她吩咐打几个电话。她请了丹诺伦特夫妇来度周末。查尔斯·泰默利正待在亨莱①,他接受邀请于星期日来访,并将带他的主人梅休·布赖恩斯顿爵士同来,他是财政大臣。为了使他和丹诺伦特夫妇开心——因为她知道上层阶级的人们不喜欢在他们认为是波希米亚式的圈子里彼此相遇,却喜欢遇到各种各样的艺术家——她特地邀请了跟她搭档做男主角的阿尔奇·德克斯特和他的美丽的妻子,她的艺名是她未婚前的姓名格雷斯·哈德威尔。

她深信有一对侯爵夫妇在周围盘旋,还有一位给人留下深刻印象的内阁大臣,汤姆就不会出去和罗杰打高尔夫球或者整个下午驾赛艇玩了。在这样的一个聚会中,罗杰将无奈地守着他学生的本分,没有人理会他,而汤姆则将看她发挥光辉灿烂的才华。在预期的胜利到来之前的几天工夫里,她咬紧牙关竭力忍受。她很少看到

① 即泰晤士河上的亨莱(Henley-on-Thames),那是牛津郡的一个自治城市,在伦敦西;此处指下述财政大臣在那边的府邸,泰默利在那里作客。

罗杰和汤姆。在有日场演出的日子，她根本见不到他们的面。他们如果不玩什么体育游戏，就开着罗杰的汽车在乡野间乱兜。

朱莉娅在演完戏后开车接丹诺伦特夫妇下乡。罗杰已经上床睡了，但迈克尔和汤姆还在等候他们来共进晚餐。这是一顿很好的晚餐。仆人们也都睡觉去了，他们就自己动手。朱莉娅看着汤姆羞怯而热切地让丹诺伦特夫妇得到所需要的一切，看他遇到有效劳的机会，连忙一跃而起的殷勤样子。他客气得有点过分了。

丹诺伦特夫妇是一对不摆架子的年轻贵族，他们从来没想到过他们的爵位会给人什么了不起的印象，所以当汤姆给乔治·丹诺伦特拿走用脏的盘子并递给他一只碟子让他自己夹下一道菜时，乔治有些局促不安了。

"明天罗杰不会打高尔夫球了吧，我想，"朱莉娅心里说。

他们坐着谈谈笑笑直到凌晨三点，当汤姆对她道晚安的时候，他两只眼睛闪闪发亮；但这是由于爱情呢，还是由于香槟酒呢，她却不得而知。他紧紧握了一把她的手。

"好一个快活的聚会啊，"他说。

朱莉娅穿着一件蝉翼纱的衣裳，显得特别漂亮，下楼走进花园时，时间已经不早了。她看见罗杰手里拿着一本书，靠在一张长椅上。

"在看书吗?"她问，扬起她那实在俏丽的眉毛。"你干吗不去打高尔夫球?"

罗杰显出一点愁眉苦脸的样子。

"汤姆说天太热了。"

"哦?"她动人地微微一笑。"我还当你以为应该留下招待我的客人哩。今天要有很多人来，我们很容易招呼过来，不用你帮忙。其余的人都到哪儿去了?"

"我不晓得。汤姆正忙着在侍候塞西莉·丹诺伦特呢。"

"她很漂亮,你知道。"

"我看今天真要烦死人哩。"

"我希望汤姆不要嫌烦,"她说,仿佛非常关心似的。

罗杰保持着沉默。

这一天是完全像她所希望的那样度过的。果然她没有多少机会看到汤姆,但罗杰更少看到他。汤姆在丹诺伦特夫妇跟前大受欢迎;他向他们解释如何能免缴他们缴得那么多的所得税。他必恭必敬地听财政大臣谈论舞台艺术,听阿尔奇·德克斯特发表他关于政治形势的高见。朱莉娅正处在她的最佳状态。阿尔奇·德克斯特富有机智,肚子里有大批戏剧界的轶事,又能讲得出神入化;他们两人在整个午餐时间使座上宾客哗笑不止。喝过下午茶后,打网球的人们打得疲倦了,他们定要朱莉娅(其实也不甚违反她的意愿)模仿格拉迪斯·库珀、康斯坦斯·科利尔和格蒂·劳伦斯①的表演。

然而朱莉娅并没有忘记查尔斯·泰默利是她的忠诚而没有得到报答的情人,便特意单独和他在傍晚时分散了一会步。和他在一起的时候,她尽量既不嘻嘻哈哈,也不显示才华,而是含情脉脉,若有所思。虽然白天她表演得精彩绝伦,她却感到心痛;她几乎一片真心地又是叹息、又是愁眉苦脸、又用断断续续的话使他了解她的生活是空虚的,纵然她的艺术生涯享有长久不衰的成功,她不能不感到失掉了什么。有时候她想到那不勒斯湾的索伦多的别墅。一个美妙的梦。也许幸福正摆在她的面前,只要她开口要;而她却做了傻瓜;归根结蒂,舞台上的辉煌成

---

① 这三人是当时英国著名的舞台女演员,前二人都在毛姆的剧本中演出过,劳伦斯的本名为格特鲁德,在纽约百老汇也曾大显身手。

就无非全是一场空。丑角们①。人们永远不会理解那部歌剧是多么真实；Vesti la giubba②那一套。她孤单寂寞得要命。当然没有必要去告诉查尔斯，说她的心痛不是因为失去的机会，而是因为一个小伙子似乎宁愿和她儿子打高尔夫球，而不和她做爱。

　　但是后来朱莉娅和阿尔奇·德克斯特搭起档来了。晚餐后，他们正全都坐在客厅里，他们两人没有事先给大家打招呼，就开始随便交谈着，突然像一对情人般爆发起一场争风吃醋的吵架。一时间在场的人不晓得他们是在开玩笑，直到他们相互的指责越来越激烈，越来越不像话，才恍然大悟，笑得肚皮都痛了。接着他们即兴表演一个喝醉了酒的上等人在杰明街上勾搭一名法国妓女的场面。在这之后，那人数不多的观众正哄堂大笑之际，他们又严肃认真地演出了《群鬼》中阿尔文太太企图勾引曼德斯牧师的那场戏。最后，他们为了取得特别优异的效果，演出了他们过去在戏剧界聚会上经常演出的节目。这是一用用英语演出的契诃夫的剧本，可是演到情绪激动处，那音调一变而听来竟完全像是在讲俄语了。朱莉娅发挥了她演悲剧的全部禀赋，但又加以闹剧化的强调，所以演出的效果是妙趣横生。她把自己心里真正的苦痛倾注在戏里，而又以生动的诙谐感予以嘲弄。观众们在座位上前仰后合，捧腹大笑；终于笑得哼哧哼哧地呻吟起来。或许朱莉娅从来没有演得这样精彩过。她是在演给汤姆看，演给他一个人看。

---

①　指意大利作曲家列昂卡伐罗（Ruggiero Leoncavallo，1858—1919）所作二幕歌剧《丑角们》（I Pagliacci，1892）中的巡回演出剧团的那些男角。

②　Vesti la giubba，意大利语，意谓"把戏演下去"，是歌剧《丑角们》第一幕末主人公卡尼奥所唱的咏叹调。卡尼奥为该剧团的团主，因其妻爱上一农村青年而妒火中烧，追问其妻，并拔刀威胁，但这时夜即将开演，才强忍登台，登台前唱这段咏叹调《把戏演下去》。那台戏的情节正巧和他的遭遇相同，他真假难分，竟在台上拔刀把扮演女主角的妻子杀死。朱莉娅想到自己也必须"把戏演下去"。

"我看见了伯恩哈特和雷耶纳①,"财政大臣说,"我看见了杜丝和爱伦·泰利和肯德尔夫人。Nunc Dimittis②。"

朱莉娅满面春风,身子仰后靠在椅子里,一口喝干了一玻璃杯香槟。

"我要是没有拆罗杰的台,我把头砍下来,"她想。

然而,尽管如此,第二天早晨她下楼来时,这两个孩子已经又出去打高尔夫球了。迈克尔送丹诺伦特夫妇到伦敦去了。朱莉娅很疲倦。当汤姆和罗杰回来吃午饭的时候,她觉得要使一把劲,才能高高兴兴地聊天。下午,三人同到河上去,不过朱莉娅感觉到他们带她去并不很高兴,而只是出于无奈。她想到曾多么热切地盼望汤姆的假期到来,强自压住了一声哀叹。现在她计算着要过几天假期才能结束。

她坐进汽车去伦敦,深深地松了一口气。她并不生汤姆的气,可是非常伤心;她怨恨自己如此控制不住自己的感情。但是她一踏进剧院,便觉得如同从噩梦中醒来一样,摆脱了对汤姆的神魂颠倒的迷恋;在那里,在化妆室里,她重新控制住了自己,而所有的日常生活琐事都变得微不足道了。她能享有这种自由的时候,一切都无关紧要。

就这样,这个星期一天天在过去。迈克尔、罗杰和汤姆过得很快活。他们在河里游泳,他们打网球,打高尔夫球,乘船在河上闲逛。剩下只有四天了。只有三天了。

---

① 雷耶纳(Gabrielle Charlotte Réjane,真名为 Charlott Réju,1857—1920)为法国女演员。

② Nunc Dimittis,拉丁语,意谓"容我去世"。据《圣经·路加福音》第 2 章第 25 到 30 节,西面得了圣灵的启示,知道自己在未死以前,必将看见上帝所立的基督,后来在圣殿中看见耶稣的父母抱着孩子进来,便用手接过来,称颂上帝说,"主阿,如今可以照你的话,释放仆人安然去世,因为我的眼睛已经看见你的救恩,……"财务大臣此处引用的是天主教钦定的拉丁文《圣经》,表示在朱莉娅的表演中看到了许多著名女演员,大饱眼福,死而无憾。

（"现在我可以坚持到底了。等我们回到伦敦后，情况就不同了。一定不能显露出我是多么痛苦。我必须装得若无其事。"）

"这一阵有这么好的天气，我们真是占了便宜，"迈克尔说。"汤姆很受人欢迎，是不是？可惜他不能再待上一个星期。"

"是啊，非常可惜。"

"我以为他是罗杰难得的好朋友。一个十足正常的、心地纯洁的英国青年。"

"是啊，十足的，"（该死的蠢货，该死的蠢货。）

"看他们吃东西的样子，太有意思啦。"

"是啊，他们看来吃得津津有味的。"（我的上帝，但愿噎死他们。）

汤姆将在星期一早上乘早班火车回伦敦。德克斯特夫妇在伯恩头镇有所住宅，邀请他们在星期天全都去他们家吃午饭。他们将一起乘汽艇去。

这时汤姆的假期即将结束，朱莉娅幸喜自己始终没有皱一皱眉头，流露出心中的恼怒。她肯定他全然不知他多么深深地伤了她的心。毕竟她必须宽容，他还只是个孩子，而且如果你真要仔细算算，她年龄大得足以做他的母亲了。她跟他发生了关系，这是件够伤脑筋的事，不过事情已经发生了，她也无可奈何；她一开始就对自己说，她决不能使他感觉到她对他有任何占为己有的要求。

星期日那天晚上，没有人来吃晚饭。她但愿汤姆在最后的一个晚上能单独跟她待在一起；这是不可能的，不过无论如何他们总可以两个人到花园里去散一会步。

"我不知他有没有在意，从他到这里以来，还没吻过我一次？"

他们可以乘赛艇出去兜兜。能在他怀里躺上几分钟，将有如在天堂里一般快乐；这就可以弥补一切了。

德克斯特家的聚会是个戏剧界的聚会。阿尔奇·德克斯特的妻子格雷斯·哈德威尔在演音乐喜剧,有一群漂亮姑娘在她当时参加演出的戏里跳舞。朱莉娅十分自然地扮演着一个不摆架子的头牌女演员角色。她对这些在歌舞班中每星期只拿三英镑的白金色头发烫成波浪形的年轻姑娘十分亲切。宾客中有好些人带着柯达照相机,她和蔼地让他们拍她的照。当格雷斯·哈德威尔在作曲家的伴奏下唱着她那著名的歌曲时,她热烈鼓掌。当这位喜剧女演员模仿她演的一个有名的角色时,她和所有在场的人一样仰天大笑。气氛很欢乐,相当喧闹,使人轻松愉快。朱莉娅玩得很快活,不过到了七点钟,她可不想再待下去了。她正在为邀请她来参加这愉快的聚会而向她的两位主人道谢时,罗杰朝着她走来。

"我说,妈,有一大批人要到梅登海德①去吃晚饭和跳舞,他们叫汤姆和我也去。你不介意吧,嗯?"

热血冲上了她的面颊。她不由得尖声地回答道:

"你们怎么回去呢?"

"噢,这没有问题。我们会找人给我们搭便车回来的。"

她无可奈何地瞧着他。她不知该说什么。

"这将是非常开心的。汤姆拼命想去。"

她的心沉下去了。她用了最大的忍耐才好容易没有大吵大闹起来。她控制住了自己。

"好哇,宝贝。但不要玩得太晚了。记住汤姆明儿一清早就要起来的。"

汤姆也来了,听到了最后几个字。

"你真不介意吗?"他问。

---

① 梅登海德(Maidenhead)在伦敦西,为伯克郡自治城市,濒泰晤士河。

"当然不。我希望你们玩得痛快。"

她朝他粲然一笑,可她的眼睛里却冷冰冰地充满着怨恨。

"我倒认为那两个孩子走开去也好,"在他们登上汽艇时,迈克尔说。"我们有好久没有在晚上单独待在一起了。"

她握紧拳头,硬使自己不要对他说闭住他的贫嘴。她正怒火中烧。这下可使她忍无可忍了。两个星期来汤姆一直不顾她,连以礼相待都没有做到,而她始终是天使般地亲切。天底下没有一个女人能表现出这样好的耐心。任何一个别的女人都会对他说,如果他不能按人之常情行事,就给我滚开。自私、愚蠢和庸俗,他就是这样的一个人。她几乎情愿他明天不准备走,这样她就可以痛痛快快地把他连同行李一起撵出去。一个伦敦城里微不足道的小人物,竟敢这样对待她;诗人、内阁大臣、世袭贵族都不惜回绝最重要的约会,只求有机会同她共进一餐,而他却把她丢在一旁,去跟一批什么戏也演不来的、用过氧化氢漂白头发的冒牌金发女郎跳舞。这说明他是个多大的混蛋。你会想他总该有些感恩之心吧。可不是吗,他身上穿的衣服就是她给他买的。他引以为骄傲的那只金烟盒,不是她送给他的吗?还有他戴着的戒指。天哪,她要跟他算账。

是的,她知道该怎么办。她知道他在哪个方面最为敏感,她知道如何能最恶毒地伤他的心。这一下将狠触他的痛处。她在脑子里反复考虑着这个计谋,心头感到一阵淡淡的宽慰。她急于要立即去做她在这计谋中所要做的事情,因此他们一回到家,她就上楼到自己房间里。她从手提包里拿出四张一镑的和一张十先令的钞票。她写了一封简短的信:

亲爱的汤姆:

　　明晨不能见你,特在此附上这点钱供你付赏钱之用。三镑给管家，一镑给侍候你的女仆，还有十先令给汽车夫。

朱莉娅

她把伊维叫来，吩咐她把这封信叫明天唤醒汤姆的女仆交给他。她下楼去吃晚饭的时候，心里觉得好过得多了。她和迈克尔一边吃饭，一边谈笑风生，饭后他们同玩六副牌的伯齐克牌戏①。即使她花了一个星期来费尽心机，也不可能想出比这可以更加厉害的羞辱汤姆的办法。

然而等她上了床，却怎么也睡不着。她在等待罗杰和汤姆回来。她想到一个念头，使她心神不宁起来。也许汤姆会意识到他的行为太不像话；如果他稍加思考，他定能想到他造成了她多大的不愉快；很可能他会感到抱歉，因而到了家里，跟罗杰道了晚安之后，会悄悄走下一层楼，到她的房间里来。假如他会这样做，她将一切都宽恕他。那封信大概在管家的餐具室里；她可以很容易地溜下去把它取回来。

终于一辆汽车开来了。她开灯看了看时间，是三点钟。她听着这两个小伙子上楼，走进他们各自的房间。她等待着。她把床边的灯开了，这样他开门的时候，可以看得见。她要假装熟睡着，然后等他踮着脚向她悄悄地走来时，慢慢地张开眼睛，朝他微笑。她等待着。夜阑人静，她听见他上床和关灯的声音。她两眼茫茫地向前盯视了一阵，然后耸耸肩，打开床边的抽屉，从一只小瓶子里拿了两片安眠药。

"要是睡不着，我准会发疯。"

---

① 伯齐克牌戏(bezique)为一种两人玩的牌戏，将52张的扑克牌中去掉2,3,4,5,6各四张，剩下32张为一副，可用一副玩，也可以用几副混合在一起玩。这里说六副，则有192张牌。

十五

朱莉娅到十一点过后才醒来。在她收到的信中有一封不是通过邮局寄来的。她认出是汤姆的具有商业文书特色的端正的笔迹，便把信拆开。里面只有四镑十先令的钞票，别无他物。她感到有点难过。她并不确切知道自己原来指望他对她用恩赐口气写的短束和侮辱性的赠礼会作出怎么样的回答。她没有想到他会把它退回来。她忧虑起来，她原想伤伤他的感情，现在却怕自己做得太过分了。

"不管怎么样，我希望他给了仆人们赏钱，"她这样喃喃自语来安慰自己。她耸耸肩膀。"他会回心转意的。让他明白我并不全是奶与蜜①般甜美，这对他不会有伤害。"

然而她还是整天思潮起伏。当她到达剧院时，一个包裹等待着她。她一看地址，马上就晓得里面是什么东西。伊维问要不要把它拆开。

"不要。"

可是一等到她单独一个人的时候，她立即把它拆开了。里面是袖口链钮、背心钮子、珍珠前胸饰钮、手表和汤姆那么引以为骄傲的金烟盒。所有她以前送给他的礼物。可就是没有信。没有只字的解释。她的心下沉了，觉察到自己在发抖。

"我是个多该死的笨蛋！我为什么当时不忍住性子呢。"

这会儿她的心痛苦地跳着。有这样的剧痛啮啮着她的心肺，她没法登台，如果演出只会十分糟糕；她无论如何必须和他通话。他住的房子里有电话，他房间里有分机。她打电话给他。幸亏他正在家。

"汤姆。"

"什么事?"

他是停顿了一下才答话的,声音里带着怒气。

"你这是什么意思? 为什么把所有那些东西都捎给了我?"

"你今天早晨没有收到钞票吗?"

"收到了。我莫名其妙。我冒犯了你吗?"

"噢,不,"他答道。"我喜欢被当作一个受女人供养的小伙子。我喜欢你直截了当地侮辱我,把我看得连给仆人的赏钱都要有人给我。我很奇怪,怎么你没有把我回伦敦的三等车票的车钱寄给我。"

虽然朱莉娅焦躁不安得可怜,因而话都说不大出来,但她对他笨拙的讽刺口气几乎微笑起来。他真是个愚蠢的小东西。

"可是你总不可能想像我是存心要伤你的感情啊。你当然相当了解我,知道我绝对不会这样做。"

"正因为如此,所以更坏。"("该死的,该诅咒的,"朱莉娅想。)"我原来就不应该让你送我那些东西。我不应该让你借钱给我。"

"我不懂你的意思。这都是糟透的误会。等我散场后来接我吧,我们大家讲讲明白。我相信我可以解释清楚的。"

"我要和我家里人一起吃饭,然后在家里睡觉。"

"那么明天呢。"

"明天我有约会。"

"我必须和你见面,汤姆。我们彼此那么要好,不能就这样分手。你不能不听我解释就指责我有罪。我并没有罪过而要受惩罚,岂不是太不公平。"

---

① 典出《圣经·民数记》第 16 章第 13 节,奶与蜜之地象征丰饶、繁荣之地。

"我看我们还是不要再见面的好。"

朱莉娅发急了。

"但是我爱你呀,汤姆,我爱你。让我们再见一次面,然后,如果你还是生我的气,那我们也只好算数。"

停顿了好一会,他才回答。

"好吧。我星期三在你日场结束后来看你。"

"别把我想成是没心肝的人,汤姆。"

她放下听筒。不管怎样,他将要来看她。她重新包起他退还给她的那些东西,把它们藏在伊维肯定不会看到的地方。她脱了衣服,穿上她那件粉红色的旧晨衣,开始化妆。她情绪不好;这是她这么长时间来第一次对他说她爱他。她怨恨自己不得不低首下心去求他来看她。在这以前,总是他来要求她做伴的。想到现在他们之间的位置公开颠倒过来了,她心中快快不乐。

星期三日场的戏,朱莉娅演得糟透了。热浪影响营业,场内气氛冷淡。朱莉娅对此漠不关心。惶恐不安的情绪啃啮着她的心,她顾不到戏演得怎么样了。("他们究竟干吗要在这样的日子来剧院看戏呢?")等戏演完了,她感到高兴。

"我在等芬纳尔先生来,"她对伊维说。"他在这儿的时候,不要有人打扰我。"

伊维没有答话。朱莉娅朝她瞟了一眼,看见她脸上的表情是阴阳怪气的。

("让她见鬼去吧。我才不管她怎么想呢!")

这时候他应该来了。已经五点多了。他一定会来的;反正是他答应了的,可不是吗?她穿上一件晨衣,不是她化妆时穿的那件,而是一件紫红色的男式丝绸晨衣。伊维没完没了地尽在那里整理东西。

"看在上帝分上,别忙个没完了,伊维。让我一个人待着。"

伊维不答话。她继续慢条斯理地把梳妆台上的一样样东西都照朱莉娅向来要求的那样安放得整整齐齐。

"我对你说话,你干吗死不开口呀?"

伊维转过身来瞧着她。她若有所思地用手指在鼻孔上擦擦。

"尽管你可能是个伟大的女演员……"

"给我滚开去。"

朱莉娅去掉了舞台上的化妆之后,并不另外在脸上涂脂抹粉,只在眼睛底下抹上一层极淡的蓝色眼影膏。她天生皮肤光滑、白皙,现在面颊上不搽胭脂,嘴唇上不涂口红,显得形容憔悴。那件男式晨衣具有一种既是虚弱无奈、又是风流偶傥的效果。她的心跳得叫她觉得难过,她非常焦急,可是照着镜子喃喃地说:《艺术家的生涯》末一幕里的咪咪①。她几乎不知不觉像患着肺病似的咳了两声。她把梳妆台上雪亮的电灯都关了,躺倒在那张长沙发上。不多一会,有人敲门,伊维进来通报芬纳尔先生来了。朱莉娅伸出一只雪白、瘦小的手。

"我正在躺一会。我怕身体有些不大舒服。你自己找把椅子吧。多蒙你来了。"

"很遗憾。是什么不舒服?"

"噢,没有什么。"她在灰白的嘴唇上强装出一丝微笑。"这两三个晚上我没有很好睡觉。"

她把一双俏丽的眼睛转向他,朝他默默地凝视了一会。他脸上阴沉沉的,可是她看出他是在害怕。

---

① 《艺术家的生涯》(La Bohème)是意大利歌剧作曲家普契尼(Giacomo Puccini,1858—1924)所作三幕歌剧;咪咪是剧中女主角之一,在末一幕中患肺病不治而死去。剧中咪咪频频咳嗽,故下文朱莉娅"咳了两声"。

"我在等你告诉我,你对我有什么不乐意,"她终于低声地说。

声音有点颤抖,她觉察到,但是颤抖得很自然。("基督啊,我相信我自己也在害怕啊。")

"再回头重谈那个没有意思。我要对你说的只有这一句话:我恐怕一下子还不出我欠你的两百镑,我根本没有这么多钱,不过我会陆续还你的。我极不愿意不得不请求你宽限我归还的日期,可我没有办法。"

她在沙发上坐起来,双手按在快要破碎的心房上。

"我不理解。我有整整两个晚上没有合眼,心里翻来覆去地思考着这个问题。我觉得自己要发疯了。我竭力要理解。可我不能理解。我不能。"

("我曾在哪出戏里说过这段话?")

"噢,你能,你完全能够理解。你对我恼火,你要对我报复。你报复了。你的确对我报复了。你再清楚没有地表达了你对我的蔑视。"

"可是我为什么要向你报复呢?我为什么要对你恼火呢?"

"因为我同罗杰到梅登海德去参加了那个聚会,而你要我回家。"

"然而是我叫你去的呀。我还说希望你们玩得痛快。"

"我知道你是这样说的,不过你的眼睛里冒着欲火。我并不要去,可罗杰偏要去。我对他说,我想我们应该回去同你和迈克尔一起吃晚饭,但是他说,你巴不得我们走开,可以图个清静;我就不愿为此多费口舌。等我看到你怒气冲天的时候,回头已经来不及了。"

"我当时没有怒气冲天。我不知道你头脑里怎么会有这样的想法。你们要去参加聚会,这是很自然的嘛。你不该想像我是那种畜生,会不乐意你在两个星期的假期中有点小小的欢乐。我可怜的小乖乖，我是只怕你厌烦呢。我巴不得你过得快活啊。"

"那么你为什么寄给我那些钱，写给我那封信呢？这是多么侮辱人啊。"

朱莉娅的声音发抖了。她的下巴颤抖起来，她的肌肉失去了控制，异常令人感动。汤姆局促不安地把目光避开去。

"我不忍心想到你非得把不该乱花的钱去作赏钱，我知道你不是钱多得用不完的，而且知道你还要付高尔夫球场的场地租费。我最恨有些女人跟小伙子一起出去，什么钱都让他们付。这是多不体贴啊。我待你就像待罗杰一样。我绝对没有想到这会伤了你的感情。"

"你说这话愿意起誓吗？"

"当然愿意。我的上帝，难道经过了这几个月，你还如此不了解我吗？假如你所想的真是那样的话，那我该是个何等卑鄙、恶毒、可耻的女人，是怎样的下流坯，是怎样没有心肝的粗俗的畜生！你认为我是那样的人吗？"

一个难以回答的问题。

"不管怎么样，这无关紧要。我绝对不应该接受你的珍贵礼物和让你借钱给我。这使我处于糟透的境地。我之所以认为你轻视我，是因为我不能不觉得你有权利轻视我。事实是我没有钱去跟那些比我富有得那么多的人们交往。我真蠢，还自以为能这样做呢。真有劲，我过了一段痛快的时光，可我到此为止。我不打算再和你见面了。"

她深深叹了口气。

"你全不把我放在心上。你所说的就是这个意思。"

"你这话冤枉人了。"

"你是我一切的一切。这你知道。我多么寂寞，多么需要你的友谊。我被那些食客和寄生虫包围着，而我晓得你是不图私利的，我总觉得我可以信赖你。我是多么喜欢和你在一起啊。你是我唯一可以彻底真诚相处的人。你不知道我能帮你一点忙是多大的快慰吗？我送你一些小小的礼物，不是为了你，而是为了我自己；我看你用着我送给你的东西，心里多么快活。如果你对我有一点爱怜之心的话，这些礼物就不会使你感到羞辱，而你会因为欠我的情而受到感动。"

她再次把眼睛转向他。她一向能够要哭就哭，这会儿正真心地感到痛苦，所以更不需要花多大力气。他从来没有看见她哭过。她能哭而不抽噎，一双迷人的黑眼睛睁得大大的，脸皮几乎绷紧着。大颗沉重的泪珠簌簌地从脸上滚下来。她的沉默、她那悲痛的身子的静止状态特别动人。她自从在《创伤的心》中哭过以来，一直没有这样哭过。基督啊，那出戏真使得她身心交瘁。

她这时不朝汤姆看，却尽是呆望着前方；她确实悲伤得有些神思恍惚，但究竟是怎么一回事呢？在她身内的另一个自我知道她在干什么，这个自我分担着她的痛苦，同时又注视着它的表现。

她发觉他面色发白了。她感觉到一阵突然的剧痛绞紧着他的心弦，她感觉到他的血肉之躯受不了她的不堪忍受的痛苦。

"朱莉娅。"

他的声音变了。她把泪汪汪的眼睛慢慢地转向他。他看到的不是一个女人在哭，而是整个人类的灾难，是作为人的命运的深不可测而无从安慰的悲哀。他突然跪倒在地上，把她一把抱住。他感到震惊。

"我最亲爱的，最亲爱的。"

她一时动也不动。仿佛她不知道他就在眼前。他吻她淌着泪水的眼睛，把嘴向她的嘴凑上去。她把嘴给他，仿佛全然无能为力，仿佛不知道在发生什么事，她的意志力全都丧失了。她用一个几乎觉察不到的动作,把自己的身体紧贴在他身上,渐渐地两条手臂伸出去挽住了他的脖子。她偎依在他怀里,并不确实是动弹不得,而是仿佛她所有的力气、所有的活力都已消散得荡然无存。他在嘴里尝到了她的眼泪的咸味。最后,她精疲力竭了,用两条柔软的臂膀攀住了他,仰面卧倒在长沙发上。他的嘴唇紧贴着她的不放。

要是你在一刻钟后看到她那副那么欢快、那么满面春风的样子,就会绝对想不到,就在不多一会之前,她经历了一阵啼啼哭哭的风暴呢。

他们各自斟了一杯威士忌苏打,抽着香烟,用情意缠绵的目光相互注视着。

"他真是个可爱的小东西,"她想。

她突然想到该好好款待他一下。

"里卡比公爵和公爵夫人今晚要来看戏,我们将在萨伏伊饭店共进晚餐。我想你也许不高兴去吧,是不?我正需要一个男人来凑成四个呢。"

"如果你要我去,我当然愿意去。"

他面颊上泛起的红晕告诉她他是多么激动地想要结识如此显要的贵人。她没有告诉他其实这对里卡比夫妇只要有白食吃,哪里都去。

汤姆收回了他退还给她的那些礼物,态度相当羞怯,但还是收回去了。等他走了,她在梳妆台前面坐下,仔细打量镜中的影子。

"多幸运,我能哭而不哭肿眼皮,"她说。她稍微在眼皮上按摩了一下。"反正男人都是些大傻瓜。"

她很快活。现在一切都没问题了。她已经重新得到了他。不过在她头脑背后或心坎深处的什么地方,总存在着对汤姆的一些鄙夷之感,因为他是个多么无知的**蠢货**。

十六

　　他们的争吵不可思议地反而消除了他们之间的隔阂,使他们的关系更加密切了。当她再次提出那套房间的问题时,汤姆并不像她预料的那样坚定地表示拒绝。看来似乎在他收回了她的礼物、答应忘掉所借的钱、彼此和解之后,他把良心上的不安抛置一旁了。他们一起布置房间,乐趣无穷。汽车夫的妻子帮他收拾房间和准备早餐。朱莉娅有一把钥匙,有时候开门进去,独自坐在小起居室里,等他从办公室回来。他们一星期在外面共进两三次晚餐,并且跳舞,然后乘出租汽车回到那套房间去。

　　朱莉娅过了一个欢乐的秋天。他们上演的剧本很成功。她感到自己活跃和年轻。罗杰将于圣诞节回家来,不过只能待两个星期,接着就要去维也纳。朱莉娅预料他将把汤姆霸占去,便打定主意不介意。青年人自然喜欢和青年人待在一起,她对自己说,如果他们两人一连几天形影不离,因而汤姆顾不到她,她也不必着急。她现在已经控制住他了。

　　他以当她的情人自豪,这使他富有自信,他很高兴毕竟是通过了她的关系才能亲密地结识许多大大小小的知名人物。他现在急于想加入一家高级的俱乐部,朱莉娅正在帮他找门路。查尔斯从来没有拒绝过她的任何要求,她肯定相信稍施手腕就能哄他推荐汤姆加入他所属的某个俱乐部。汤姆有钱可花,这对他是个新的愉快的强烈感受;她鼓励他奢侈浪费;她有个想法,一旦他习惯于某种方式的生活之后,他将意识到少不了她。

　　"当然这事情是不可能持久的,"她对自己说,"不过,等到事情结束了,它将成为他的一段非凡的经历。它确实将使他成为一个男子汉大丈夫。"

不过,虽然她自忖这事情不可能持久,她并不真正理解为什么不可能持久。随着岁月流逝,他年龄一年年大起来,他们之间将不存在任何突出的差异。过了十年、十五年,他将不再是那么年轻,而她将还像是现在这般年纪。他们十分惬意地相处在一起。男人是习惯的动物;因此女人能够那么牢牢地控制他们。她一点都不觉得比他老,深信他也从来没有想到过他们之间年龄上的差距。的确,在这个问题上,她一度有过短暂的不安。

她正在他的床上躺着。他站在梳妆台跟前,只穿着衬衫,没穿上衣,正在刷头发。她赤裸着身体,以提香笔下的维纳斯的姿势躺在那里,她记得这张画像是在一所乡间别墅里做客时看到的。她觉得自己真成了一幅可爱的图画,充分自信她展现着一个美丽动人的形象,便保持着这个姿势。她怡然自得。

"这是罗曼斯,"她想,嘴唇边挂着一抹轻盈的微笑。

他在镜子里看到她这样子,转过身来,没有出声,只拉起被单给她遮上了。虽然她亲切地向他微微一笑,可他这动作使她相当吃惊。他是怕她着凉呢,还是他的英国人的分寸感被她的裸体吓坏了?要不,是否可能他这毛头小伙子的性欲满足之后,看见她那半老的肉体有点恶心?

她回到家里,又把衣服全脱了,对着镜子仔细检视自己。她决定不对自己抱宽容的态度。她看自己的颈项,那里并没有衰老的迹象,尤其是她抬起下巴时,更其如此;她的两只乳房小而坚实,大可以看作少女的乳房。她的腹部平坦,臀部不大,有一小处地方显得有些肥肉,犹如一长条香肠,但这是每个人都有的,反正菲利普斯小姐可以加以处理的。没有人可以说她的腿长得不好,这两条腿又长又细,线条又美;她用手周身摸摸,皮肤好比天鹅绒般柔软,上面没有一个斑点。当然啦,她眼睛底下有几条皱纹,但是你得盯着细看才看得出来;人家说现在有一种手术可以去除这种皱纹,也许值得去打听一下;幸亏她的头发还保持着本来的颜色,因为无论染得怎样好,头发一染,脸部就显得僵硬;她的头发始终是鲜明的深褐色的。她的牙齿也没问题。

"假正经——就是这么回事。"

她一瞬间回忆起卧车上那个蓄胡子的西班牙人,她顽皮地对着镜子里的自己笑笑。

"他不讲什么活见鬼的小心谨慎。"

不过尽管如此,从那天起,她的一举一动总小心地遵守汤姆讲究体面的准则。

朱莉娅的名声那么好,因而她认为尽可以不必犹豫和汤姆一同在公共场所露面。上夜总会对她来说是新的体验,她很喜欢;虽然她比任何人都清楚,无论她到什么地方,不可能没有人注视她,可她绝对没有想到她这生活习惯的改变势必引起议论。她有二十年忠贞的历史——当然那个西班牙人不在此例,那是任何女人都可能偶然碰到的奇遇——所以她深信,没有人会忽然想到她和一个年龄小得足以做她儿子的小伙子有暧昧关系的。她从来没有想到尽管汤姆应该谨慎,也许并不总是能做到。她从来没有想到,他们在一起跳舞的时候,她那双眼睛里的神色泄露了她的秘密。她认为她的地位享有特殊的权利,所以从来没有想到人们终于开始沸沸扬扬地说起闲话来了。

当这种闲话传到多丽·德弗里斯耳朵里的时候,她哈哈笑了。她在朱莉娅的请求下,曾邀请汤姆参加过一些聚会,还有一两次请他到她的乡间别墅去度周末,但是她从未注意过这个人。他似乎是个不错的小家伙,在迈克尔忙不过来的时候,权充朱莉娅身边的一名有用的护花大使,可绝对是微不足道的。他是那种到哪里都没人注意的人,即使你见过他,也不会记得他是怎样的一个人。他是那种你临时请来使晚宴的参加者成为双数的额外的人。朱莉娅讲到他的时候,开心地称他为"我的男朋友"或者"我的小伙子";如果他们之间有些什么的话,她就不可能那么冷静,那么坦率。而且多丽十分清楚,朱莉娅一生中只有过两个男人,那就是迈克尔和查尔斯·泰默利。不过很奇怪,多少年来如此洁身自好的朱莉娅怎么突然开始一星期逛起三四次夜总会来。

近来多丽不大见到她,而且确乎对于朱莉娅这样疏忽是有点气愤的。她在戏剧圈里有许多朋友,便开始打听。她对所听到的情况极不满意。她不知该作何想法。有一点是明显的,朱莉娅不可能知道人家在说她些什么,所以必须有人去告诉她。她不可能;她没有这勇气。即使相识了这么多年,她还是有些害怕朱莉娅。朱莉娅是个脾气十分柔和的女人,虽然有时候出言粗鲁,却不容易被人惹怒;不过她有着某种气度,使你不敢对她放肆;你有一种感觉,如果你一旦做得太过分,你会后悔莫及。然而总该有所行动。

多丽在心里反复考虑了两个星期,忧心如焚;她试图把她自己受伤害的感情抛置一旁,只从朱莉娅的事业这个角度着想,最后得出结论:必须让迈克尔去跟她讲。她从来不喜欢迈克尔,但他终究是朱莉娅的丈夫,她有责任隐隐约约地告诉他,至少做到先促使他去制止正在发生的事,不管到底是什么。

她打电话给迈克尔,约他在剧院相会。迈克尔对多丽正如她对他一样不大喜欢,虽然其原因不同,所以听到她要和他相见,不由得诅咒了一声。他恼恨始终无法劝诱她出让她在剧院的股份,还对她提出的任何建议都深恶痛绝,总认为是横加干涉。然而当她被领进他办公室的时候,他却热烈欢迎。他把她左右两面面颊都吻了。

"请坐,别客气。你来看看这老剧院还在不断给你扒进红利来吧?"

多丽·德弗里斯这时已是个六十岁的女人。她很胖,她的脸,加上那只大鼻子和厚厚的红嘴唇,看来比实际的更大。她的黑缎子衣裳略带男性风格,可是她颈项上戴着一串双圈的珍珠项链,胸前佩着一只钻石饰针,帽子上又是一只。她的短发染成了浓艳的紫铜色。她的嘴唇和指甲涂得火红。她说话的声音又响亮又深沉,但她激动的时候,字眼常会重叠不清,而且漏出些伦敦土音来。

"迈克尔,我为了朱莉娅的事心烦意乱。"

迈克尔一向是个地道的绅士,这时稍稍扬起眉毛,抿紧他的薄嘴唇。他不准备谈论自己的妻子,即使跟多丽也罢。

"我看她做得实在太过分了。我弄不懂是什么支配着她。她现在参加的那些聚会。那些夜总会等等。毕竟她不再是个年轻女人了;她会徒然搞垮身体的。"

"嘿,胡说八道。她像一匹马一样强壮,身体棒极了。她比前几年更显得年轻。你不要看见她一天工作下来找一点乐趣而妒忌她。她眼下在演的角色并不很吃力;我很高兴她喜欢出去寻寻开心。这只说明她精力有多充沛。"

"她过去从来不喜欢那一套名堂。她突然开始到那些地方的恶劣环境中去跳舞,一直跳到半夜两点钟,这似乎太奇怪了。"

"这是她仅有的运动。我不能指望她穿上短裤,陪我到公园里去跑一圈嘛。"

"我想你应该晓得人们正在开始议论。这将大大有损她的名誉。"

"你说这话究竟是什么意思?"

"唉,在她这年纪,竟跟一个年轻小伙子一起那么惹人注意,这不是荒谬的吗?"

他一时没听懂,对她看了一会儿,等到弄懂了她的意思,便哈哈大笑起来。

"汤姆吗? 别那么傻了,多丽。"

"我可不傻。我知道我在说些什么。任何一个像朱莉娅那样出名的人,老跟同一个男人混在一起,人们自然要议论的啰。"

"然而汤姆既是她的朋友,同样也是我的朋友。你很清楚,我不可能带朱莉娅出去跳舞。我得每天八点钟起身,在一天工作之前,先得锻炼身体。活见鬼,我在舞台上混了三十年,是懂得一些人性的啊。汤姆是个很好的典型英国小伙子,心地纯洁,忠厚老实,是个正人君子。或许他爱慕朱莉娅,他这年龄的男孩子往往自以为爱上了比自己年龄大的女人,嗯,这对他可并没有任何害处,对他只有好处;然而如果认为朱莉娅可能会看上他——我可怜的多丽,你真使我好笑。"

"他这个人很讨厌,又迟钝,又庸俗,他又是个势利小人。"

"好哇,既然你以为他是这样的一个人,而你又似乎认为朱莉娅对他着了迷,这你不觉得太莫名其妙吗?"

"只有女人才懂得女人能做出什么来。"

"这句台词不错,多丽。我们下回要请你写个剧本啦。现在让我们把这个问题弄弄清楚。你能正视着我,对我说你确实认为朱莉娅和汤姆有暧昧关系吗?"

她直勾勾地正视着他。她的眼神是极度痛苦的。原来她虽然起初听到人家在讲朱莉娅的闲话,只是一笑置之,可是她无法完全抑制随后向她袭来的疑虑;她想起了许多小事,在当时并没有引起注意,但冷静下来思考一下,却觉得非常可疑。她心灵上受到了她过去一向认为无法忍受的折磨。证据呢？她没有证据；只有直觉告诉她不能不信；她想回答说"是的"，话到口头几乎无法制止；但她还是制止了。

她不能背叛朱莉娅。这个傻瓜会去告诉她，这一来朱莉娅就会永远不再理睬她。他也许会派人暗中监视朱莉娅，去当场抓住她。如果她现在讲出了真相，谁也说不准会产生什么后果。

"不，我不能。"

她热泪盈眶，开始在她肥厚的面颊上滚下来。迈克尔看出她很悲伤。他觉得她很可笑，但是理解她在受折磨，便出于慈悲心肠，试图安慰她。

"我相信你并不真的认为她有那样的事。你知道朱莉娅多么喜欢你，你要知道，如果她另有其他朋友，你可决不能妒忌啊。"

"天晓得，我一点儿也不妒忌，"她啜泣着说。"她最近待我大大变了样。她对我那么冷淡。我一向是她多么忠诚的朋友啊，迈克尔。"

"对，亲爱的，我知道你正是这样。"

"如果我把为国王效劳的热诚，用一半来侍奉我的上帝……"①

"哦，得了，事情还不致糟到这样。你知道，我不是那种爱跟旁人谈论自己妻子的人。我总认为那是不成体统的。但是，你得知道，老实说你首先一点也不了解朱莉娅。她对性一点也不感兴趣。我们刚结婚的时候，那是另一回事，但过了这么多年，我不妨告诉你，她当时可真使我有点应付不了。我倒不是说她是女性色情狂什么的，可她有时候令人相当厌烦。房事本身原是乐趣，不过生活中

---

① 引自莎士比亚历史剧《亨利八世》第 3 幕第 2 场第 456 到 457 行；这话原是英王亨利的首相伍尔习红衣主教对其仆人克伦威尔说的。译文采用杨周翰的。

还有其他事情嘛。但是生下罗杰之后,她完全变了。有了个孩子,使她安定了下来。她那些本能全都投入演戏中去了。你读过弗洛伊德①的著作,多丽;他把这种现象叫做什么?"

"嘿,迈克尔,我管弗洛伊德做什么?"

"升华②。对了。我常想,正是这个使她成了如此伟大的女演员。演戏是一种需要花费全部时间的工作,你如果想真正演好戏,就必须把你的全部身心投入其中。我对公众最无法忍受的是,他们以为男女演员们所过的生活是浪漫不堪的。我们才没有时间干那些荒唐事哩。"

迈克尔说的话使她着恼,这倒反而使她恢复了自制。

"不过,迈克尔,也许你和我都知道,朱莉娅整天和那个蹩脚小子混在一起,其实并没有什么。但这大大有损她的名誉。毕竟你们俩最大的优点之一就是你们的模范婚姻生活。大家都尊敬你们。公众喜欢把你们看作无比忠诚、亲密无间的一对。"

"我们正是这样,活见鬼。"

多丽越来越耐不住了。

"可是我告诉你人家在说闲话啊。你哪能愚蠢得想不到他们势必会这样做。我的意思是,假如朱莉娅早有连一接二的丑闻,那就没人会在意了,但是多少年来她一直生活得规规矩矩,而今突然发生这样的事情——自然每个人都要说起闲话来啦。这对于生意的影响多坏。"

迈克尔迅速朝她一瞥。他微微一笑。

① 弗洛伊德(Sigmund Freud,1856—1939)为精神分析学派心理学的创始人,提出潜意识理论,认为性本能冲动是行为的基本原因。
② 升华为弗洛伊德精神分析学的一个术语,指被压抑于无意识中的本能冲动,特别是性本能冲动,转向社会所许可的活动中去求得相的、象征性的满足。艺术创造、宗教活动等都被说成是性本能冲动升华的结果。

"我懂得你的意思,多丽。你说的话也许有点道理,而且你在这种情况下完全有权利说这种话。我们刚开始的时候,你待我们就非常好,所以我极不愿意让你吃亏。我告诉你个办法:由我买下你的股份。"

"买下我的股份?"

多丽挺起身子,刚才愁眉不展的面孔一下子板了起来。她气愤得透不过气来。他却继续和颜悦色地说下去。

"我了解你的意思。如果朱莉娅整夜在外面寻欢作乐,那必然影响她的演戏。这是显而易见的。她有一批妙不可言的观众,一批老太太,她们来看我们的日场演出,就因为她们认为她是个那样可爱的好女人。我愿意承认,如果她让自己被人讲得沸沸扬扬,我们的票房收入可能会受到影响。我充分了解朱莉娅,她不容许任何人干涉她的行动自由。我是她的丈夫,我不得不容忍。可你的地位完全不同。如果你乘这有利时机退出去的话,我不会责怪你。"

多丽这会儿提高了警觉。她绝对不是傻瓜,谈到生意时,她与迈克尔正是旗鼓相当。她觉得恼火,但这火气给了她控制自己的力量。

"这么多年来,迈克尔,我想你总该知道我可不是这样差劲的人。我原想有责任来提醒你,但是我对情况好坏都是准备承受的。我不是那种看见船在下沉、只管自己逃命的女人。我可以说,我比你亏得起本。"

她看到迈克尔脸上清楚地表现出失望的神情,满怀高兴。她晓得他对金钱看得很重,希望她刚才说的话使他心痛。他很快就镇定下来。

"反正你考虑考虑,多丽。"

她拿起手提包,他们相互说了一些亲切友好的客套话就分手了。

"愚蠢的老母狗,"门在她背后关上后,他说道。

"自负的老蠢驴,"她在电梯里下去时带着嘘声说。

然而当她跨进非常昂贵的豪华汽车开回蒙塔古广场时,她再也忍不住满眶的沉重而痛苦的眼泪。她感到自己老了,孤独,愁苦和无可奈何地嫉妒。

150

十七

迈克尔自以为富于幽默感。他和多丽谈话后的那个星期天晚上，朱莉娅正在梳妆，他踱进她房里。他们准备提早吃了晚饭出去看电影。

"今晚除查尔斯之外还有谁?"他问她。

"我找不到另外一个女的。我叫了汤姆。"

"好! 我正想见到他。"

他想到肚子里藏着的笑话，哑然失笑。朱莉娅盼望着那个夜晚。在电影院里，她要安排让汤姆坐在她旁边，使她在和另一边的查尔斯悄悄闲聊的时候，他可以握着她的手。亲爱的查尔斯，多蒙他那么长久、那么一往情深地爱慕她; 她会特意对他格外亲切的。

查尔斯和汤姆一同到达。汤姆首次穿着他的新的晚礼服，他和朱莉娅暗暗交换了个小小的眼色，他是表示满意，她是表示问候。

"喂,小伙子,"迈克尔搓搓手，兴高采烈地说，"你知道我听见人家说你什么吗? 我听说你在败坏我妻子的名声。"

汤姆对他吃惊地一望，脸涨得通红。脸红的习惯使他苦透了，可他怎么也摆脱不掉。

"噢,我亲爱的,"朱莉娅嘻嘻哈哈地大声说，"多么美妙啊! 我一辈子都在竭力寻找一个什么人来败坏我的名声呢。谁告诉你的，迈克尔?"

"一只小鸟①,"他调皮地说。

"哎,汤姆,要是迈克尔跟我离婚的话，你必须跟我结婚，你知道。"

查尔斯眯着他温文而颇忧郁的眼睛笑笑。

"你做了些什么呀,汤姆?"他问。

这年轻人明显的窘态使查尔斯觉得有趣,同时心情沉重,而迈克尔则觉得有趣得叫了起来。朱莉娅虽然似乎同他们一样觉得有趣,却保持警觉,小心谨慎。

"嗯,看来在朱莉娅原该在床上安睡的时候,这小子带她去逛夜总会了。"

朱莉娅喜形于色。

"我们还是否认呢,还是厚着脸皮说是的,汤姆?"

"好吧,我来告诉你们我对那只小鸟说了什么,"迈克尔插进来说。"我对她说,既然朱莉娅不要我陪她同去夜总会……"

朱莉娅不再听他说下去。多丽,她想;奇怪的是她头脑里正好就用着迈克尔两天前所用的字眼②来形容她。仆人来通知晚餐已经准备就绪,他们的妙语如珠的谈话便转到了其他话题上去。朱莉娅虽然眉飞色舞地参加着谈话,似乎全神贯注地敷衍着她的客人,甚至表示津津有味地倾听着已经听过二十遍的迈克尔的有关戏剧界的故事,可是暗地里却跟多丽进行着热烈的交谈。她对多丽直言不讳地说出了她对她的看法③,多丽在她面前胆颤心惊。

"你这老母牛,"她对她说。"你胆敢干涉我的私事?不,你别开口。不要为自己辩解。你对迈克尔说了些什么,我全都知道。这是不可原谅的。我原把你当作我的朋友。我总以为我尽可以信赖你。好,这一来可全都完了。我永远不会再跟你说话了。永远不

---

①　英语口语中有"A little bird told me"的说法,直译为"一只小鸟告诉我"。意谓"有人私下告诉我"或"我听说"。
②　指"愚蠢的老母狗",见上一章末。
③　下面这段话是她在想象中对多丽说的。

会。永远不会。你以为我希罕你那些臭钱吗？哼，你不用说你并不
是存心的。要不是靠了我，你能有什么名堂，我倒想知道。你得到
的那点儿名气，你在这世界上仅有的重要性，就是你幸而认识了我
才能得到的。是谁使你这些年来举办的聚会都受人欢迎的呢？难
道你以为人们是来看你的吗？他们是来看我的。永远不会再这样
了。永远不会。"

这事实上是独白而不是交谈。

后来，在电影院里，她按照她的意图坐在汤姆旁边，握住了
他的手，但她觉得他似乎反应异常冷淡。那只手好比一片鱼翅。
她猜想他正忐忑不安地琢磨着迈克尔说的话。她巴不得能有机
会和他说几句话，以便叫他不用担心。归根结底，没有人能比她
更巧妙地把这局面若无其事地应付过去。若无其事；就是这
么着。

她想，不知道多丽对迈克尔究竟是怎么说的。她最好弄弄
清楚。问迈克尔可不行，那将显得她似乎太郑重其事；她必须从
多丽本人嘴里探听出来。应当以不跟她吵架为上策。朱莉娅想
到她将怎样跟多丽打交道的场面，不禁微笑了。她将做得极其
温柔，她将哄她把实情和盘托出，而丝毫不让她觉察自己正怒火
中烧。

很奇怪，怎么她想到人们在议论她时，背脊上会感到一阵冷颤。
说到底，如果她都不能够随心所欲的话，还有谁能够呢？她的私生
活别人管不着。然而她还是不能否认，如果人家都在背后笑她，那
也不大妙。她想，不知道倘若迈克尔发现了真相会怎么样。他不大
可能跟她离了婚再继续替她做经理。要是他有点头脑，他就该闭上
眼睛。但是迈克尔有些地方很滑稽；他不时会神气活现，摆出他上
校的架子。他很可能突然说，天杀的，他必须一举一动都像个绅士。

男人就是那样愚蠢;他们中间没有一个不会逞一时之火而反害自己的①。当然这对她并没有什么真正重大关系。她可以去美国演出一年,直到丑闻平息下去,然后另找一个什么人共同经营。不过这也够麻烦的。

再说,还得考虑到罗杰;他会有所感受,这可怜的小乖乖;他将感到羞辱,那很自然;闭上眼睛不去面对现实是不行的,在她这年龄为了一个二十三岁的毛头小伙子而离婚,将被人视为十足的蠢货。当然她不会蠢到去跟汤姆结婚。查尔斯会娶她吗?她转过头去,在半明半暗中瞧着他的高贵的侧影。他多少年来一直如痴若狂地迷恋着她;他正是女人能用一个小手指任意摆布的那些骑士气概的白痴中的一个;或许他并不介意在离婚诉讼中代替汤姆作共同被告②。那将是个很好的解决办法。当上查尔斯·泰默利的夫人。这听来很不错。

也许她确实曾经太轻率了些。她到汤姆那套房间去时,总是十分谨慎小心的,不过可能有个马厩里的汽车夫看见她走出走进,于是胡思乱想起来。那种人头脑多肮脏啊。至于夜总会呢,她巴不得和汤姆到没有人会看到他们的冷僻些的小地方去,可是他不喜欢。他喜欢人多,他想看到时髦人物,并且让人家看到。他喜欢拿她出风头。

"真该死,"她心里想。"真该死。真该死。"

朱莉娅在电影院里的那个夜晚,并没有像她预期的那样有味儿。

---

① 原文为英文习语,cut off his nose to spite his face,直译为"割掉鼻子而毁损自己的面容",来自法语 se couper le nez pour faire dépit á son visage。
② 即作为离婚诉讼中破坏家庭的第三者。

十八

第二天，朱莉娅用她的私人专用电话与多丽通话。

"宝贝儿，我们好像有不知多少时候没见面了。你这些时候都在忙些什么？"

"没有什么。"

多丽的声音听来很冷淡。

"你听着，罗杰明天回家。你知道他将永远离开伊顿公学了。我将一早派车子去接他，我想请你来吃午饭。不是什么聚会；就只你和我，迈克尔和罗杰。"

"我明天要在外面吃午饭。"

二十年来，凡是朱莉娅要她一起做什么，她从来不曾没有空过。对方电话里的声音很不客气。

"多丽，你怎么能够这样不讲情谊？罗杰会非常失望的。他是第一天到家啊；而且我很想见见你。我好长时间没和你见面，十分想念你。你能不能失人家一次约，只此一遭，宝贝儿，我们饭后可以痛痛快快谈些闲话，就你我两个可好？"

当朱莉娅劝诱一个人的时候，谁也比不上她的能耐，谁的声音都没有她的那样甜柔，也没有她那样的感染力。停顿了一会，朱莉娅知道多丽在跟自己受伤害的感情作斗争。

"好吧，宝贝儿，我想办法来。"

"宝贝儿。"但是朱莉娅一挂断电话，就咬牙切齿地咕哝道："这条老母牛。"

多丽来了。罗杰彬彬有礼地听她说他长大了，当她说着她认为

155

对他这年龄的孩子应说的那种敷衍话时,他带着庄重的微笑来作适当的回答。朱莉娅对他感到困惑。他沉默寡言,只顾像是全神贯注地听着别人说话,可是她有种异样的感觉,认为他正一心在转着自己的念头。他超然而好奇地观察着他们,仿佛在观看动物园里的动物似的。这有些使人不安。她等待到机会,说出了一段为说给多丽听而准备好的简短的话。

"啊,罗杰,宝贝儿,你知道你可怜的爸爸今夜没空。我有两张帕拉狄昂剧院第二场的票子。而汤姆要你和他一起到皇家咖啡馆吃晚饭。"

"噢!"他顿了一下。"好哇。"

她转向多丽。

"罗杰能有汤姆这样的一个人一起玩儿多好啊。他们是好朋友,你知道。"

迈克尔对多丽瞟了一眼。他眼睛里得意地闪着光。他说话了。

"汤姆是个很正派的小伙子。他不会让罗杰惹什么麻烦的。"

"我原以为罗杰喜欢和他那些伊顿的同学做伴的呢,"多丽说。

"老母牛,"朱莉娅想。"老母牛。"

可是午餐完毕后,她请多丽到楼上的房间里去。

"我要上床睡一会儿,你可以在我休息的时候跟我谈谈。畅谈一下娘儿们的闲话,我就要这样做。"

她用一臂亲切地挽住多丽偌大的腰部,领她上楼。她们先谈了一会无关紧要的事情、衣着和仆人、化妆和丑闻;然后朱莉娅身子撑在臂肘上,用信任的目光瞧着多丽。

"多丽,我要和你谈谈一些事情。我需要有人商量,在这世界上只有你的话我最要听。我知道我可以信赖你。"

"当然,宝贝儿。"

"人们好像在说着关于我的不大好听的话。有人在迈克尔面前告诉他说,人们沸沸扬扬传布着关于我和可怜的汤姆·芬纳尔的闲话。"

虽然她眼睛里依然闪射着她知道多丽无从抵御的迷人而富有感染力的光芒,她密切注视着对方,看她脸上会不会显露出震惊或有所变化的表情。她一无所见。

"谁告诉迈克尔的?"

"我不知道。他不肯说。你晓得他做起地道的绅士来是怎么样的。"

她不知是否只是她的想像,似乎多丽听到了这话眉目稍稍放松了些。

"我要弄清真相,多丽。"

"你问到我,我很高兴,宝贝儿。你知道我多么憎恶干预别人的事。要不是你自己提出这个问题,我是无论如何不会提起的。"

"我亲爱的,如果我不知道你是我的忠实朋友,谁知道呢?"

多丽刷地把鞋子脱掉,着着实实地坐稳在椅子里。朱莉娅的目光始终没有离开过她。

"你知道人们的心地多坏。你一向过着那么安分、规矩的生活。你不大出去,出去也只有迈克尔或者查尔斯·泰默利做伴。查尔斯可不同;当然啦,大家都知道他多少年来一直爱慕着你。而你突然竟跟一个替你们管账的会计事务所里的职员到处闲逛,这似乎太滑稽了。"

"他不仅是个职员。他父亲替他在事务所里买了股份,他是个小合伙人。"

"是的,他可以拿到四百镑一年。"

"你怎么知道的?"朱莉娅马上问。

这一下她肯定把多丽窘住了。

"你曾劝我到他事务所去请教我的所得税问题。是那里的一位主要合伙人告诉我的。看来有点希奇,靠这么一点钱他竟然能够住一套公寓,穿得那样气派十足,还带人去逛夜总会。"

"可能他父亲另外还有津贴给他,也未可知。"

"他父亲是伦敦北部的一位律师。你应该很清楚,如果他已经给他买了股份,使他入了伙,就不可能另外再给他津贴。"

"你总不会想像是我豢养他做我的情夫吧,"朱莉娅说着,发出清脆的笑声。

"我不这样想像,宝贝儿。别人会这样。"

朱莉娅既不喜欢多丽说的话,又不喜欢她说话的口气。可是她不露一点心神不安的表情。

"简直太荒谬了。他跟罗杰的友谊远远超过他跟我的友谊。当然我曾经和他一起跑东跑西。我觉得我的生活太刻板了。就这么每天上剧院,明哲保身,我觉得厌倦了。这不是生活。毕竟,要是我现在再不稍微寻些开心,我将永远不得开心了。我年龄在一年年大起来,你知道,多丽,这是无可否认的。你晓得迈克尔是怎么样的一个人;当然他很温柔,可是他令人厌烦。"

"不会比过去更令人厌烦吧,"多丽尖刻地说。

"我总想,人们绝对不可能想像我会和一个比我小二十岁的孩子有什么暧昧关系吧。"

"二十五岁,"多丽纠正她。"我也这么想。不过,不幸他可不是十分谨慎的。"

"你这话是什么意思?"

"嗯,他对艾维丝·克赖顿说,他将替她在你的下一部戏里弄到一个角色。"

"究竟谁是艾维丝·克赖顿呀?"

"哦,她是我认识的一个年轻女演员。她美丽得像一幅画。"

"他还是个傻小子哪。他大概以为他能左右迈克尔。你晓得迈克尔是怎样考虑他戏里的小角色的。"

"汤姆说他能要你做什么你就做什么。他说你完全听命于他。"

幸亏朱莉娅是个杰出的女演员。她的心脏停顿了一秒钟。他怎么能说出这样的话来?这混蛋。这该死的混蛋。但是她立即镇静下来,轻松地笑起来。

"简直胡说八道! 我一个字都不相信!"

"他是个非常平凡,甚至相当庸俗的小伙子。如果你对他过分关怀,因而使他冲昏了头脑,那也不足为奇。"

朱莉娅和气地笑笑,用坦率的眼光瞧着她。

"不过,宝贝儿,你总不会认为他是我的情人吧,是不是?"

"如果我认为不是,那我是唯一认为不是的人。"

"那么你认为是吗?"

一时间多丽没有回话。她们相互紧紧盯视着,彼此都恨满胸怀;但朱莉娅还是笑嘻嘻的。

"要是你用人格担保,对我庄严地发誓说他不是的,那我当然相信你。"

朱莉娅把嗓音压得又低又深沉。这音调带有真正诚挚的意味。

"我从来没有对你撒过一次谎,多丽,我不可能到这个年纪倒撒起谎来。我庄严地发誓,汤姆始终只不过是我的一个普通朋友。"

"你给我心上搬走了一块沉重的石头。"

朱莉娅晓得多丽并不相信她,而多丽也明知朱莉娅肚里明白。她接下去说:

"不过,既然如此,亲爱的朱莉娅,你为了自己,总得头脑清醒。不要和这小伙子再一起东逛西逛啦。甩掉他。"

"哦,我不能这样做。这等于承认人们所想的是对的了。反正我问心无愧。我可以理直气壮。要是我容许我的行动为恶意诽谤所影响,我才瞧不起自己哩。"

多丽把双脚伸回鞋子里,从手提包里拿出口红来涂嘴唇。

"好吧,亲爱的,你这年纪应该懂得自己拿主意了。"

她们冷淡地分了手。

但是多丽有一两句话曾使朱莉娅大为震惊。它们使她懊丧。她惶惶不安的是,闲话竟如此接近事实。不过这有什么了不起? 多少女人都有情夫,可有谁管啊? 而一个女演员呢。没人指望一个女演员该是守规矩的典型。

"这可是我的该死的美德。麻烦的症结就在于此。"

她原有白璧无瑕的贞洁妇女的美名,诽谤的毒舌无从碰到她,可现在看来,仿佛她的名声正是她给自己建造的牢笼。然而还有更坏的。汤姆说她完全听命于他,是什么意思呢? 这是对她的莫大侮辱。这浑小子。他哪来这样大的胆子? 她又不知道该如何对付。她巴不得为此痛斥他一番。可有什么用呢? 他会否认的。唯一的办法是一句话也不说;如今事情已经搞得够糟了,她必须承受一切。不面对事实是不行的:他并不爱她,他做她的情夫是因为这满足他的自负,因为这使他得到各种他所企求的东西,因为这至少在他心目中给予自己一定的地位。

"假如我有头脑的话,我该甩掉他。"她恼怒地笑了一声。"说说容易。我爱他。"

奇怪的是,她细察自己的内心深处,憎恨这种侮辱的可不是朱莉娅·兰伯特这个女人,她对自己无所谓;刺痛她的是对朱莉娅·

兰伯特这个女演员的侮辱。她常常以为她的才能——剧评家们称之为天才,但这是个分量很重的词儿,那么就说是她的天赋吧——并不真在于她自己,甚至不是她的一部分,而是外界的什么东西在利用她朱莉娅这个女人来表现它自己。它似乎是降临在她身上的一种奇异而无形的个性,它通过她做出种种她自己也不知道能做出的一切。她是个普通的、有几分姿色的、半老的女人。她的天赋既无年龄又无形体。它是一种在她身上起着作用的精神,犹如提琴手在提琴上演奏一样。正是对这精神的简慢,使她着恼。

她想法睡觉。她习惯于在下午睡一会儿,只要一静下心来就能呼呼入睡,但是这一回尽管翻来覆去,却总是睡不着。最后她看了看钟。汤姆一般在五点稍过一点从事务所回来。她渴望着他;在他的怀抱里有安宁,和他在一起时,一切都抛到九霄云外了。她拨了他的电话号码。

"哈啰?是的。你是谁?"

她把话筒按在耳朵上,目瞪口呆。这是罗杰的声音。她把电话挂了。

十九

当天夜里朱莉娅也没有睡好。她听见罗杰回家来的时候，正醒着，开灯一看，钟上是四点。她皱皱眉头。

第二天早晨，她正想起身，他在石楼梯上咔嗒咔嗒走下来了。

"我可以进来吗，妈？"

"进来吧。"

他还穿着睡衣和晨衣。她朝他笑笑，因为他看来那么精神饱满，那么年轻。

"你昨天晚上搞得很晚。"

"不，不很晚。我到家才一点钟。"

"撒谎。我看钟了。是四点。"

"好吧。那就四点，"他欣然同意。

"你到底干什么去了？"

"我们看完了戏，到一个地方去吃晚饭。我们还跳舞来着。"

"跟谁跳？"

"我们随便找了两个姑娘。汤姆早认识她们的。"

"她们叫什么名字？"

"一个叫吉尔，一个叫琼。我不知道她们姓什么。琼是舞台演员。她问我能不能在你下一部戏里让她做个预备演员。"

反正她们俩都不是艾维丝·克赖顿。自从多丽提到以来，这个名字一直在她的头脑里。

"可那些地方不会开到四点钟。"

"不，我们回到汤姆的公寓去了。汤姆叫我保证不要告诉你。

他说你要火冒三丈的。"

"噢,我亲爱的,我决不会为这一点小事冒火的。你放心,我一句话也不会说。"

"要责怪的话,该责怪我。昨天下午是我去找了汤姆,安排了这一切。所有我们在戏里看到和在小说里读到的关于爱情的那套玩意儿。我快十八岁了。我想我应该亲自看看这都是怎么回事。"

朱莉娅在床上直坐起来,睁大了疑虑的眼睛盯着罗杰。

"罗杰,你这话究竟是什么意思?"

他一本正经,泰然自若。

"汤姆说他认识两个姑娘,都是不错的。两个原来都是他自己的。她们住在一起,所以我们打电话去请她们在演完戏后来找我们。他对她们说,我是个童男子,她们最好掷钱币来决定把我给谁。我们回到了汤姆的公寓,他把吉尔带进卧室,把起居室和琼留给我。"

这会儿她不是想着汤姆,而是被罗杰正在说的话弄得心慌意乱。

"我想这其实并没有什么。我看不出有什么值得大惊小怪的。"

她话也说不出来。热泪涌在眼眶里,簌簌地在脸上直淌下来。

"妈,怎么啦? 你为什么哭啦?"

"可你还是个小孩子啊。"

他走到她跟前,在她床边坐下,把她搂在怀里。

"亲爱的妈,别哭了。假如我知道说了会惹你烦恼,我就不会跟你说了。反正这是迟早要发生的事嘛。"

"但是太早了。太早。这使我觉得自己多老啊。"

"你不老,亲爱的。'年龄不能使她衰老,习惯也腐蚀不了她的变化无穷的伎俩。'①"

她含着眼泪咯咯地笑了。

"你这傻子,罗杰,难道你以为克娄巴特拉会喜欢那老蠢驴对她的赞颂吗?你应该再等待一段时间嘛。"

"不等待也好嘛。我现在对这玩意全懂了。对你老实说吧,我觉得这真有点叫人恶心。"

她深深叹了口气。她觉得他那么亲切地抱着她,是个安慰。可是她深自懊丧。

"你不生我的气吗,亲爱的?"他问。

"生气?不。不过如果这事情一定要发生的话,我希望它不是这么平平淡淡的。而听你的口气,仿佛那只是一次好奇的实验。"

"我看多少是这么回事。"

她对他微微笑了一下。

"那你真认为这就是爱情吗?"

"嗯,一般人都认为是的,可不是吗?"

"不,他们并不这么想,他们认为那是痛苦和折磨、羞辱和狂欢、天堂和地狱;他们认为那是更强烈的生活意识,又是说不出的厌烦;他们认为那既是自由,又是奴役,既是安宁,又是焦躁。"

他听她说话时全神贯注的那种静止状态,促使她从睫毛底下朝他看看。他眼睛里有一种异样的表情。她不知道这意味着什么。他那样子仿佛是在凝神静听着老远传来的什么声音。

"这听来倒好像并不是很有味儿的事,"他小声说。

她双手捧起他光滑的脸蛋,亲亲他的嘴唇。

---

① 引自莎士比亚剧本《安东尼和克娄巴特拉》第 2 幕第 2 场第 243 至 244 行,译文采用朱生豪的。克娄巴特拉(公元前 69—前 30)是埃及托勒密王朝的末代女王,以美貌著称,这里的引语就是安东尼部下一名将佐对她娇美的赞颂。

"我真是个傻瓜,是不是?你瞧,我还把你当作一个正抱在怀里的小婴儿呢。"

一道喜悦的光芒闪现在他的眼睛里。

"你嬉笑什么,你这猴子?"

"这可以拍成一张精彩绝伦的照片,可不是吗?"

她不禁哈哈大笑。

"你这头猪。你这头肮脏的猪。"

"我说呀,关于那预备演员的事,可以让琼试试吗?"

"叫她改天来看我。"

然而等罗杰走了,她慨叹起来。她感到沮丧。她感到非常孤单寂寞。她的生活一直是那么丰富多彩、那么令人兴奋,根本没有工夫去好好关心罗杰。当然,他在患百日咳和出麻疹的日子里,她曾忧急万分,但他大部分日子里身体总是很健康,所以她心安理得地把他放在脑后。可是在她想到要照顾他的时候,总觉得应该照顾他,她还常想,等他长大起来,能真正和她分享共同的乐趣,那该多好。现在她突然发现自己从来没有真正拥有过他,却已经失去了他,这使她大为震惊。她想到那个从她手里夺走他的姑娘,嘴唇咬得紧紧的。

"预备演员。去你的!"

她满怀痛苦,所以未能感觉到因发现汤姆另有新欢而可能感到的悲痛。她一向深知他对她是不忠实的。他年纪轻,性格放荡,加上她本人被剧院里的演出和她的地位强加在她身上的种种应酬牵制着,显然他有很多机会可以随心所欲。她总是闭着眼睛。她但求不要知道。这一桩实实在在的事情明摆在她面前,还是第一回。

"我必须就这么逆来顺受,"她叹息道。各种思想在她头脑里盘旋。"这好比撒谎而不知道你是在撒谎,那才是糟糕的地方;我看做了傻瓜而知道自己是傻瓜,总比做了傻瓜而还不知道自己是傻瓜好些吧。"

二十

汤姆同他家里人去伊斯特布恩①度圣诞假日。朱莉娅在节礼日②有两场演出,所以戈斯林一家人得留在伦敦;他们去参加多丽·德弗里斯在萨伏伊饭店举行的迎接新年的盛大聚会;而过了几天,罗杰动身去维也纳。汤姆在伦敦时,朱莉娅不大见到他。她没有问罗杰他们俩在城里东奔西闯时干了些什么,她不想知道,硬着头皮不去想它,尽量到处参加聚会,以消愁解忧。再说,她还总有她的演出;一走进剧院,她的苦痛、她的屈辱、她的妒忌全都烟消云散。她仿佛在她的油彩罐内找到了人类的悲哀侵袭不到的另一个人格,使她感到持有战胜一切的力量。既然总有这么一个现成的庇护所,她就能够忍受一切。

在罗杰出门的那天,汤姆从事务所打电话给她。

"你今晚有事吗?喝酒玩儿去怎么样?"

"不,我没空。"

这不是真的,可这话不由她做主地从她嘴里滑了出来。

"啊,你没空吗?那么明天怎么样?"

假如他表示了失望,或者假如他要求她推掉他以为她真有的约会,她倒会狠一狠心当即和他一刀两断的。他这随随便便的口气却征服了她。

"明天好哇。"

"O.K. 我等你散场后到剧院来接你。再见。"

他被领进化妆室的时候,朱莉娅已经准备备,在等候。她感到莫名其妙地紧张。他一看见她,便喜形于色,等伊维走出房间去一会儿,便一把把她抱在怀里,热烈地吻她的嘴唇。

"这一下我好过多了,"他笑道。

你瞧着他如此年轻、活泼、坦率、兴高采烈的模样,决计想不到他能造成她如此沉重的创痛。你决计想不到他如此不老实。他分明没有在意,已经有两个多星期,他几乎没有和她见过一次面。

("唉,上帝,但愿我能叫他见鬼去。")

但是她那可爱的眼睛正带着欢快的笑意,注视着他。

"我们上哪儿去呢?"

"我在奎格饭店订了一张桌子。他们那儿有个新节目,是个美国魔术师,可精彩哪。"

进晚餐时,朱莉娅从头到底谈得十分起劲。她讲给他听她参加的一个个聚会的情况,还有她摆脱不掉的那些戏剧界的集会,似乎就因为她需要参加这些活动,所以他们没能相会。她看他认为这是很自然的事情,颇觉没趣。

他见到她很高兴,这是显然的,他对她做了些什么和遇到过些什么人都感兴趣,但是他并不想念她,这也很明显。为了要看他怎么说,她告诉他有人请她把正在上演的戏到纽约去作演出。她告诉他对方提出的条件。

"条件好极了,"他说,两眼闪闪发亮。"多好的机会!你不会失败,你准能挣到一笔大钱。"

"唯一的问题是我不大愿意离开伦敦。"

"咦,究竟为什么呢?我原想你接受都来不及呢。你们那部戏已经演出了很久,大概可以一直演到复活节,如果你要到美国去一

---

① 伊斯特布恩(Eastbourne)为英格兰东南部萨塞克斯郡一海港,有海滨浴场。
② 节礼日(Boxing Day)为英国法定假日,是圣诞节的次日,遇星期日则推迟一天,按俗例人们在这天向雇员、仆人和邮递员等赠送匣装礼品。

显身手的话,这个剧本对你是再好没有了。"

"我不明白,干吗不在这里一直演过夏天。况且,我不大喜欢陌生人。我喜欢我的朋友们。"

"我认为这样想是愚蠢的。你的朋友们没有你也会过得好好的。而你在纽约定将非常快活。"

她的欢畅的笑声很能使人信以为真。

"你这样会使人以为你千方百计地只想把我赶走。"

"我当然会十分想念你。不过只是去几个月而已。我要是有这样的机会,跳起来抓住它都来不及呢。"

然而当他们吃好了晚饭、饭店的看门人给他们叫来了一辆出租汽车的时候,他对司机说了他那套公寓的地址,仿佛他们已经讲好回到那里去。

在出租汽车内,他用手臂挽住了她的腰,吻她,后来在那张单人小床上,她躺在他的怀里,这时候,觉得过去两个星期来忍受的苦痛换得了此刻满怀的欢欣和安宁,她所付出的代价还不太高昂。

朱莉娅继续和汤姆同去那些时髦的餐厅和夜总会。如果人们要想他是她的情夫,那就由他们想去;她已不再把它放在心上了。然而,不止一次,她叫他和她同去什么地方,他却没有空。

在朱莉娅的显贵的朋友们中盛传汤姆在帮人报缴所得税时着实有一手。丹诺伦特侯爵夫妇曾请他到他们的乡间别墅度周末,他在那里会见了好些乐于利用他的会计知识的人们。他开始从朱莉娅不认识的人们那里得到邀请。一些熟人会在她面前谈起他的。

"你认识汤姆·芬纳尔,是不是?他很聪明,可不是吗?我听说他为吉利恩家在所得税上省下了好几百镑。"

朱莉娅听了很不高兴。他原来是通过她才被邀请去参加他想去的聚会的。而今似乎在这方面他开始可以不需要她了。他和蔼可亲、为人谦逊,现在穿着也漂亮,面目清秀而整洁,讨人喜欢;他又能帮人省钱。朱莉娅对于他一心往里面钻的那个世界了解太深了,知道他很快就会在那里站稳脚跟的。她对他会在那里遇到的那些女人的品德评价不很高,能说出不止一位会乐于把他抢到手的贵族女性的名字。朱莉娅感到快慰的是她们都是些同猫食一样低贱的货色。多丽曾说他一年只赚四百镑;他靠这一点钱肯定没法生活在那种圈子里。

朱莉娅在对汤姆最初提到那美国的邀请时,已经决定拒绝了;他们那出戏一直卖座很好。但是就在这时候,偶尔影响剧院的没来由的不景气席卷伦敦,因而营业收入骤然下降。看样子他们过了复活节拖不长久了。他们有个新剧本,对它寄托着很大希望。它叫《当今时代》,原来是打算在初秋上演的。里面有个给朱莉娅演的精彩角色,而且还有一个正好很适合迈克尔演的角色。这种剧本可以轻易地演上一年。迈克尔不大赞成在五月份开演,因为夏季将接踵而至,但似乎也没有办法,所以他开始物色演员。

一天下午,在日场的幕间休息时,伊维给朱莉娅递来一张条子。她一看是罗杰的笔迹,颇感惊异。

亲爱的妈妈,

兹介绍曾向你谈及的琼·丹佛小姐前来拜访。她热切希望进入西登斯剧院,只要能给她当个预备演员,无论是什么小角色,她都感激不尽。

你的亲爱的儿子

罗杰

朱莉娅看他写得一本正经,微微一笑;她很高兴,因为他已经长

剧
院
风
情

大到要为女朋友寻找职业了。接着她突然记起了琼·丹佛是谁。琼和吉尔。她就是诱奸可怜的罗杰的那个姑娘。她的脸阴沉下来。但她觉得好奇,想看看她。

"乔治在吗?"乔治是看门人。伊维点点头,开了门。

"乔治。"

他进来了。

"拿这封信来的女士等在外面吗?"

"是的,小姐。"

"告诉她,我演完了戏见她。"

她在末一幕里穿着一袭有拖裙的夜礼服;那是一袭很华丽的服装,完美地显出了她美丽的体形。她在深色的头发上戴着钻石首饰,手臂上戴着钻石手镯。她确实如角色所需要的那样雍容华贵。她在最后一次谢幕之后,立即接见了琼·丹佛。朱莉娅能转眼之间从她的角色一跃而进入私人生活,不过这会儿她毫不费力地继续扮演着戏里的那个傲慢、冷淡、端庄而极有教养的女人。

"我让你等得太久了,所以我不想让你再等我换好衣服了。"

她的亲切的微笑是女王的微笑;她的礼貌使你保持着一种表示尊敬的距离。她一眼就看清了走进化妆室来的那个年轻姑娘。她年轻,长着一张美丽的小脸蛋和一个狮子鼻,浓妆艳抹,但搞得不大高明。

"她腿太短,"朱莉娅想。"很平凡。"

她分明穿上了她最好的衣裳,朱莉娅就这一瞥,已经对她的衣装有了充分的估量。

("沙夫茨伯里大街的货色。赊账买的。")

这可怜的东西此刻神经紧张得厉害。朱莉娅叫她坐下,递给她一支香烟。

二
十

"火柴就在你身边。"

她看她擦火柴时手在发抖。火柴断了,她再拿了一根,在火柴盒上擦了三下才点着。

("罗杰能在这会儿看到她才好啊!廉价的胭脂、廉价的口红,加上惊慌失措。他还以为她是爱寻欢作乐的小东西哪。")

"你上舞台好久了吗?——小姐,对不起我忘了你叫什么名字。"

"琼·丹佛。"她喉咙发干,话也说不大出。她的香烟熄了,她夹在手指间,不知如何是好。她回答朱莉娅的问题。"两年了。"

"你多大岁数?"

"十九。"

("这是撒谎。你至少二十二啦。")"你认识我儿子,是不是?"

"是的。"

"他刚离开伊顿公学。他到维也纳去学德语了。当然他非常年轻,不过他父亲和我都认为到国外去待上几个月,然后进剑桥大学,对他有好处。那么你演过些什么角色?你的香烟熄了。要不要换一支?"

"噢,好,谢谢。我刚在外地作巡回演出。可我渴望在伦敦演戏。"绝望使她有了勇气,她说出了显然是准备好了的话。"我对你敬慕之至,兰伯特小姐。我一直说你是最伟大的舞台女演员。我从你这里学到的比我多年来在皇家戏剧艺术学院学到的还多。我最高的愿望是进入你的剧院,兰伯特小姐,你要是能设法让我演一点什么,我知道那将是一个女孩子所能得到的再好不过的机会。"

"可以请你把帽子脱下吗?"

琼·丹佛把她的廉价的小帽子从头上摘下,用一个敏捷的动作甩开她修得短短的鬈发。

"你的头发多漂亮啊,"朱莉娅说。

依然带着那种有些傲慢而又无限亲切的微笑——一位女王在王家行列中向她臣民赋予的微笑——朱莉娅凝视着她。她默不作声。她想起了珍妮·塔特希的格言:非必要的时候不要停顿,而必要停顿的时候要停顿得越长越好。她几乎听得见那姑娘的心跳,觉得她在买来的现成的衣裳里蜷缩着,在自己的皮囊里蜷缩着。

"你怎么会想到叫我儿子为你写这封信给我的?"

琼的脸在脂粉底下红了起来,她咽了口气才回答。

"我在一个朋友家里碰到他,我告诉他我多么敬慕你,他说也许你可能在下一部戏里让我演点什么。"

"我心里正在考虑角色。"

"我并没有想到要个角色。如果我能当个预备演员——我的意思是,这样就可以使我有机会参加排练并学习你的表演技巧。这本身就是一种培养。大家一致认为如此的。"

("小笨蛋,想拍我马屁。好像我不懂这一套。可我培养她干吗?不是活见鬼?")"多谢你说得那么好。其实我只是一个很普通的人。公众对我太好了,实在太好了。你是个漂亮的小东西。而且年轻。青春是何等美好啊。我们的方针一直是给年轻人提供机会。毕竟我们不能永远演下去,我们培养男女演员,到时候来接替我们,我们认为这是我们对公众应尽的责任。"

朱莉娅用她调节得悦耳动听的声音,把这番话说得那么纯朴,使琼·丹佛的心热乎起来。她已经说服了这位老大姐,预备演员是稳稳到手了。汤姆·芬纳尔早跟她说了,她只要把罗杰摆布得好,是很容易有所收获的。

"噢,那日子还远着哩,兰伯特小姐,"她说,她的眼睛里,她的秀丽的黑眼珠里,闪着喜悦的光。

（"你这话才对了，我的姑娘，一点不错。我到七十岁都能演得叫你在台上出了丑下台。"）

"我得考虑一下。我还不大清楚我们下一部戏里需要什么预备演员。"

"我听见有人说艾维丝·克赖顿将演那少女的角色。我想也许我可以做她的预备演员。"

艾维丝·克赖顿。朱莉娅不动声色，丝毫看不出这个名字对她有任何意义。

"我丈夫谈起过她，但是什么都还没有决定。我根本不认识她。她聪明吗？"

"我想是的。我和她在戏剧艺术学院里是同学。"

"而且听人家说，美丽如画。"朱莉娅站起身来，表示接见到此为止，于是她放下了她的女王架子。她换了一个调子，一下子变成了一个助人为乐的兴高采烈而和蔼可亲的女演员。"好吧，亲爱的，你把姓名和地址留下，有消息我通知你。"

"你不会忘记我吗，兰伯特小姐？"

"不，亲爱的，我保证不会忘记。我见到你太高兴了。你有一种非常可爱的性格。你知道怎样出去吗，嗯？再会。"

"她休想踏进这个剧院，"等琼走了，朱莉娅在心里说。"这肮脏的小母狗诱奸了我的儿子。可怜的小乖乖。可耻，真可耻，就这么回事；这样的女人杀不可恕。"

她卸下美丽的礼服，一边望着镜子里自己的影子。她目光冷酷，嘴唇带着嘲笑，向上翘着。她对着镜子里的影子说：

"我可以告诉你这句话，老朋友：有一个人休想演《当今时代》，那个人就是艾维丝·克赖顿小姐。"

二十一

但是过了一个星期光景,迈克尔提起了她。

"哎,你听到过一个名叫艾维丝·克赖顿的姑娘吗?"

"从没听到过。"

"人家对我说她很不错。说她是个淑女,等等,等等。她父亲在陆军中任职。我在考虑不知她能不能演奥娜①。"

"你从哪里听到她的?"

"从汤姆嘴里。他认识她,说她很聪明。她将在一个星期日之夜的剧目中演出。事实上就在下一个星期日。他说他认为也许值得前去一看。"

"嗯,那你何不去看看呢?"

"我要到桑威奇②去打高尔夫球。你如果去看看,会不会觉得太厌烦?我估计戏是很糟的,不过你看了可以晓得是否值得让她来读读那个角色的台词。汤姆会陪你去的。"

朱莉娅的心跳骤然加快。

"我当然去。"

她打电话给汤姆,叫他过来,先吃些东西,才同去那个剧院。她还没有准备就绪,他已经来了。

"是我晚了,还是你来早了?"她走进客厅时说。

她看得出他等得不耐烦了。他紧张不安,心急如焚。

"他们八点整响铃开幕,"他说。"我不喜欢戏开了场才到。"

他的激动向她说明了她所要知道的一切。她慢悠悠地品尝着那些开胃小吃。

"我们今晚去看的那个女演员叫什么名字?"她问。

"艾维丝·克赖顿。我急于要知道你对她怎么看。我想她是个难得的新秀。她晓得你今晚要去。她神经非常紧张,可我叫她不必紧张。你知道这些星期日之夜演出的戏是怎么样的;都是些拼拼凑凑排出来的东西;我对她说你完全了解,你会放宽尺度的。"

他一边吃晚饭,一边一直看着表。朱莉娅扮演着一个老于世故的女人。她讲这讲那,注意到他在心不在焉地听着。他一有机会就把话题拉回到艾维丝·克赖顿。

"当然我还没有跟她透露过口风,不过我相信她演奥娜是十分合适的。"他读过《当今时代》,正如所有朱莉娅演的剧本,他总在演出之前先读一遍。"她正好就像这个角色,这一点我可以肯定。她经历过艰苦的奋斗,这一回对她来说自然是个极好的机会。她崇拜得你五体投地,巴不得能和你在同一部戏里演出。"

"这是可以理解的。这意味着有机会连演一年,有许多剧团经理都可以看到她。"

"她头发和皮肤的颜色很适宜,很白皙;她正好跟你相对衬。"

"有人把头发染成淡金色,还有人用过氧化氢把头发漂白,舞台上可并不缺少金发女郎啊。"

"但她的头发是天然的。"

"是吗? 我今天早晨收到罗杰寄来的一封长信。看来他在维也纳过得很开心。"

汤姆兴味索然。他看看表。

当咖啡端上来时,朱莉娅说这咖啡没法喝。她说必须给她重新

---

① 《当今时代》中的那个少女的角色。
② 桑威奇(Sandwich)为英格兰东南部肯特郡一海港,有高尔夫球场。

煮一些。

"噢,朱莉娅,犯不着重煮了。我们将大大迟到了。"

"我想看不到开头的几分钟也无所谓。"

他的声音像要哭出来了。

"我答应好我们不迟到的。几乎就在开头的地方,她有一场非常精彩的戏。"

"对不起,可我不喝咖啡不能去。"

在他们等待着咖啡的时候,她继续不断地谈笑风生。他不大接嘴。他焦急地瞄着那扇门。咖啡来了,她却令人发疯地慢腾腾地品味着。

等他们乘上汽车,他满怀冰冷的愤恨,气呼呼地噘着嘴,一言不发,注视着前方。朱莉娅不无得意之感。他们在开幕前两分钟到达那个剧院,朱莉娅一出现在剧场里,全场就爆发出一阵热烈的掌声。朱莉娅一面对被她打扰的观众表示歉意,一面挤到正厅中央的前排座位就座。她用微微的笑意答谢欢迎她在恰到好处的关头入场的掌声,但她低垂的目光谦逊地表明并不承认这对她有任何关系。

大幕升起,短短一个场面之后,两个姑娘上场,一个非常年轻美丽,另一个年龄大得多,而且相貌平平。一会儿朱莉娅转向汤姆耳语道:

"哪一个是艾维丝·克赖顿,那年轻的还是那年龄大些的?"

"那年轻的。"

"哦,当然,你说过她很漂亮,是不是?"

她朝他脸上瞟了一眼。他的愠怒的表情不见了;一抹愉快的微笑在他嘴唇上跳动。朱莉娅把注意力转向舞台。艾维丝·克赖顿确实漂亮,这谁也无法否认,优美的金黄色的头发,俏丽的蓝眼睛,还有一只挺直的小鼻子;不过这种类型朱莉娅并不喜欢。

"没有风韵,"她自忖道。"歌舞女郎的派头。"

她看了几分钟她的表演。她看得很认真;然后仰身靠着椅背,轻轻叹了口气。

"她根本不会演戏,"她暗自下结论。

当帷幕落下时,汤姆热切地转向她。他完全收敛起了他的火性子。

"你觉得她怎么样?"

"她像图画般地美丽。"

"这我知道。可是她的表演呢? 你认为她不错吧?"

"是的,聪明。"

"我希望你能过去亲自对她这样说。这将是对她极大的鼓舞。"

"我?"

他没有意识到他在要求她做什么。从来没有听说过,她,朱莉娅·兰伯特,竟会跑到后台去祝贺一个演小角色的女演员。

"我答应她等第二幕结束后带你过去的。赏个脸吧,朱莉娅。她会感激不尽的。"

("混蛋。该死的混蛋。好哇,我就干到底吧。")"当然,如果你认为这对她有意义的话,我很高兴去。"

第二幕结束后,他们穿过铁门,汤姆把她领到艾维丝·克赖顿的化妆室。她同开头和她一起上场的那个相貌平平的姑娘合用着这间化妆室。汤姆替她作了介绍。她有些做作地伸出一只软弱无力的手。

"我见到你很荣幸,兰伯特小姐。这间化妆室太不像样,能请你原谅吗? 不过就为了一个晚上而设法把它弄得像样些也没有意思。"

她一点也不畏怯。的确,她似乎很有自信。

("强硬得很。睁眼等待着最好的机会。对我摆出了上校的女儿的架子来。")

"谢谢你的光临。我怕这本戏不成其为戏,不过像我这样初出茅庐,只能迁就些,有什么就演什么。他们把这剧本拿来给我看的时候,我是抱着相当怀疑的态度的,不过我很喜欢这个角色。"

"你演得精彩动人,"朱莉娅说。

"承蒙你赞许,十分感谢。我希望我们能多排练几次。我特别希望让你看到我能演得怎么样。"

"是啊,你知道,我从事这一行已有许多年了。我一直认为,一个人如果有才能,总是会流露出来的。你不认为如此吗?"

"我懂得你的意思。当然我需要有更多更多的经验,这我知道,不过实际上我只需要有个机会。我知道我能演戏。但愿我能得到一个我确实可以充分发挥的角色。"

她等了一下,好让朱莉娅开口说她的下一部戏里正好有这样一个适合她演的角色,但是朱莉娅继续笑嘻嘻地瞧着她。朱莉娅极其反感地只觉好笑:她自己竟被当作是个副牧师的妻子,而大地主的太太正屈尊以礼相待。

"你在舞台上已干了好久吧?"她最后问道。"似乎很奇怪,怎么我从没听见过你。"

"嗯,我在歌舞班子里待过一阵子,但我觉得那只是浪费时间。上一个演出季节我始终在外地巡回演出。如果有办法,我可不想再离开伦敦了。"

"这个行业人满为患呀,"朱莉娅说。

"哦,我知道。除非你有门路什么的,否则几乎没有希望。我听说你们快要上演一部新戏。"

"是的。"

朱莉娅依然笑嘻嘻的,和蔼得几乎令人受不了。

"如果戏里有个角色可以给我,我会非常高兴和你同台演出的。很遗憾,戈斯林先生今晚没能来。"

"我会把你的事跟他讲的。"

"你真认为我有机会吗?"在她的自信中,在她为了使朱莉娅有深刻印象而装出的乡间别墅人士的气派中,都贯穿着一种急于求成的焦躁。"要是你能为我美言一句,一定帮助很大。"

朱莉娅心中有所思索地对她看看。

"我听我丈夫的话比他听我的多,"她微笑着说。

当朱莉娅和汤姆离开化妆室,让艾维丝·克赖顿更换服装准备演第三幕时,她看见艾维丝在对汤姆说再会时对他投了个询问的眼色。朱莉娅虽没有看见他的动作,却感觉到他微微摇摇头。这时刻她的感觉特别敏锐,她把这无声的对话译成了文字:

"待会儿来吃晚饭吗?"

"不,该死,我不能,我得送她回家去。"

朱莉娅板着脸听着第三幕戏中的台词。因为那出戏是严肃的,所以这种表情也是很合宜的。剧终,一个脸色苍白、极度疲劳的剧作家上台结结巴巴地讲了一番话之后,汤姆问她想到哪里去吃晚饭。

"我们回家去谈谈吧,"她说。"要是你肚子饿,我相信我们准能在厨房里找到点吃的东西。"

"你是说到斯坦霍普广场吗?"

"是的。"

"好吧。"

她觉得他松了口气,因为她不是要回到他的那套公寓去。他在汽车里默默无言,她明白他因为必得陪她回去而烦恼。她猜想准是有人设晚宴请客,艾维丝·克赖顿要去参加,而他也想到那里去。

他们的车子到家的时候,房子里一片漆黑,空荡荡的。仆人们都睡了。朱莉娅建议到地下室去寻找吃的东西。

"除非你要吃,我是什么都不想吃,"他说。"我只想喝杯威士忌苏打,就回去睡觉。我明天事务所里工作多着哪。"

"好吧。把酒拿到客厅去。我去开灯。"

当他走上来的时候,她正对着镜子在化妆,她继续这样做,直到他斟好了威士忌,坐了下来。这时她转过身来。他看上去多么年轻,穿着那套漂亮的衣裳,坐在那边一张大圈手椅上,说不出的英俊潇洒,于是那天晚上她所感受的全部苦痛、过去几天来的全部绞心的嫉妒,被她强烈的情欲顿时弄得烟消云散了。她在他的椅子把手上坐下来,情意缠绵地用手抚弄他的头发。他生气地把身子往后退缩。

"别这样,"他说。"我最讨厌把我的头发弄得乱七八糟。"

这像是一把尖刀扎在她心上。他从来没有用这样的口气跟她说过话。但她轻松地哈哈笑着,起身从桌子上拿起他给她斟的威士忌,在他对面的一张椅子上坐了下来。他刚才所做的动作、所说的话是出于本能,他有点不好意思。他回避她瞧着他的目光,他的面孔重又绷紧了。这是关键时刻。他们沉默了一会儿。朱莉娅的心痛苦地怦怦跳着,但她最终还是迫使自己开了口。

"告诉我,"她带着微笑说,"你和艾维丝·克赖顿睡过觉没有?"

"当然没有,"他大声说。

"为什么不?她很漂亮嘛。"

"她不是那种姑娘。我尊重她。"

朱莉娅丝毫不让自己的感情在脸上流露出来。说来也怪,她竟泰然自若,就像在谈论古今帝国的衰亡或帝王的逝世。

"你知道我该说什么吗?我该说你正疯狂地爱着她。"他依然回避着她的目光。"你或许跟她订婚了吧?"

"没有。"

这会儿他瞧着她,可他和她目光相接的两只眼睛里含着敌意。

"你要求过她跟你结婚吗?"

"我怎么能?像我这样一个该死的无赖。"

他说话那么激昂,使朱莉娅震惊起来。

"你在说什么呀?"

"哎,何必转弯抹角呢?我怎么能要求一个规规矩矩的姑娘来跟我结婚呢?我只是一个被人豢养着玩儿的小孩子,天晓得,你应该最明白的。"

"别犯傻了。我送了你一些小礼物,有什么大惊小怪的?"

"我不应该收下。我一直明白这是不对的。这一切一步步来得那么不知不觉,直到我深深地陷进去了。我没钱过你使我过的生活;我弄得经济十分困难。我不得不收受你的钱。"

"有什么不好呢?毕竟我是个很有钱的女人嘛。"

"你的钱见鬼去吧。"

他手里正拿着一只玻璃杯,凭着一时冲动,猛地向壁炉里扔去,杯子粉碎了。

"你没有必要破坏这个幸福家庭呀,"朱莉娅冷言冷语地说。

"对不起。我并不是存心这样做的。"他仰身倒在椅子里,掉转头去。"我实在感到惭愧。一个人丧失了自尊心可不大妙。"

朱莉娅迟疑了一下。她不知道该说什么。

"在你困难的时候,帮帮你忙,似乎也是很自然的。这对我是一种快慰。"

"我懂得,你在这方面做得很巧妙。你几乎使我相信,你替我还债,倒是我在给你恩惠。你使我心安理得地做出像个无赖的行为来。"

"我很遗憾你对此会这样想。"

她说话的口气相当尖刻。她开始有些恼火了。

"你没有什么需要遗憾的。你需要我,所以你收买了我。如果我是那么下贱,愿意出卖自己,那不关你的事。"

"你怀着这种想法有多久了?"

"一开始就这样想的。"

"事实上不是如此。"

她知道,使他良心觉醒的是他对那位他信以为纯洁的姑娘突然产生了爱情。这可怜的蠢货呀!难道他不知道如果艾维丝·克赖顿认为一个助理舞台监督可以给她弄得一个角色,她就会跟他睡觉吗?

"要是你爱着艾维丝·克赖顿,你为什么不对我实说呢?"他可怜巴巴地望着她,但并不作答。"你恐怕说了出来会影响她在新戏里得到一个角色的机会吗?你到今天应该充分了解我,我是决不会让感情影响公事的。"

他几乎无法相信自己的耳朵。

"你这话是什么意思?"

"我认为她着实是个新秀。我要对迈克尔说,我认为她大有可为。"

"哦,朱莉娅,你是个大好人。我从来不知道你是个如此不同寻常的女人。"

"你早该问了,我就会早告诉你。"

他舒了一口气。

"我亲爱的,我是多么喜欢你呀。"

"我知道,我也深深地喜欢你。跟你在一起,到处逛逛真有味儿,你又总是打扮得那么漂亮,你替任何女人增光。我喜欢和你上床,我觉得你也喜欢和我上床。但是让我们面对现实吧,我可从来没有爱过你,正像你从来没有爱过我一样。我早知道这事长不了。你迟早一定会爱上了谁,这一来我们的事就完了。现在你堕入情网了吧,是不是?"

"是的。"

她抱定宗旨要逼他说出这句话来,然而他说了出来,给她的苦痛却是无比地沉重。可是她若无其事地笑容满面。

"我们在一起过了些非常快乐的时光,难道你不认为已经到了该告一段落的关头了吗?"

她说话的口气很自然,几乎开玩笑似的,所以谁也想不到她内心的痛苦竟如此不堪忍受。她胆战心惊地等待着他对她这句话的回答。

"非常抱歉,朱莉娅,我必须恢复自尊心。"他用困惑的眼光瞧着她。"你不生我的气吗?"

"因为你已把你反复无常的喜爱从我身上转移到了艾维丝·克赖顿身上吗?"她眼睛里跳跃着淘气的笑影。"我亲爱的,当然不生气。毕竟你的喜爱还是在戏剧圈子里嘛。"

"我非常感激你为我所做的一切。但愿你不要当我是个忘恩负义的人。"

"哦,我的宝贝,别说这些傻话啦。我一点没给你做什么。"她站起身来。"现在你真该走了。明天你事务所里有许多事要做呢,我也累死了。"

这使他放下了心上的一块大石头。不过他并不因此很开心,因为她的声调使他疑惑,它既是那么亲切,同时又带有一点儿讥讽的味儿;他感到有点沮丧。他走到她跟前去向她吻别。她犹豫了一刹那,然后带着友好的微笑,凑上一面面颊给他吻,接着又凑上另一面。

"你知道怎样走出去的,对吗?"她用手按到嘴上,遮掩一个装腔作势的呵欠。"哦,我好困啊。"

等他一走,她便随手把灯关掉,走到窗口。她小心地从窗帘隙缝中窥看。她听到他把前门砰地关上,看他走出去。他向左右两旁张望。她立刻猜到他准是在找出租汽车。眼前一辆也看不见,他便拔脚向公园的方向走去。她晓得他是去参加晚宴,跟艾维丝·克赖顿会面,向她报告这好消息。

朱莉娅一屁股坐在一张椅子上。她演了一场戏,演得很出色,这会儿可精疲力竭了。眼泪,没人看得到的眼泪在她面颊上淌下来。她悲痛欲绝。唯一使她能忍受得住这创痛的是,她不由地对这愚蠢的孩子感到的冷若冰霜的鄙夷,看不起他竟情愿舍弃了她去搭上一个演小角儿的女演员,而她连演戏的起码知识都还没有呢。简直是滑稽可笑。她不但不会运用两只手,连在舞台上该怎样走台步都不懂。

"要是我有点幽默感的话,我会笑掉大牙的,"她大声说。"这是我听到过的最最精彩的笑话。"

她不知汤姆今后将怎么办。那套公寓到季度结账日①要付租金了。房间里大部分东西都是属于她的。他不大会愿意回到他在塔维斯托克广场的卧室兼起居室的房间去住。她想起他通过她而

<hr>

① 季度结账日在英国为 3 月 25 日、6 月 24 日、9 月 29 日和 12 月 25 日。

结识的那些朋友。他在他们中间表现得聪明能干。他们觉得他有用处，他会保持跟他们的关系。不过，他要带着艾维丝四处跑跑，可不那么容易。她是个不好对付的、着眼于金钱的小东西，朱莉娅对这一点可以肯定，等到他不能那么爽快地挥霍的时候，她就不大可能把他放在心上。她假装贞洁，这傻瓜竟会上当！朱莉娅了解这一路人。事情很明显，她只是利用汤姆替她在西登斯剧院弄到一个角色，一旦角色到了手，就会把他抛到九霄云外。想到这里，朱莉娅跳起身来。她答应过汤姆，艾维丝可以在《当今时代》里演个角色，因为这个角色出现在她演出的一场里，可是她对说过的话并不认真当一回事。最后都得由迈克尔来作出决定。

"苍天在上，我一定要让她演这个角色，"她出声地说。她恶意地暗笑着。"天晓得，我是个脾气满好的女人，可是一切都有个限度啊。"

她想到将对汤姆和艾维丝·克赖顿狠狠反击，转败为胜，心中非常得意。她在黑暗里一直坐着，恶毒地策划着这事该怎样进行。可是她又不时啼哭起来，因为在她下意识的深处，不胜苦痛的回忆势如潮涌。回忆起汤姆那苗条的青春的肉体贴着她自己的、他的暖烘烘的赤裸的身子和给她异常感觉的那两片嘴唇、他的既羞怯又调皮的微笑，以及他那鬈发的香味。

"我要不是笨蛋，当时我就一句话也不会说。如今我应该了解他了。他只是一时迷恋。他会醒悟过来，然后如饥似渴地重新回到我身边来。"

此刻她疲乏得要命。她站起身来，上床去睡。她服了些安眠药水。

二十二

但是第二天她清早六点钟就醒了,又想起汤姆来。她在脑子里重复着所有她对他说过的话和所有他对她说过的话。她心绪纷乱,闷闷不乐。她唯一的安慰是她那么轻松愉快地应付过了他们的破裂,使他料想不到他弄得她多么悲伤。

她这一天过得很痛苦,除了汤姆之外什么也没法想,她恨自己,因为心上总抛不开汤姆。如果能把她的苦痛找个知己朋友讲讲,就不会这么糟糕了。她需要有人来安慰她,需要有人来对她说,汤姆不值得她烦心,并且要她相信,他待她卑鄙无耻。

她有什么麻烦事通常是去找查尔斯或多丽的。当然,查尔斯会给她所需要的全部同情,不过这事情对他将是个沉重的打击,毕竟他二十年来爱她到了痴迷的地步,现在告诉他,她把他乐于牺牲十年生命来换取的东西去给了一个平平常常的青年人,这对他实在残酷。她是他的理想,她把它砸得粉碎,太没有心肝。此刻她能够深信如此显赫、如此有教养、如此温文尔雅的查尔斯·泰默利正以海枯石烂的真心诚意爱着她,这肯定对她大有好处。

当然,如果她向多丽去倾诉这些隐情,多丽会受宠若惊。她们近来彼此不大见面,不过朱莉娅知道,只要打个电话,多丽就会赶忙奔来的。虽然她对这事情早已不只是猜疑而已,但是朱莉娅向她和盘托出的时候,她会震惊和妒忌的,不过她会庆幸一切都已成为过去,并且会宽恕她。把汤姆骂得体无完肤,这对她们俩来说都是个快慰。当然,承认汤姆甩了她是不大妥当的,而多丽是多么精明,谎称她甩了汤姆是休想骗得过她的。她巴不得在什么人跟前痛痛快快哭一场,然而既然是她主动一刀两断的,那就好像没有痛哭的理由了。这将使多丽赢得一分,而且无论她怎样同情,你总不能对人性抱有奢望,以为她真会因朱莉娅威风受挫而感到遗憾。多丽一向崇拜她。朱莉娅不愿让她窥见自己的泥足①。

"看来我几乎只有去找迈克尔了,"她暗自好笑地说。"可是我想这也不行。"

她预料得到他将说些什么。

"我亲爱的好太太,你真不该向我这号人来倾诉这样的事情。真是活见鬼,你使我多么难堪啊。我自以为是思想很开朗的。我也许是个演员,不过归根到底我是个上等人,唉,我的意思是说——我的意思是说,真该死,这种行为多糟糕呀。"

迈克尔到下午才回家,他走进房间来的时候,她正在休息。他跟她讲他是怎样过周末的,告诉她比赛的结果。他说他球打得很好,有几局转败为胜,挽回得很出色,他把怎样挽回的那些情况讲得详详细细。

"顺便问一声,你觉得你昨天晚上看到的那个姑娘怎么样? 还行吗?"

"我觉得她着实不错,你知道。她非常漂亮。你准会对她着迷的。"

"噢,我亲爱的,我这把年纪还可能吗? 她会演戏吗?"

"她当然缺乏经验,不过我想她有天赋。"

"那好,我还是叫她来让我看看的好。我怎么跟她联系呢?"

① 泥足,转义为"致命的弱点"。语出《圣经·但以理书》第 2 章第 32—35 节:"这像的头是精金的,胸膛和臂膀是银的,肚腹和腰是铜的,腿是铁的,脚是半铁半泥的。你观看,见有一块非人手凿出来的石头,打在这像半铁半泥的脚上,把脚砸碎,于是金、银、铜、铁、泥,都一同砸得粉碎……"

"汤姆有她的地址。"

"我马上打电话问他。"

他拿起听筒,拨了汤姆的电话号码,汤姆正在家,接了电话,迈克尔把问来的地址写在一个本子上。

电话里对话在继续下去。

"噢,我亲爱的老朋友,我听到这个很遗憾。多倒霉啊!"

"出了什么事?"朱莉娅问。

他做手势叫她不要响。

"那好,我不想对你斤斤计较。不用担心。我相信我们能找到什么解决的办法,使你满意的。"他把手按住听筒,转身向朱莉娅。"要不要请他下星期天来吃晚饭?"

"随你的便。"

"朱莉娅说,你高兴星期天来我们家吃晚饭吗? 啊,很遗憾。那么再见吧,老朋友。"

他放好听筒。

"他有约会。这小混蛋会不会跟这个姑娘搞上了?"

"他向我保证没有。他尊重她。她是个上校的女儿。"

"哦,那她是个淑女。"

"我不知道上校的女儿一定就是淑女,"朱莉娅尖刻地说。"你刚才在跟他说什么?"

"他说他们减了他的薪水。市面不景气嘛。他要退掉我们的那套公寓。"朱莉娅的心突然跳得像要吐出来。"我叫他不必担心。我将不收房租让他住下去,直到市面好转。"

"我不懂你为什么要这样做。毕竟这纯粹是商定的租赁关系嘛。"

"对这样一个年轻小伙子来说,看来运气着实不好。但是你要知道,他对我们用处很大;我们临时需要一个人来凑数的话,总是可以找他,而且我需要有人陪我打高尔夫球的时候,随时可以叫到他,也很方便。一个季度的房租只不过二十五镑嘛。"

"我真想不到你这个人竟这样放手地慷慨。"

"哦,你别怕,我会'失之东隅,收之桑榆'的。"

女按摩师来了,打断了他们的谈话。朱莉娅谢天谢地,幸喜不多一会她就要上剧院去,可以暂时结束这漫长的一天里所遭受的折磨;等到从剧院里回来后,她准备再服一些安眠药水,以求几个小时的遗忘。她有一个想法,最剧烈的苦痛会在几天里成为过去;因此最要紧的是咬紧牙齿挨过这一关。她必须散散心。她出门去剧院的时候,吩咐总管打个电话给查尔斯·泰默利,问他能不能明天同她一起在里茨饭店共进午餐。

他在进午餐的时候异常地殷勤。他的仪表、他的举止,显示出他生活其间的那个不同的世界,她顿时对自己过去一年里由于汤姆而在其中活动的那个圈子感到厌恶不堪。查尔斯谈政治、谈艺术、谈书本;这一切使她心神安宁。汤姆曾经使她着了魔,现在她认识到那是害人的;可是她打算从中挣脱出来。她精神振作了。她不想孤零零地一个人,她知道,午餐以后即使回到家里也睡不着,所以问查尔斯是否愿意带她到国立美术馆去。她使他再高兴不过了;他喜欢谈论油画,而且谈起来头头是道。这使他们俩回到了她在伦敦初露头角的日子,当时他们常常一起消磨好多个下午,不是在公园里散步,就是在一个个博物馆里闲逛。

下一天,她有日场演出,再下一天有个午餐会,但是他们分手的时候约好星期五再一起进午餐,饭后去泰特美术馆。

过了几天,迈克尔告诉她,他已经聘用了艾维丝·克赖顿。

"她的容貌适合这角色,这一点是没有疑问的,而且她正好和你構成绝妙的对比。我是听了你的推荐才录用她的。"

翌日早上,地下室打电话上来,说芬纳尔先生来电话。她似乎心脏停止了跳动。

"把电话接上来。"

"朱莉娅,我要告诉你,迈克尔聘用了艾维丝。"

"是的,我知道。"

"他对她说是听了你的话才聘用她的。你是个大好人。"

朱莉娅这会儿心跳剧烈地加快了,竭力控制住自己的声音。

"哦,别说傻话啦,"她欢欣地回答。"我早对你说没问题的。"

"我非常高兴一切都定下来了。她根据我告诉她的情况,接受了那个角色。她一般是要先看了剧本,才考虑接受角色的。"

他幸亏看不见朱莉娅在听他说这话时脸上的表情。她真想辛辣地回答他,他们雇用演小角色的女演员时从来不让她们看剧本,然而她却很客气地说:

"好哇,我想她会喜欢这个角色的,你说是吗?那是个很好的角色。"

"你也知道,她会竭力演好这个戏的。我相信她将引起轰动。"

朱莉娅深深吸了一口气。

"那就太好了,是不是?我的意思是说,这个戏可能使她一举成名。"

"是啊,我就是这样对她说的。哎,我几时再和你会面?"

"我打电话给你,好不好?真讨厌,今后的几天里我约会排得满满的。"

"你不会甩掉我,就因为……"

她低沉而有些嘶哑地在喉咙口笑了一声,这笑声是观众赞赏不已的。

"别这么傻了。天哪,我浴缸里正在放水。我得去洗澡了。再见,我的宝贝儿。"

她放下听筒。他说话的声音多动听哪!她心痛难熬。坐起在床上,她在剧烈的痛苦中不断摇晃着身子。

"我怎么办呢?我怎么办呢?"

她原来以为她正在把这事忘怀,而现在电话中这段简短傻气的交谈却使她发现自己一如既往地深深爱着他。她需要他。她一天到晚无时无刻不想念着他。她少不了他。

"我会永远也忘怀不了,"她暗自呻吟。

剧院再次成了她唯一的庇护所。带有挖苦意味的是,她这时在演的戏里的最精彩的一场,也是这部戏所以获得成功的那一场,正是演两个情人的分手的。诚然,他们分手是出于一种责任感;而朱莉娅在剧中却是为了一种正义的理想才牺牲爱情,牺牲幸福的希望,牺牲最珍贵的一切的。这一场戏是她一开始就十分惬意的。她在其中演得极其凄婉动人。现在她把自己精神上的全部创痛都投入了进去;她表演的已不是剧中人物的破碎的心,而是她自己的。在日常生活中,她竭力抑制那股她明知可笑的狂热,这是不值得她这样身份的女人倾心的爱情,并且她强使自己尽量不去想这个给她带来严重损害的穷小子;但是她演到这一场戏的时候,就恣意放纵了。她尽量发泄自己沉痛的苦闷。她对自己所丧失的感到绝望,而她向和她演对手戏的那个男角热情倾诉的爱情正是对汤姆依然怀着的狂热、炽烈的爱情。剧中的女角面临的空虚生活的前景正是她自己的空虚生活的前景。仅有的一点安慰是,她觉得自己在这里演得空前地美妙动人。

"我的天哪,能演出这样一场戏,几乎受尽苦难也是值得的。"

她从来没有把自己这样整个儿地融化在角色里。

一两个星期后的一天晚上,她演完了戏,由于表达出强烈的感情而精疲力竭,但又因无数次的谢幕而得意洋洋,在走进化妆室时,看见迈克尔坐在那里。

"哈啰!你没有坐在前排看戏,是不是?"

"我坐在前排。"

"可你两三天以前已经坐在前排看过了。"

"是的,在过去的四个晚上,我每一场都从头看到底。"

她开始卸妆。他从椅子上站起来,在房间里来回踱起步来。她朝他瞟了一眼,看出他有点愁眉不展。

"怎么回事?"

"我就是要知道是怎么回事呀。"

她愣了一下。她马上想到准是他又听到了有关汤姆的什么事情。

"真该死,伊维怎么不在这里?"她问。

"我叫她出去的。我有话要跟你说,朱莉娅。你听了发脾气是无济于事的。你得听我说。"

一阵寒颤直溜下她的背脊。

"好哇,你要说什么?"

"我听说演出有毛病,我想应该亲自来了解一下。起初我只当是偶然的。所以我没有说什么,直到后来我肯定确实是有毛病。你怎么啦,朱莉娅?"

"我怎么啦?"

"是呀。你干吗演得如此糟糕透顶?"

"我?"她绝对想不到会听他说出这种话来。她眼睛里冒着火,直盯着他。"你这该死的笨蛋,我一生从没演得这样出色过呢。"

"胡说。你演得简直不像话。"

当然,他谈的是她的演戏,这使她松了口气,不过他说的话是那么荒谬可笑,所以她虽然恼火,却不由地哈哈大笑。

"你这混账的白痴,你不知道自己在说些什么。哼,我在演戏方面所不懂的只有不值得懂的东西。你在演戏方面所懂得的全是我教给你的。如果你还好算是个过得去的演员的话,那也得归功于我。毕竟,'布丁好不好,吃了才知道'。① 你晓得我今天得到多少次谢幕?这部戏连演了这么多时间,还从没这样精彩过。"

"这我全知道。公众是一批糊涂虫。只要你大叫大喊,乱蹦乱跳,总能得到一批该死的蠢货疯狂地给你喝彩。就像搞巡回游说推销活动一样,你这四个晚上干的就是这码事。演得从头到底都不真实。"

"不真实?可是我对剧中的每一句台词都有切实感受啊。"

"我不管你什么感受,你可不是在演戏。你的表演一塌糊涂。你夸张;你表演过火;你一刻也不能使人信以为真。这简直是我一生中所看到的最糟的过火的拙劣表演。"

"你这活见鬼的蠢猪,你怎么胆敢对我这样说话?你才是个表演过火的拙劣演员。"

她用巴掌在他脸上狠狠地给了他一家伙。他微微一笑。

"你可以打我,你可以骂我,你可以喊破你的喉咙,可事实依然是你演得糟透糟透。我不准备你用这样的表演来开始排练《当今时代》。"

"那就去找个能演得比我好的人去演那个角色吧。"

"别说蠢话,朱莉娅。我本人或许不是个很好的演员,我从来不自以为这样,但是我分辨得出表演的好坏。尤其对于你我没有一样

---

① 英谚,意谓好不好需经过实践检验。

不一清二楚。我要在星期六贴出布告，然后让你到国外去待一阵。我们要把《当今时代》作为我们秋季演出的剧目。"

他说话的沉着坚定的口气使她镇静了下来。的确，讲到演戏，迈克尔对她是再了解不过的。

"我真是演得很糟吗?"

"糟透了。"

她思索了一下。她完全明白是怎么回事了。原来她让自己的感情失去了控制;她是在感受而不是在演戏。又是一阵寒颤溜下她的背脊。这是个严重问题。心碎无所谓，但是不能让破碎的心来影响演戏……不，不，不。这是两码事。她的演戏比世界上任何一桩恋爱更重要。

"我要好好控制自己。"

"勉强自己可没有用处。你疲劳过度了。这是我的过错。我早就应该坚持让你休假的。你所需要的是好好休息一阵。"

"剧院怎么办呢?"

"我要是不能把它出租，我可以重演一部我能参加演出的什么戏。可以演《红桃做王牌》。你一直说讨厌你在那部戏里演的角色。"

"人人都在说这将是个了不起的演出季节。没有我上场，你休想重演一部旧戏会得到多大的成功;你会一个子儿都赚不到的。"

"这我可满不在乎。唯一要紧的是你的健康。"

"啊，耶稣，别这样宽宏大量啦，"她嚷道。"我受不了。"

突然之间她放声大哭起来。

"宝贝儿!"

他搂住了她，把她扶到沙发上坐下，自己在她身旁落了座。她拼命紧靠在他身上。

"你待我太好了，迈克尔，我恨自己。我是畜生，我是个坏女人，我简直是条该死的母狗。我臭透了。"

"即使你说的全是真的，"他微笑着说，"事实上你依然是个非常伟大的女演员。"

"我不懂你怎么能对我有这样好的耐心。我待你太卑鄙无耻了。你待我太好了，而我昧尽良心拿你作牺牲。"

"得了，亲爱的，别说许多过后你要懊悔的话啦。以后要打击你，我只消重提这些话就得了。"

他的柔情使她软化了，她痛骂自己，因为这些年来她一直对他感到厌烦。

"感谢上帝，我幸亏有了你。我没有了你该怎么办啊！"

"你不会没有我的。"

他把她抱得紧紧的，她虽然还在抽泣，却开始感到宽慰。

"对不起，我刚才对你这样粗暴。"

"哦，我亲爱的。"

"你真认为我是个表演过火的拙劣的女演员吗？"

"宝贝儿，杜丝哪里能跟你相比啊。"

"你真是这样想吗？把你的手绢给我。你从来没有看过萨拉·伯恩哈特的戏，是不是？"

"没有，从来没有看过。"

"她拿腔拿调地大叫大嚷得可厉害哪。"

他们俩并坐着沉默了一会后，朱莉娅情绪慢慢安静了下来。她心窝里充满了对迈克尔无比深厚的爱情。

"你始终是英国最漂亮的男人，"她终于小声地说。"谁也不能使我改变这个看法。"

她觉察到他在缩进他的肚子，撅出他的下巴，她看着觉得非常可爱、非常动人。

　　"你说得完全对。我是疲倦了。我情绪不好,苦不堪言。我只觉得心里一片空虚。唯一的办法是走开一阵。"

二十三

朱莉娅打定了这个主意之后，感到轻松愉快。她想到终将摆脱折磨她的创痛，顿觉这创痛好受得多。

布告张贴出去了；迈克尔组成了重演《红桃做王牌》的演员班子，开始排练。朱莉娅悠闲地坐在前排座位上，观看聘用来的女演员排演那原来是她自己演的角色，感到很好玩儿。她当初开始舞台生涯的时候，坐在熄了灯的、座位上都遮着防尘套的剧场里，观看一个个剧中人物在演员身上展现出来，那种激动心情迄今没有消失。她只要身在剧院之中便心神安泰；她在这里比在任何地方都快活。

在观看排练的时候，她可以休息，这样，到晚上她自己演出的时候，就精神饱满。

她认识到迈克尔所说的话全是对的。她控制住了自己。把私人感情抛在脑后，然后掌握住剧中人物，她做到重新用她原有的精湛演技来演戏。她不再把演戏作为发泄自己感情的手段，而重又展现创造的本能。她这样恢复了对戏剧这个媒介的控制，暗自欢喜。这给予她一种力量和获得解放的感觉。

但是她这一成功的努力使她精疲力竭，因此她不在剧院的时候，只觉得百无聊赖，灰心丧气。她失去了她充沛的活力。一种新的羞辱感笼罩着她。她觉得她的黄金时代已经过去。她叹息着对自己说没有人再需要她了。迈克尔建议她到维也纳去和罗杰亲近一番，她原想这倒不错，然而她摇摇头。

"我只会去妨碍他的生活方式。"

她怕他会嫌她讨厌。他正过得痛快，她去了只会给他添麻烦。

她不愿意他把带她到外面去逛逛和偶尔陪她共进午餐或晚餐作为讨厌的责任。自然啰,他应该和他结交的那些年龄相仿的朋友一起更好地玩乐。

她决定到她母亲那里去住一阵。兰伯特太太——迈克尔总坚持称她为德兰伯特夫人——如今已在圣马罗和她姐姐法洛夫人同住多年了。她每年到伦敦来朱莉娅处小住几天,但今年因为身体不大好而没有来。她已是个七十多岁的老太太,朱莉娅知道如果她女儿在她那里逗留较长的时间,她会大大地高兴的。在维也纳,有谁注意一个英国女演员啊？她在那里会是个无名小卒。在圣马罗,她将是一个引人注意的人物,那两位老太太可以拿她在她们的朋友们面前得意地献宝,倒也有趣。

"我的女儿,英国最伟大的女演员①"和诸如此类的话。

可怜的老太太们,她们不会再有多少年可活了,而她们过的又是枯燥无味的生活。当然,她和她们在一起会非常厌烦的,可对于她们将是极大的喜悦。朱莉娅有种感觉,也许在她辉煌成功的生涯中多少忽视了她的母亲。如今她可以弥补以往的不足了。她要竭力使自己做到亲切可爱。她对迈克尔怀着爱心,并始终觉得多少年来对不起他,这使她不胜内疚。她深感自己一向自私而又傲慢,想要追赎前愆。她决意作出牺牲,因此写信通知她母亲,她即将去她那里。

她设法非常自然地做到在伦敦的最后一天之前避而不见汤姆。那部戏在前一夜就停演了,她将在晚上启程去圣马罗。

汤姆六点钟前来向她送行。迈克尔在场,还有多丽和查尔斯·泰默利,另外还有一两个人,所以他们两个一刻也没有单独在一起

①　原文是法语。

,。 。。。。。！。。

的机会。朱莉娅不难自然地跟他谈话。见到他并没有引起她害怕会引起的剧烈创痛,她只感到一阵隐隐的心酸。

他们没有公开她动身的日期和地点,也就是说,剧院的新闻通讯员只打电话给很少几家报馆,所以朱莉娅和迈克尔到达车站时,车站上只有五六个新闻记者和三个摄影记者。朱莉娅向他们讲了一些客套话,迈克尔也讲了几句,接着通讯员就把记者们带到一边,向他们简单扼要地宣布了朱莉娅的计划。同时朱莉娅和迈克尔摆着姿势,让摄影记者在闪光灯的照射下拍摄他们臂挽着臂最后吻别的照片,最后朱莉娅从车厢窗口探出半个身子,伸手和站在月台上的迈克尔握手。

"这些人真讨厌,"她说。"简直没法逃避他们。"

"我不懂他们怎么知道你要走的。"

那一小群发现了有这么回事而聚拢来的人们有礼貌地保持着一定距离站在那里。剧院的通讯员走上前来,跟迈克尔说他认为已经给了记者们足够刊登一长栏的材料。火车开出车站。

朱莉娅不高兴带伊维一起走。她有个想法,为了要恢复安宁,她必须使自己和过去的生活彻底切断一段时间。伊维在那个法国家庭里会格格不入的。原来法洛夫人,朱莉娅的嘉莉姨妈,在做小姑娘时嫁了个法国人,现在已是个很老很老的老太太,说得一口法语,比英语还顺口。她已经寡居许多年了。她的独生子在战争①中丧了命。她住在一座小山上一所高而窄的石头房屋里,你从鹅卵石面的街道一跨进门,就进入了一个过去时代的宁静世界。这里半个世纪来没有丝毫变化。

客厅里布置着一套套着罩子的路易十五时代的家具,这些罩子

---

① 指第一次世界大战。

一个月只取下一次,把底下的丝绸面子轻轻刷一下。水晶的枝形吊灯用细纱蒙着,不让苍蝇沾污它。壁炉面前有一道用孔雀毛精巧地编成、再用玻璃挡好的挡火隔板。虽然这房间从来不用,但是嘉莉姨妈每天都亲自打扫一遍。

餐室镶有护壁板,这里的椅子也是套着防尘罩子的。餐具柜上面搁着一只银果盘、一把银咖啡壶、一把银茶壶和一只银盘子。

嘉莉姨妈和朱莉娅的母亲兰伯特太太住在晨室①里,那是间狭长的房间,布置着法兰西帝国时代的家具②。墙上装着椭圆形画框的是嘉莉姨妈和她已故丈夫的油画像和他父母亲的油画像,还有一帧已故的儿子小时候的彩色粉画像。在这里有她们的针线盒,在这里她们看报纸,看天主教的《十字架报》,《两个世界评论报》和当地的日报,在这里她们晚上玩多米诺骨牌。除了星期四晚上有神父和拉加尔德舰长———一位退伍的海军军官———来进晚餐的情况之外,她们总是在这里吃饭;但是朱莉娅来了以后,她们决定在餐室里吃饭比较方便。

嘉莉姨妈依旧为她丈夫和儿子戴着孝。她不大感到热得穿不住她亲自用钩针编织的那件黑色小毛衣。兰伯特太太也穿着黑色丧服,可是神父先生和舰长来吃晚饭时,她在肩上披上一条朱莉娅送给她的网眼白围巾。饭后他们一起玩普拉丰牌③,输赢以一百分两苏④计算。兰伯特太太因曾长期居住在泽西,而且至今还常去伦敦,所以见多识广,她说有一种叫做定约桥牌的牌戏很流行,可是舰长说美国人玩玩那个还不错,他可坚持玩普拉丰就满足了,神父呢,

---

① 晨室为大住宅中上午供沐浴阳光的起居室。
② 指法兰西第一帝国(1804—1815)或第二帝国(1852—1870)时代流行的家具。
③ 普拉丰牌(plafond)为二十年代流行于法国的一种纸牌戏,是定约桥牌的前身。
④ 苏(sou)为法国旧辅币,二十个苏合一法郎。

却说他个人认为惠斯特①没人玩了，很可惜。可是讲到这个问题，人们是永远不满足于既有的东西，而总要求改变、改变、改变。

每逢圣诞节，朱莉娅总给她母亲和姨妈寄去贵重的礼物，但她们从来都不用。她们把这些礼物，这些从伦敦寄来的珍贵东西，引以为豪地拿来给她们的朋友们看，然后用绉纹纸包好，在小橱里收藏起来。

朱莉娅曾想买辆汽车给她母亲，但是她坚决不要。她们难得出门，尽可以安步当车；车夫会偷她们的汽油，假如他在外面吃饭，开支可不堪忍受，假如在家里吃饭，就会使安妮塔心神不安。安妮塔是厨娘兼管家婆，又是女仆。她在嘉莉姨妈身边已经待了三十五年。她的外甥女安琪儿在这里做粗活，可她年纪还轻，还不到四十岁，所以屋里老有一个男人在场总不大妥当。

她们让朱莉娅就住在她小时候在嘉莉姨妈家上学时住的那间屋子里。它使她产生一种特殊的令人心碎的感伤，一时间确实使她深为激动。然而她很快就适应了这里的生活。

嘉莉姨妈由于结婚而成为天主教徒，兰伯特太太在丈夫去世后来到圣马罗，受了那位神父的开导，终于也走上了同一条道路。这两位老太太非常虔诚。她们每天早晨同去望弥撒，星期日则参加大弥撒。除此之外，她们极少出门。如果偶尔出门，那么不是因为哪位老太太家里死了人，就是因为哪家孙子孙女订婚，才去作礼节性的拜访。她们看报纸，读杂志，做大量的针线活来救济穷人，他们玩多米诺骨牌，听朱莉娅送给她们的无线电收音机。虽然多年来神父和舰长每星期四总来她家吃饭，但是一到星期四，她们还总是心慌意乱。她们对舰长有水手的心直口快的脾气不以为奇，有什么东

---

① 惠斯特（whist）也是一种类似桥牌的牌戏。

西烹调得不合他口味，他会毫不犹豫地说出来，即使那神父，尽管是个圣人，也有他喜欢吃的和不喜欢吃的。比如说他非常爱吃诺曼底板鱼，但他一定要用最好的黄油来烹制，而这种黄油在战后价格十分昂贵。每星期四早上，嘉莉姨妈从她暗藏的地方取出酒窖的钥匙，亲自到酒窖里去拿出一瓶红葡萄酒来。她们姐妹俩把喝剩的在一个礼拜里喝完。

她们对朱莉娅关心得无微不至。她们配煮了药茶让她服用，竭力不让她坐在她们认为可能有穿堂风的地方。的确，她们为了躲避穿堂风，一生中花费了很大一部分时间。她们让她躺在沙发上，特别留意，要她得把一双脚盖好。她们跟她议论该穿什么衣服。那些长统丝袜薄得里面都看得见；而她贴身穿的又是什么？嘉莉姨妈如果发现她光穿着一件无袖的宽内衣，会毫不惊奇。

"她连那个都没有穿，"兰伯特太太说。

"那她穿的是什么呢？"

"三角裤，"朱莉娅说。

"总还戴个胸罩吧，我想？"

"当然没有，"朱莉娅泼辣地说。

"那么，我的甥女，你外面这件衣服里面是光身啰？"

"确实如此。"

"这太荒唐啦，①"嘉莉姨妈说。

"这太不像话了，我的女儿，②"兰伯特太太说。

"我可不是故作正经，"嘉莉姨妈添上一句，"不过我必须说，这样子总不太正派。"

---

① 这句话是用法语讲的。
② 这句话是用法语讲的。

朱莉娅把她的衣裳拿出来给她们看,在她到来后的第一个星期四,她们议论她吃晚饭时该穿什么。嘉莉姨妈和兰伯特太太彼此激烈地争论起来。兰伯特太太认为她女儿既然有几套晚礼服,应该穿上一套,而嘉莉姨妈则认为大可不必。

"往常我到泽西来看望你们的时候,我亲爱的,逢到一些先生们来吃晚饭,我记得你总穿上件茶会礼服。"

"茶会礼服当然很合适啰。"

她们满怀希望地瞅着朱莉娅。她摇摇头。

"我宁愿穿套寿衣,也不要穿茶会礼服。"

嘉莉姨妈穿着一件厚实的黑绸高领衫裙,戴着一串黑色大理石珠子,兰伯特太太穿的是一件差不多同样的衣服,但是披着她的网眼肩巾,戴着一串人造宝石的项链。舰长是个结实的小个子,满面皱纹,一头白发修成平顶式,威严的唇髭染得墨黑,气概不凡,虽已年逾七十,吃饭时却在桌子底下捏捏朱莉娅的脚。离去的时候,他还趁机在她的屁股上拧一把。

"性感嘛,"朱莉娅喃喃自语,一边庄严地跟随两位老太太走进客厅。

她们为了她手忙脚乱,不是因为她是个伟大的女演员,而是因为她身体不好,需要休息。朱莉娅很快就大为震惊地发觉她们不以她的红极一时为贵,而反觉不好意思。她们决不想拿她出风头,相反地并不提出要带她一起去拜访亲友。

嘉莉姨妈从泽西带来了下午吃茶点的习惯,一直没有抛弃。有一天,朱莉娅刚来不久,她们邀请了几位太太小姐来吃茶点;兰伯特太太在进午餐时这样对她女儿说:

"我亲爱的,我们在圣马罗有些很好的朋友,不过当然,尽管已经经过这么多年,她们还是把我们当外国人看待,所以我们不希望做出任何可能被他们认为古怪的事情来。我们自然不要你说谎话，不过除非你非讲不可，你的嘉莉姨妈认为最好不要对任何人说你是女演员。"

朱莉娅吃了一惊，可是她的幽默感战胜了惊讶，差点笑出来。

"假如我们今天下午盼望着会来的朋友中有人顺便问起你丈夫是做什么的，你说他是做生意的，那不好算是假话吧？"

"一点不假，"朱莉娅说，让自己微笑了一下。

"当然我们也知道英国女演员和法国女演员可不一样，"嘉莉姨妈和蔼地说。"法国女演员有个情夫，几乎是不言而喻的。"

"噢，天哪，"朱莉娅说。

她在伦敦的生活，那里的兴奋、得意和痛苦的事儿渐渐地好像越来越遥远了。不久她觉得自己能够用平静的心情来考虑汤姆和她对他的感情了。她认识到受到更大损伤的是她的虚荣而不是她的心。在这里，一天天过得单调无味。不多几时，唯一使她记起伦敦的就是每逢星期一到来的星期日的伦敦报纸了。她拿了一大摞，整天阅读它们。她这才有些坐立不安起来。她到城堡周围的防御堤上去散步，眺望海湾中星罗棋布的岛屿。那里的灰色天空使她怀念英国的灰色天空。但是一到星期二早晨，她又重新沉浸在外省生活的宁静中了。她看大量的书，看那些在当地书店里买来的长篇小说，有英国的，也有法国的，她还读她心爱的魏尔兰。他的诗中有一种淡淡的哀愁，似乎正适合这座灰色的布列塔尼①城市、适合那些阴沉的古老石头房屋和陡峭而曲折的幽静街道。

这两位老太太的娴静的习惯、平安无事的日常生活和悄悄的闲谈激起了她的同情。这些年来什么事情也没有在她们身上发生过，

---

① 布列塔尼（Brittany）为法国西北部一半岛，圣马罗是半岛北部的一个港口城市。

一直到她们去世也不会发生什么,这样的话,她们的生活是何等没有意义啊。奇怪的是,她们竟感到满足。她们既不知怨恨,也不知妒忌。她们已经达到了朱莉娅站在脚光前向热烈鼓掌的观众鞠躬时所感觉到的那种超脱一般人际关系的境界。有时她还认为这种超脱的感觉是她最宝贵的财富呢。在她身上它是产生于骄傲,而在她们身上则是产生于谦卑。这两者可都给人带来一样珍贵的东西,那就是精神上的自由;只是在这两位老太太身上更为牢固。

迈克尔每星期写一封信给她,那是些直截了当的业务书信,向她报告西登斯剧院的票房收入情况和他正为下一部戏的演出所作的准备工作;但是查尔斯·泰默利却每天给她一封信。他告诉她伦敦城里传布的闲话,他高雅而娓娓动听地谈到他看到的画和读到的书。他亲切可喜地引经据典,在嬉笑中显出他的渊博。他谈论哲理而不迂腐。他向她倾诉他热爱着她。这些书信是朱莉娅所收到的最美的情书,为了传之后世,她决定把它们好好保存起来。也许有一天有人会把它们印出来,人们就会到国立肖像画陈列馆①去,看着她的画像,就是麦克伊沃伊②画的那幅,想到她曾经是这个凄怆、浪漫的爱情故事的女主人公而感叹。

查尔斯在她痛失汤姆后的头两个星期里,待她无限殷勤,她真不知没有他如何了得。他总是招之即来。他的谈话把她引进另一个世界,使她神经松弛下来。她的心灵曾陷在泥坑里,在他崇高的精神中洗净了自己的泥污。跟他到一个个美术馆去逛逛,看看画,对安定情绪有莫大的效力。她极应该感谢他。她回忆起他一直爱着她的漫长岁月。他到现在已等了她二十多年。她待他可不很好。

---

① 国立肖像画陈列馆(National Portrait Gallery)于1856年建立于伦敦,1859年对外开放,着重陈列历代名人肖像,甚于考虑其艺术价值。
② 麦克伊沃伊(Arthur Ambrose McEvoy,1878—1924)为英国肖像画家。

如果他得到了她,这将给他多大的幸福,而且对她也确实不会有什么损害。她不知为什么自己长久以来一直拒绝他。或许因为他太忠实,因为他一往情深,那么卑躬屈膝,或许只因为她要让他永远保持着他心目中的理想。这实在是愚蠢的,她太自私了。

她忽然欢欣地想到她终于可以报答他的全部深情、他的耐心和他的无私精神了。她并没有忘掉迈克尔的伟大的关怀在她心中激起的卑劣感,她依旧因为长期对他感到不耐烦而深自悔恨着。她在离开英国时决心作出自我牺牲的心愿依旧在她胸怀里热切地燃烧着。她觉得查尔斯正是值得她实现她这个心愿的对象。她想像他懂得了她的意图时将大吃一惊的情景,不禁仁慈而满怀同情地轻轻笑笑;一时间他将难以相信,接着是怎样的欢乐,怎样的销魂啊!

这么多年来他对她蓄积着的爱情将如一股巨大的激流般冲破闸门,把她淹没在洪水之中。想到他的无限感激,她的心顿觉膨胀起来。但他会依然不大能够相信自己的好运气;等到好事既成,她躺在他怀抱里,将紧挨着他娇声低语:

"你等得值得吗?"

"你像海伦,一吻使我永生①。"

能够给予一个人这样大的幸福,真是不可思议啊。

"我要在即将离开圣马罗之前写信给他,"她下了决心。

春去夏来,到了七月底,朱莉娅该到巴黎去看看她的服装了。迈克尔准备在九月初开演新戏,八月中开始排练。她已把剧本随身带到圣马罗,原想研究研究她的角色,可她在这里的生活环境使她

---

① 典出英国剧作家、诗人马洛(Christopher Marlowe, 1564—1593)的剧本《浮士德博士的悲剧》(1604 年)第 1330 行:"可爱的海伦,用一吻使我永生吧。"海伦即希腊神话中特洛伊的海伦(Helen of Troy),斯巴达王之妻,被特洛伊王子帕里斯(Paris)拐走,因而引起特洛伊战争。

无法如愿。她有足够的空闲时间,不过在这个灰色、简朴而却舒适的小城里,朝夕相处的就是那两位老太太,她们所关心的无非是教区教会和她们的家庭琐事,在这样的环境之中,虽然那个剧本很精彩,她却对它提不起兴趣来。

"我该回去了,"她说。"我死也不会真的认为剧院不值得人们大惊小怪、多费心思。"

她向她母亲和嘉莉姨妈告别。她们待她好极了,不过她有一种感觉,等她离去后,她们可以回到被她打乱的生活中去,并不会感到遗憾。而且她们可以稍稍放心,如今不会再有发生什么古怪事情的危险,那种古怪事情,是和女演员在一起时必须时刻提防的,它会引起圣马罗的太太小姐们的非议。

她下午到达巴黎,被领进她在里茨饭店订好的一套房间时,满意地舒了口气。回到豪华生活中来是一大快事。已经有三四个人送来了鲜花。她洗了个澡,换了衣服。查利·德弗里尔——一直替她做衣服的制衣商,也是她的老朋友——来访,要带她去森林乐园①共进晚餐。

"我过了一阵很愉快的日子,"她告诉他,"当然,我跟那些老太太在一起,她们非常开心,不过我觉得,如果再待上一天,我可要厌烦了。"

在这样一个美妙的夜晚,乘车在香榭丽舍大街上行驶,使她满怀欢欣。重又闻到汽油味儿,颇觉开怀。私人汽车、出租汽车、鸣叫的喇叭声、栗树、路灯、人行道上的往来行人、咖啡馆外面坐着的人群;这景象令人陶醉。他们到达如此欢乐,如此高度文明,如此奢侈的马德里别墅,重又看到女的衣衫华贵、化妆得体,男的脸色棕红,

---

① 全名为布洛涅森林乐园,在巴黎西部的塞纳河畔,原为森林地,后开辟为游乐区。

穿着无尾礼服,觉得真是美妙。

"我觉得像是个流亡归来的女王。"

朱莉娅愉快地花了几天工夫选购服装并试穿她定做的那些衣服的第一次试样。她每一分钟都过得十分快活。但她是个有性格的女性,作出了一个决定,便非做到不可;所以她在回伦敦之前写了一封简短的信给查尔斯。他到古德伍德①和考斯②去过,在去萨尔茨堡③的途中将在伦敦逗留二十四小时。

> 亲爱的查尔斯,
>
> 见面在即,欢欣何似。我星期三当有空,共进晚餐如何?你依旧爱我?
>
> 你的
>
> 朱莉娅

她封信封时,喃喃自语:Bis dat qui cito dat。④ 迈克尔遇到慈善机构要他捐款,回邮把希望他捐赠的数目的一半寄去时,总是引用这一句拉丁谚语。

---

① 古德伍德(Goodwood)为英国东南部苏塞克斯郡奇切斯特附近的贵族领地,有著名的赛马场。
② 考斯(Cowes)为英格兰南部怀德岛(Isle of Wight)西北部一海港,有海水浴场和游艇比赛场。
③ 萨尔茨堡(Salzburg)为奥地利北部一城市,为夏季游览胜地。
④ 拉丁语,意谓"快给胜似加倍给",是慈善事业中的常用语。

二十四

星期三早上，朱莉娅叫人给她脸部按摩，并烫了头发。她决定不了是穿一套印花蝉翼纱的呢，还是一件白缎子的，前者非常漂亮，春意盎然，令人联想起波堤切利的《春》①，后者裁剪巧妙，充分显出她处女般的纤细的年轻身段；但是她在沐浴的时候，决定穿白缎子的：它非常微妙地表示，她存心作出这牺牲，含有因对迈克尔长期忘恩负义而赎罪的意思。她所戴的首饰只有一串珍珠项链和一只钻石手镯；在结婚戒指以外，只有一只镶有方形钻石的。她原想敷上一层淡淡的棕褐色，看上去像个过着室外生活的姑娘，对她很合适，不过她考虑到随后要干的事情，便打消了这个主意。她不可能很好地把全身都敷成棕褐色，有如演员为演奥赛罗②而周身涂黑那样。

朱莉娅素来是个准时的女人，当前门被打开迎进查尔斯的时候，她正从楼上走下来。她用一种充满温情的目光，一种淘气的妩媚和亲热的态度招呼他。

查尔斯这一阵把稀疏的花白头发留得长长的，随着年事日高，他那智者的不同凡响的五官有些下垂了；他的腰略有点弯，穿的衣服好像需要烫烫平整。

"我们生活其间的世界真是奇异，"朱莉娅想。"男演员们死活要装得像绅士，而绅士们偏偏竭力要装得像演员。"

她无疑对他产生了应有的效果。他给她十分恰当地提了一句开场白。

"为什么你今夜这样漂亮?"他问。

"因为我盼望着和你共进晚餐。"

她用俏丽、传情的眼睛盯视着他的眼睛。她微微张开着嘴唇，就像她在罗姆尼③所画的汉密尔顿夫人的肖像画上看到的那样迷人。

他们在萨伏伊饭店用餐。领班侍者给他们一张在通道边的桌子，让人们可以显著地看到他们。虽说人们被认为都离开伦敦外出了，这烧烤餐室里还是坐得满满的。朱莉娅对她看到的各式各样的朋友点头微笑。查尔斯有许多话要跟她讲；她为讨他欢喜，装得极感兴趣地倾听着。

"你真是世界上最好的伴侣，查尔斯，"她对他说。

他们来得比较晚，吃得很舒服，等到查尔斯喝完他的白兰地时，人们已经陆陆续续来吃夜宵了。

"唷，剧院已经都散场了吗？"他说着，看看手表。"跟你在一起，时光过得真快啊。你看他们是不是要赶我们走了？"

"我还一点不想睡呐。"

"我想迈克尔就快回家了吧？"

"我想是的。"

"你干吗不到我家去谈一会儿？"

这是她所谓的领会舞台提示。

"很高兴这样做，"她回答时，用一阵轻微的红晕来配合她的声调，她觉得这一阵红晕正和她的面颊相称。

他们坐上他的车子，开往希尔街。他把她带进他的书房。书房

---

① 波堤切利（Sandro Botticelli，1445—1510）为意大利文艺复兴时期的画家，《春》和《维纳斯的诞生》是他的两大杰作。
② 奥赛罗为莎士比亚同名悲剧中的主人公，是个黑种的摩尔人。
③ 罗姆尼（George Romney，1734—1802）为英国肖像画家，以画多幅英国著名美女汉密尔顿夫人（Lady Hamilton，1761—1815）肖像画而闻名。

在底层,面向一个小花园。落地长窗敞开着。他们在沙发上坐下。

"关掉些灯,把夜色迎进房来,"朱莉娅说。她引用了《威尼斯商人》中的一段台词。" '……正是这么个夜晚,阵阵香风轻轻地摩弄着树叶……' ①"

查尔斯把一盏有罩的灯之外的其余的灯全关了;他重新坐下来,她挨过去偎依着他。他用一条手臂搂住她的腰,她把头靠在他的肩膀上。

"这就是天堂,"她轻声说。

"这几个月来我想得你好苦啊。"

"你胡闹过吗?"

"嗯,我买了一幅安格尔②的画,花了好多钱。你走之前,我一定要给你看看。"

"别忘了。你把这画放在哪里?"

她一进他家门就想,不知这次诱奸将在书房里进行,还是在楼上。

"在我卧室里,"他回答。

"那倒真要舒适得多,"她思忖道。

想到这可怜的老查尔斯竟想出这么一个简单的小计谋来把她引进他的卧室,她不禁暗暗好笑。男人都是些怎么样的笨蛋啊!羞怯,他们的毛病就在于此。她想到了汤姆,突然一阵剧痛直刺她的心胸。该死的汤姆。查尔斯确实是无比可爱,她打定主意要最终酬答他长年累月的一片痴心。

---

① 见该剧第5幕第1场第1—2行,译文采用方平的(《莎士比亚喜剧5种》,上海译文出版社,1979年,第236页)。

② 安格尔(Jean Auguste Dominique Ingres,1780—1867)为法国古典主义画家,擅长于肖像画,有《泉》、《浴女》等名作。

"你一直是我的好朋友,查尔斯,"她用低沉的、带些沙哑的嗓音对他说。她稍稍转过身子,这样她的脸和他的脸离得很近,她的嘴唇又像汉密尔顿夫人的那样微微张开着。"我恐怕没有始终待你好好的。"

她的模样是那么娇柔顺从,宛如一只成熟的桃子等待着采摘,看来他必然要吻她了。那时她就要用两条白嫩的手臂挽住他的头颈。然而他仅仅微笑了一下。

"你绝不要这样说。你始终是再好也没有了。"

("他害怕,这可怜的小乖乖。")"我想谁都没有像你这样爱过我。"

他轻轻捏了她一把。

"我现在还是这样。这你知道。我一生中除了你之外没有任何别的女人。"

然而既然他没有理会她送上去的嘴唇,她便稍稍转回身去。她思索着,望着那只电火炉。可惜它没开着。这个场合需要一只火炉。

"如果我们当时一起逃跑,情况将会多么不同呵。嗨嗬!"

她从来不明白"嗨嗬"究竟是什么意思,可是他们在舞台上老是这样说,说起来总是带着叹息,听在耳朵里怪凄怆的。

"英国将因而失去它最伟大的女演员。我现在明白了,当时我提出那个主张是何等可恶地自私啊。"

"成功不是一切。有时候我想,为了完成自己愚蠢的小小的志愿,不知是否就错掉了最伟大的东西。毕竟爱情是唯一至关重要的。"此刻她又用温柔迷人、空前俏丽的目光瞧着他。"你知道吗,我想假如我现在能回到过去的年月,我就会说带我走。"

她把一只手朝下伸去,握住他的手。他文雅地握了一下。

"啊,我亲爱的。"

"我经常想着我们那个梦想中的别墅。橄榄树和夹竹桃,还有蓝色的大海。一片平静。有时候我因为生活乏味庸俗而感到寒心。你当时向我提供的是美。如今可后悔莫及了,我知道;我那时候没有意识到我是多么爱你,我做梦也没有想到,随着时光的流逝,你在我心中会越来越显得重要。"

"我听你说这话,无比欣幸,我亲爱的。它弥补了多少不足。"

"我愿为你作一切的一切,查尔斯。我以往太自私了。我毁了你的一生,自己也不知道当初在干什么。"

她的声音低微而发抖,她把头往后仰起,这就使她的颈项显得像一根白色的柱子。她的袒胸露肩的服装露出了她一部分小而结实的乳房,她用手把它们略微向前抬起。

214

"你决不能这样说,你决不能这样想,"他温柔地回答。"你始终是十全十美的。我不希望你是另外的样子。哦,我亲爱的,人生苦短,而爱情又是那样地稍纵即逝。人生的悲剧正在于我们有时候能够得到我们所企求的。而今回顾一下我们在一起的漫长岁月,我知道你比我聪明。'在你的形体上,岂非缭绕着古老的传说,以绿叶为其边缘?'①你记得下面是怎样的吗?'你永远,永远吻不上,虽然够接近了——但不必心酸;她不会老,虽然你不能如愿以偿,你将永远爱下去,她也永远秀丽!"

("白痴!")"多美的诗句,"她感叹了一声。"也许你是对的。嗨嗬。"

他继续背诵下去。他这一手是朱莉娅一向颇觉厌烦的。

---

① 这一句和下面续引的诗句均引自英国浪漫主义诗人济慈(John Keats, 1745—1821)所作《希腊古瓮颂》,译文采用查良铮的(见王佐良主编《英国诗选》,上海译文出版社,1988 年,第 385—386 页)。

啊,幸福的树木! 你的枝叶

不会剥落,从不曾离开春天,

幸福的吹笛人也不会停歇,

他的歌曲永远是那么新鲜……

　　这给了朱莉娅一个思索的机会。她呆瞪着那只没开的电火炉,目光专注,仿佛被这些诗句的美陶醉了。很明显,他根本没有理会她的意图。这是不足为奇的。二十年来,她一直对他的热情的祈求置若罔闻,所以如果他已经死了这条心,那也是非常自然的。这就好比埃佛勒斯峰①;假如那些坚忍的登山运动员经过那么长时间的艰苦努力,冀求攀登峰顶而终告徒然,最后竟发现了一道直通峰顶的容易攀登的梯级,他们简直就会无法相信自己的眼睛;他们会以为这里面准有蹊跷。朱莉娅觉得她必须使自己表现得更明白些;可以说,她必须对这个疲惫的朝圣者伸手拉一把。

　　“时间很晚了,”她娇声柔气地说。“你把新买的画给我看吧,然后我得回去了。”

　　他站起身来,她把双手伸向他,让他能帮她从沙发上站起来。他们一同上楼。他的睡衣和晨衣整整齐齐地放在一张椅子上。

　　“你们这些单身汉给自己安排得多好啊。好一间舒适的气氛和谐的卧室。”

　　他取下墙上那幅装着框子的画,拿来给她在灯光下观赏。这是一幅铅笔画像,画的是一个结实的女人,头戴一顶有带子的帽子,身穿灯笼袖的袒胸衣裳。朱莉娅觉得她容貌平常,服饰滑稽可笑。

　　“岂不令人陶醉?”她大声说。

------

①　即珠穆朗玛峰。

"我知道你会喜欢的。一幅好画,可不是吗?"

"奇妙极了。"

他把这幅小画重新挂在钉上。他转过身来时,她正站在床边,双手反剪在背后,有点像个切尔卡西亚①的女奴正由太监总管带领去给大维齐尔②过目;她的神态中含有一点儿羞涩退缩的意味,一种娇柔的胆怯,同时又怀着处女即将进入她的王国时的期望。朱莉娅稍带淫荡声气叹息了一声。

"我亲爱的,这是个多美妙的夜晚。我觉得从没像今天这样和你亲近过。"

她慢慢从背后抬起双手,抓住最佳时机,这是她掌握得那么自然的,向前伸去,展开双臂,把手掌朝天张开,仿佛无形中捧着一只珍贵的盘子,上面盛放着她献出的一颗心。她的美丽的眼睛温柔而显得顺从,她的嘴唇上漾着一抹任人摆布的微笑。

她看见查尔斯脸上的笑容僵住了。他已经完全明白了。

("基督啊,他不要我。他完全是在耍花招。")他这一暴露一时使她目瞪口呆。("上帝啊,我怎么下场呢? 我一定被人看作是个该死的傻瓜了。")

她几乎完全失去了心理上的平衡。她必须闪电似的反应过来。他站在那里瞧着她,竭力掩盖他的窘迫。朱莉娅惊慌失措。她不知拿这双捧着珍贵盘子的手如何是好;天知道,这是两只小手,可是这时却像有两条羊腿挂在那里。她也不知该说些什么。每一秒钟都使她摆着的姿势和她的处境更加难堪。

("这可恶的家伙,这卑鄙龌龊的家伙。这些年来一直在戏

---

① 切尔卡西亚(Circassia)为今高加索西北部一地区。
② 大维齐尔为伊斯兰国家的首相的称号。

弄我。")

她做了她唯一可能做的。她保持着那个姿势。数着一二三,以免动作太快,她把两只手渐渐靠拢,直到可以相互握住,然后把头向后一仰,把双手非常缓慢地举起,放到她颈项的一侧。她做的这个姿势和原先的姿势同样美妙,正是这个姿势启发了她该说什么话。她的低沉而圆润的嗓音由于激动而有些颤抖。

"我回顾往事,想到我们没有一点可以自责的地方,心里非常高兴。人生的悲哀不是死亡,人生的悲哀是爱的死亡,(她曾经在一出戏里听到过诸如此类的话。)假如我们曾是情人,你会早就对我厌倦了,如今我们回顾起来,岂不只有悔恨自己意志薄弱的分儿? 你刚才念的雪莱①关于人变老的那行诗是怎么说的?"

"是济慈,"他纠正道。"'她不会老,虽然你不能如愿以偿。'"

"正是这一句。继续念下去。"

她是在拖延时间。

"'你将永远爱下去,她也永远秀丽。'"

她张开双臂作了个全部敞开的姿势,把鬈发的头向上一甩。她有话说了。

"千真万确,可不是吗? '你将永远爱下去,我也将永远秀丽。'要是我们由于几分钟的疯狂而丢了我们的友谊给我们带来的无比欢欣,我们会是怎样的糊涂虫呀。我们现在没有丝毫需要感到羞耻的。我们清清白白。我们可以昂首阔步,面对天下人。"

她本能地认识到这是一句退场的台词,于是用动作配合言语,昂起了头,退到门口,倏地把房门打开。她用这强有力的动作把这个场面的气氛一路带到楼下。然后她让这气氛消散,极其自然地对

---

① 雪莱(Percy Bysshe Shelley,1792—1822)和济慈都是英国浪漫主义诗人。

着跟随在她后面的查尔斯说:

"我的披风。"

"汽车就在那边,"他一面给她披上披风,一面说。"我开车送你回去。"

"不,让我一个人回去。我要把这一个小时的情景铭刻在心上。在我走之前,吻我一下。"

她抬头把嘴唇向他送去。他吻了她的嘴唇。可是她挣出身来,遏制了抽泣,猛地推开大门,向着等在那里的汽车奔去。

她回到家里,站在自己卧室里,痛痛快快地大声舒了口气。

"这该死的混蛋。我竟如此被人作弄。感谢上帝,我总算脱身出来了。他是那么个蠢货,我看他不会察觉我原想干什么的。"不过他那僵住的笑容使她心神不宁。"他也许起了疑心,但不能肯定,而后来他一定确信是自己疑心错了。我的上帝啊,我讲了些什么混账话啊。我得说,看来他完全信以为真了。幸亏我及时明白过来。再过一分钟我就会把衣服脱光。那就不能以一笑来轻易摆脱困境了。"

朱莉娅嗤嗤地笑了起来。固然这情况使她受到屈辱,他使她做了该死的傻瓜,然而如果你有点幽默感的话,就不能不看到这情况还有它有趣的一面。她遗憾没有人听她讲这段经过;即使讲出来对她不光彩,却是个精彩的故事。她耿耿于怀的是她上了当,把他那么多年来所演的一往情深、忠贞不渝的喜剧当了真;因为他当然只是装腔作势啦;他喜欢把自己表现为一个忠诚的情人,可他显然决不要求使他的忠诚得到报偿。

"欺骗我,他做到了,他完全欺骗了我。"

但是一个念头突然闪现在朱莉娅的头脑里,她收起了笑容。当一个女人向一个男人作求爱的表示而被拒绝时,她往往会得出两个结论,非此即彼:一个结论是,他是个同性恋者,另一个结论是,他患着阳痿症。朱莉娅一边想,一边点起一支香烟。她问自己,会不会查尔斯用他对她的一贯钟情作为烟幕,以分散人家对他真正的癖好的注意。但是她摇摇头。倘若他是同性恋者,她肯定会听到一点风声;毕竟在大战后的社交界,人们简直谈来谈去就是谈同性恋。当然他阳痿是很可能的。她算了算他的年龄。可怜的查尔斯。她又笑了。如果是这样的话,那么被处于尴尬和甚至滑稽可笑的境地的不是她,而是他了。他一定吓坏了,这可怜的小乖乖。显然这种事情是男人不大愿意对女人讲的,尤其是如果他正疯狂地爱着她;她越想越认为她的解释十九不会错。她对他深感怜悯起来,事实上几乎怀着母爱般的感情。

　　"我知道我该做什么,"她说着,开始脱衣服,"明天我要送他一大束洁白的百合花①。"

---

① 百合花象征纯洁。

二十五

第二天早晨,朱莉娅醒来在床上躺了一会儿才打铃。她思索着。她回想到头天晚上的冒险经历,不由得为她能够如此沉着应付而沾沾自喜。说她是从失败中夺得了胜利,未必恰当,可是把它看作是战略撤退,那么她的行动是巧妙极了。

然而她还是不定心。对于查尔斯的诡怪的行为也许还有另外一种解释。很可能他不要她的原因是她缺乏魅力。这个念头在夜间在她心头掠过,虽然随即排除了,认为这无疑是不大可能的,不过到了早上这个时候,她又被这个念头所困扰,这也是无可否认的。她按了下铃。因为迈克尔常在她进早餐的时候到她房间里来,所以平常伊维拉开窗帘之后,总递给她一面镜子和一把木梳,还有她的脂粉和唇膏。这一回,朱莉娅并不用木梳匆匆在头发上一掠、用粉扑在脸上草草地扑一下,而是费了些工夫。她在嘴唇上小心地涂好口红,还搽上些胭脂;她仔细梳理头发。

“你平心静气、不要有偏见地说说看,”当伊维把一盘早餐端到她床上时,朱莉娅一边仍旧照着镜子,一边问道,“你说我好算是个漂亮的女人吗,伊维?”

“回答你这句话之前,我必须先知道我说了会招麻烦吗?”

“你这老母狗,”朱莉娅说。

“你不是大美人,你知道。”

“伟大的女演员从来都不是大美人。”

“昨晚你打扮得花枝招展,在身体背着光的时候,显得更加难看了,你知道。”

（"这可坏了我昨晚的事。"）"我要问你的是,假如我真想勾上一个男人的话,你看我行吗?"

"我了解男人都是些什么东西,所以不会奇怪他们会上你的钩。你现在想勾引哪一个呀?"

"哪一个都不想。我只是笼统地说说。"

伊维用鼻子呼呼地吸了口气,用食指在鼻孔上抹了一下。

"不要这样吸气。要擤鼻子就好好擤鼻子。"

朱莉娅慢慢吃着煮熟的鸡蛋。她正思潮起伏。她瞧着伊维。诚然是个模样古怪的老太婆,但人不可貌相。

"告诉我,伊维,你曾经在大街上碰到过男人想勾搭你吗?"

"我?我倒愿意他们来试试!"

"跟你说实话,我也这样想。好多女人老是跟我说男人们怎样在大街上盯她们的梢,如果她们站停下来看商店橱窗,他们就走上前来,设法引她们注意。有时候,要摆脱他们可着实麻烦呢。"

"真叫人厌恶,错不了。"

"我倒说不准。也很讨人喜欢哪。你知道,说来也怪,从来没人在大街上盯过我的梢。我不记得曾有人企图勾搭过我。"

"哦,得了,你只消哪天晚上到埃奇威路去走一趟就行了。包管有人搭上来。"

"假如有人搭上来,那我真不知道该怎么办啦。"

"叫警察嘛,"伊维板着脸说。

"我知道有一个年轻姑娘,她在邦德街看商店橱窗,那是一家帽店,这时有个男人跑上来,问她可要买顶帽子。我想买一顶,她说,于是他们一同走进商店,她拣了一顶,留下了她的姓名和地址,可是他当场替她把钱付了,她随即说,太感谢你了,趁他等着拿找头的时候,她往外走了。"

"这是她这样对你说说的。"伊维表示怀疑地缩了缩鼻涕。她看看朱莉娅,显得莫名其妙。"你这是什么意思?"

"哦,没有什么。我只是弄不懂,为什么事实上我从没碰到有人向我搭讪过。该不是因为好像我没有性感吧。"

可她到底有没有呢?她决心要实地试验一下。

那天下午,她午睡好了,从床上起来,化妆得比平时略较浓艳,没有叫伊维来,便自行穿上一件既不太朴素、又不是明显看得出是高价的衫裙,戴上一顶红色宽边草帽。

"我不要弄得像个放荡女人,"她瞧着镜子说。"反过来,我也不要看上去太正经。"

她踮着脚走下楼梯,这样可以不让任何人听见她,出了门,轻轻把门关上。她有点儿紧张,但又兴奋愉快;她觉得自己正干着一桩惊人的坏事。她穿过康诺特广场,走上埃奇威路。这时候大约是五点钟。路上公共汽车、出租汽车和卡车连成一字长蛇,骑自行车的人危险地穿行于来往车辆之间。人行道上行人拥挤。

她缓步向北踱去。起初她走路的时候眼睛直朝着前面,既不看右边,也不看左边,但很快她意识到这样不行。如果她要别人看她,她必须朝他们看。有两三回,她看见有五六个人正观看着商店橱窗,她便也停下来观看,但是谁也不理会她。

她继续往前踱去。人们从对面和两旁走过她身边。他们似乎很匆忙。根本没人注意她。当她看见有个男人单独向她走来时,她对他大胆地盯了一眼,但他继续走去,脸上毫无表情。

她忽然想到,自己的神色太严肃了,于是让嘴唇上带着一抹浅浅的微笑。有两三个男人以为她是在对他们微笑,连忙把目光避开。其中一个走过她身边后,她回头看看,那个人也在回头看,然而和她的目光一接触便急速向前走去了。她感到有些受人冷落,决定不再东张西望。她一直往前走去。她总听得人家说，伦敦的群众是世界上最有礼貌的，可这一回他们的行为却太不近人情了。

"一个女人走在巴黎、罗马或柏林的街道上，就不可能碰到这种情况，"她心里想。

她决定走到玛丽尔蓬路为止，然后转身回去。如果一次都没碰上有人前来勾搭她就回家，岂不太丢人。她走得那么慢，以致有时候行人撞在她身上。这可使她恼火了。

"我应该去牛津街①试试的，"她说。"伊维那个混蛋。埃奇威路分明是过时了。"

突然她的心欢欣地跳跃起来。她终于被一个年轻人注意到了，她确信他目光里闪着喜悦的光芒。他走了过去，她竭尽了全力才没有扭回头去。她愣了一下，因为一会儿他又在她身边走过，原来他走了回头路，而这一回他对她注视了一下。她对他瞥了一眼，随即羞怯地把目光朝下。他退后了些，她知道他在盯她的梢。这下行了。她站停下来观看橱窗，他也站停下来。她懂得这时候该怎样行动。她假装聚精会神地观看着橱窗里展出的商品，但是正当她要移步前行的时候，用微带笑意的眼睛向他霎地一瞟。

他这人很矮，模样像是个写字间职员或者百货公司的铺面巡视员，穿着一套灰色西服，头戴棕色软边呢帽。她不乐意由这样的男人来勾搭她，可是事实就是如此，他显然想来勾搭她。

她忘了自己原已开始有点疲倦了。她不晓得接下来将发生什么。当然，她不会让事情发展得太过分的，但是她很想看看他下一步将怎么办。她想，不知道他将对她说些什么。她又激动，又高兴，一块石块从她心上搬走了。

① 伦敦最繁华的街道之一，有著名的百货公司及服装店。

　　她缓步前行，知道他就紧跟在她背后。她在另一家商店的橱窗前站停了下来，这一回他也停下时，就紧靠在她旁边。她的心猛跳起来。看来一个冒险的经历真将开始了。

　　"不知道他会不会要我跟他到旅馆去。我看他付不起房钱。到电影院去。准是这样。这下够有劲啦。"

　　她这会儿正面瞧着他，几乎带着微笑。他脱下帽子。

　　"兰伯特小姐，是不是？"

　　她差些吓得魂灵出窍。她确实不胜震惊，没有能够镇静地予以否认。

　　"我一看见你，就觉得认出是你了，所以才拐回来看看清楚，明白吗，我还对自己说，假如这不是朱莉娅·兰伯特，那我是拉姆齐·麦克唐纳①。后来你停下来看橱窗，这一来给我机会可以仔细地看看你。我诧异的是，怎么会在埃奇威路上看到你。这好像太离奇了，也许你懂得我的意思。"

　　事实比他想像得更加离奇。反正，只要他知道了她是谁，这都无关紧要。她早该料到，她只要在伦敦稍稍走动几步，就不可能不被人认出来。

　　他说话带有伦敦土音，面色苍白，可是她对他愉快而友好地微微一笑。一定不能让他认为她在装腔作势。

　　"对不起，未经介绍这一套就跟你说话，不过我不能失去这个机会呀。可以谢谢你给我签个名吗？"

　　朱莉娅倒抽了一口气。不可能他跟随了她十分钟就为了签个名吧。他一定是想出这个来作为跟她搭话的借口。好吧，她得把戏

---

①　拉姆齐·麦克唐纳（Ramsay MacDonald，1866—1937）为英国工党领袖，曾三次出任英国首相。此处的年轻人当然不是麦克唐纳首相，他的意思是他认定正是朱莉娅。

演下去。

"我很高兴。不过我在街上给你签名不太好。人们会紧紧盯住
了看的。"

"你说得对。听着,我正要喝茶去。那边转角上有一家里昂餐
室①。你也去喝一杯不好吗?"

她继续演戏。大概等他们喝了茶,他会建议去看电影的。

"好哇,"她说。

他们一路走去,到了那家餐室,在一张小桌子旁坐下。

"请来两杯茶,小姐,"他对女侍者说。"要吃些什么吗?"朱莉
娅什么也不要,他又对女侍者说,"一客烤饼和黄油,小姐。"

朱莉娅这时可以对他仔细端详一番了。虽然是个粗壮的矮个
子,他却五官端正,乌黑的头发用发蜡紧贴在头皮上,双目炯炯有
神,只是牙齿不整齐,皮肤苍白,使他看上去不大健康。他举止有点
冒失,朱莉娅不大喜欢,不过她合情合理地想想,你不大可能指望一
个在埃奇威路上勾搭你的青年会像朵紫罗兰那样腼腆的啊②。

"别的慢慢来,让我们先把名签好,怎么样? 说做就做,这是我
的格言。"

他从口袋里拿出一支自来水笔,又从一只鼓鼓囊囊的皮夹里拿
出一张大卡片。

"这是我们公司的商业名片,"他说。"就签在这上面好了。"

朱莉娅看他把这花招要到这步田地,觉得愚蠢可笑,可是她和
气地在名片背面给他签上了她的名字。

"你收集签名吗?"她狡黠地笑了笑问他。

225

---

① 里昂餐室是由里昂(J. Lyon)在伦敦开设的联号快餐店。
② 英语中惯用 Violet(紫罗兰)一词来比喻羞怯、腼腆的人。

"我？不。我认为这全是胡闹。我的女朋友在收集。她弄到了查利·卓别林和道格拉斯·范朋克①的，还有不知多少其他的签名。我给你看她的照片，要是你想看的话。"

他从皮夹里抽出一张快镜照片，上面是个相当时髦的年轻女郎，露出一口牙齿，带着电影明星般的笑容。

"漂亮，"朱莉娅说。

"当然漂亮。我们今晚将同去看电影。我拿你的签名给她，她一定会非常惊奇。刚才我认出了你，第一个念头就是我死也要为我的格温弄到朱莉娅·兰伯特的签名。我们将趁我的假期在八月份结婚，你知道；我们准备到怀特岛去度蜜月。我有了这个，能跟她好好地寻寻开心。等我告诉她你和我一起喝过茶，她一定不会相信，会当我在骗她，这时我就拿出签名给她看，你明白了？"

朱莉娅温文有礼地听他讲着，可是那笑容在她脸上消失了。

"我怕我马上就得走了，"她说。"我已经迟了。"

"我也没有多少时间了。你知道，要去跟女朋友碰头，我巴不得马上离开这里。"

那女侍者在把他们的茶点端上来时已经把账单放在桌子上了；现在他们站起身来，朱莉娅从她的手提包里拿出一个先令。

"你这是做什么？你别想我会让你付账。是我请你来的。"

"那就谢谢你了。"

"可是我来告诉你，你可以怎样做吧：让我改天带我女朋友到你化妆室去看你。你就跟她握握手，明白吗？这对她将是件天大的事情。啊，她这辈子会老是对人讲的。"

---

① 道格拉斯·范朋克（Douglas Fairbanks, 1883—1939）为美国早期电影红星，擅演武侠片。

朱莉娅的态度在过去的几分钟内渐渐变得僵硬了,这时虽然仍旧很有礼貌,却几乎变得高傲了。

"真是抱歉,可是我们从来不允许陌生人进入后台。"

"哦,对不起。可你不会见怪我提出这样的要求吧?我的意思是说,我不大会为我本人提出这样的要求的。"

"一点也不见怪。我完全理解。"

她向一辆沿着人行道缓慢开着的出租汽车招招手,同时伸手跟那青年握别。

"再见,兰伯特小姐。再见,祝你好运,祝你一切顺利,还要谢谢你的签名。"

朱莉娅在出租汽车的角落里坐下,火冒三丈。

"恶浊不堪的小畜生。他还有他的女朋友。问我他能不能带她来看我,真是老脸皮厚。"

她到了家,上楼走进自己的房间。她把头上的帽子一把摘下,怒冲冲地扔在床上。她大步走到镜子前,注视着自己。

"老了,老了,老了,"她咕哝道。"这是毫无办法的;我已经完全丧失了性感。你不愿相信,是不是?你会说这是胡说八道。那么还有什么另外的解释呢?我在埃奇威路上从头走到底,天晓得我还打扮得完全像是个那一路人,但是没有一个男人来理睬我,除了一个为他的女朋友要我签名的该死的小店员。真是荒谬绝伦。都是些没有性欲的狗崽子。我不知道英国人今后都将怎么样。大英帝国啊!"

她说的最后的这几个词带有一种鄙夷,准能使前座整排的内阁大臣惊愕失色。她做起手势来。

"谁要是认为我没有性感,就能达到我这地位,那是可笑的。人们来看一个女演员,为的是什么?因为他们梦想和她上床。难道你要对我说，我没有性感就能够把一部糟透的戏演上三个月，使得场场客满吗？话说回来，性感到底是什么？"

她停顿了一下，瞧着镜子里的自己沉思默想。

"当然我能演得富有性感。我什么都演得像。"

她开始想到那些以性感闻名的女演员，尤其是其中之一，莉迪亚·梅恩，经常受聘扮演勾引男子的荡妇角色。她算不上好演员，不过她演某些角色的时候，确实出神入化。朱莉娅是个模仿能手，这时她开始模仿起莉迪亚·梅恩来。她把眼睑像莉迪亚的一样淫荡地半掩着眼睛，身子在衣服里面起伏扭动。她使她的眼睛像莉迪亚的一样投射出风骚、挑逗的目光，在蛇一般蠕动的姿势里加进诱惑的意味，这是莉迪亚的特殊本领。她还开始用莉迪亚的声音说话，懒洋洋地拉长着调子，使她说出的每一句话听上去都略带淫荡的口气。

"啊，我亲爱的人儿，这种话我听得太多了。我不想在你和你妻子中间制造麻烦。男人们为什么不让我独来独往呢？"

这是朱莉娅所作的刻毒的模仿表演。这是着实无情的。她感到那么有趣，不禁失声大笑。

"得了，这里有一点可以肯定：我也许没有性感，但是看到了我的模仿表演，就不会有许多人认为莉迪亚性感了。"

这使她大为宽慰。

二十六

　　排练开始了,这使朱莉娅困恼的心情得以舒松。迈克尔在她出国期间重新演出的戏目既不很成功,也不太糟糕,但他不情愿让剧院关门,便把它一直演到《当今时代》准备就绪。因为他本人每星期要演两个日场,天气又热,所以决定排练不必抓得很紧。在他们面前还有一个月的时间呢。

　　虽然朱莉娅在舞台上搞了那么多年,她从未失去排练时所感受的刺激,而这一回的首次排练依旧使她激动得几乎心要从嘴里跳出来。这是一个新的冒险的开始。她当时觉得自己好像不是一个女主角,感到兴奋而急切,仿佛是个第一次扮演小角色的毛丫头。然而同时她又乐滋滋地感觉到自己的力量。她重又有了发挥这些力量的机会。

　　她在十一点钟走上舞台。演员们三三两两闲散地站在那里。她吻她认识的那些艺人,并和他们握手,迈克尔彬彬有礼地给她介绍另一些她所不认识的。她热情地招呼了艾维丝·克赖顿。她对她说她多么漂亮,并且多么喜欢她的帽子;还告诉她,她在巴黎给她选购了几件漂亮的衫裙。

　　"最近你看到过汤姆吗?"她问。

　　"不,我没看到过。他度假去了。"

　　"噢,是吗? 他是个好小伙子,可不是吗?"

　　"挺好的。"

　　这两个女人紧盯着对方的眼睛微笑。朱莉娅在艾维丝念台词的时候注视着她,并注意听她的声调。她冷笑了一下。她料想得一点不错。艾维丝是那种刚排练了一次就自以为把握十足的女演员。她还不知道自己将遭遇到什么哩。朱莉娅已经不再把汤姆放在心上，不过她有笔账要跟艾维丝清算，她是不会忘记的。这个贱货！

这个剧本是《谭格瑞的续弦夫人》①的现代翻版，但是由于这一代人的习俗的改变，它被改为从喜剧角度来处理。其中有几个老角色仍被引进在新剧本里，奥布里·谭格瑞，现在是个很老的老人，出现在第二幕中。波拉②死后，他第三次结了婚。科特莱昂太太③原是决心为了他跟第二个妻子在一起时所受到的不幸遭遇而要好好补偿他，可是现在的剧本里她已成为一个乖戾、傲慢的老太太。他的女儿埃琳和休·阿戴尔④同意不记旧嫌，因为波拉可悲的去世似乎抹掉了关于他所犯的婚外恋关系的回忆；所以两人结婚了。他现在是个退伍的准将，打打高尔夫球，一味哀叹大英帝国的衰落——"天哪，老兄，要是我做得到，我要把那些该死的社会主义者一个个排在墙脚下全都枪毙掉"；而埃琳呢，这时候已经是个中年女子，经过了拘谨的青春岁月，变成了一个热情奔放、心直口快的现代女性了。

迈克尔扮演的角色名叫罗伯特·汉弗莱斯，同平内罗剧本中的奥布里一样，是个有个独生女的鳏夫；他曾在中国任过多年领事，积了些钱退休后，定居在他的一个表亲遗留给他的一所房子里，离谭格瑞家依旧住着的地方不远。他的女儿奥娜（艾维丝·克赖顿就是聘用来扮演这个角色的）正在学医，准备今后到印度去开业。他这么多年在国外后，只身住在伦敦，没有朋友往来，竟勾搭上一个有名

① 《谭格瑞的续弦夫人》（The Second Mrs. Tanqueray）为英国剧作家平内罗（Sir Arthur Wing Pinero，1855—1934）的代表作，是一部严肃的"问题剧"。
② 波拉为谭格瑞的第二个妻子。
③ 科特莱昂太太即谭格瑞娶的第三个妻子。
④ 休·阿戴尔曾与波拉有暧昧关系。

的妓女,名叫马顿太太。马顿太太和波拉是同一流的人物,但是她没有波拉那样专一;每逢夏季及冬季,她在戛纳"做生意",中间的时间住在阿尔伯马尔街上一套公寓房间里,接待一批英国皇家部队的军官。她打得一手好桥牌,高尔夫球打得更好。这个角色很适合朱莉娅扮演。

剧作者紧跟着那老剧本的线索。奥娜向她父亲申言她要放弃学医,希望住在他身边,直到她结婚,因为她刚跟埃琳的儿子,一个近卫团士兵订婚。罗伯特·汉弗莱斯有点尴尬,向她透露了他要娶马顿太太为妻的意图。奥娜听到这个消息,镇定自若。

"你当然知道她是个婊子啰,可不是吗?"她漠然地说。

他被弄得很窘,说起她不幸的身世,他要使她过去所忍受的一切有所弥补。

"噢,别说这种废话啦,"她回答说。"你倘能做到,倒是件大好事。"

埃琳的儿子曾经是马顿太太数不清的情夫中的一个,正如埃琳的丈夫曾经是波拉·谭格瑞的情夫之一那样。当罗伯特·汉弗莱斯把他的新妻带到他乡间的家中,这事也暴露了真相,他们决定必须把这事告诉奥娜。使他们大吃一惊的是,奥娜一点也不动声色。她早就知道了。

"我发现这事的真相时,觉得非常开心,"她对她继母说。"你知道,亲爱的,你可以告诉我他床上功夫行不行。"

这是由艾维丝·克赖顿演的最精彩的一场,这场戏有整整十分钟,迈克尔一开始就意识到它的效果和重要性。艾维丝的冷漠平淡的美丽容颜恰好是他认为在这个场合中最有表现力的。然而排练了五六次之后,他开始觉得她的可取之处尽在于此了。他找朱莉娅仔细讨论。

"你觉得艾维丝演得怎么样?"

"现在还说不准。"

"我对她不大满意。你说过她能演戏。我还看不出什么苗头。"

"这是个雷打不动的角色。她演它不可能出岔子。"

"你跟我同样懂得,并不存在什么雷打不动的角色。无论怎样好的角色,都需要尽量去演好。我说不大准,也许还是把她辞了,另外找人的好。"

"这可不那么容易。我想你该给她个机会。"

"她多笨拙啊,她做的手势毫无意义。"

朱莉娅思索了一下。她有理由希望把艾维丝留在剧组里。她对她很了解,肯定她如果被辞掉了,便准会去告诉汤姆,说这是因为朱莉娅妒忌她。他爱她,自会相信她说的每一句话。他甚至会想,朱莉娅是为了报复他抛弃了她才这样侮辱艾维丝的。不,不,她必须留下来。她必须演那个角色,然后让她出丑;而且必须让汤姆亲眼看到她是个如何拙劣的女演员。他们俩都认为这部戏将使她一举成名。两个蠢货。这部戏会使她完蛋的。

"你知道你有多聪明,迈克尔,只要你愿意稍微费点力气,我相信你是能教会她的。"

"可问题就在这里,她似乎没法接受指导。我认真教她该怎样念某一行台词,而她却总是照她自己的方式念。你没法相信,可有时候我不由地想,她准是有个错觉,以为她比我更懂行。"

"你使她太紧张了。你教她做什么的时候,弄得她慌张得不知所措了。"

"天哪,没有人能比我更容易相处的啊。我连说都从来没说过她一句。"

朱莉娅对他亲切地微微一笑。

"你难道还想装作真不知道她的问题在哪里吗?"

"不知道,什么问题?"

他茫然地望着她。

"别装蒜了,亲爱的。难道你没有注意到她正疯狂地爱着你吗?"

"爱着我? 可我总想她跟汤姆已经实际上订婚了。你胡说八道。你老是这样想入非非。"

"但这是非常明显的。毕竟她并不是第一个对你的勾魂的俊美着了魔的人啊,而且我看她也不会是最后一个。"

"天晓得,我可不想拆可怜的汤姆的台。"

"这怪不得你,对吗?"

"那么,关于这事,你要我怎么办呢?"

"嗯,我想你应该对她好好的。她很年轻,你知道,这可怜的小东西。她所需要的是有人助她一臂之力。如果你单独帮她几次,和她一起从头到底琢磨那个角色的台词,我相信你会创造出奇迹来的。你干吗不改天带她出去吃饭,跟她谈一谈呢?"

她看见迈克尔在考虑她这建议时眼睛里闪闪发亮,看见他嘴唇上露出了笑影。

"当然最要紧是我们要尽量把戏演好,"他说。

"我知道这事情会使你厌烦,不过说实话,为了演好这部戏,我想这是值得的。"

"你知道我从来不愿做惹你烦恼的事,朱莉娅。我的意思是,我宁愿把那个姑娘辞掉,另外找一个来替代她。"

"我看那将是个大错。我深信,只要你对她花费一定的力气,她准能演得非常出色的。"

他在房里来回踱了一两回。他似乎在从每个方面仔细考虑这个问题。

"是啊,我想我的职责就是使我剧组里的每一个演员都能有最出色的表演。每一个关节,你都必须寻找最好的处理方法。"

他撅出下巴,缩进肚子。他把背脊挺得笔直。朱莉娅明白艾维丝·克赖顿将保住这个角色了,于是第二天排练时他把她叫到旁边,跟她作了一次长谈。她从他的态度一目了然地知道他在说些什么,她打眼梢上注视着他们,不多一会儿就看见艾维丝在点头微笑。他约她跟他一起吃午饭。朱莉娅怀着得意的心情继续琢磨自己的角色。

234

二十七

他们排练了两个星期,罗杰才从奥地利回来。他在卡林西亚①一个湖畔待了几个星期,在伦敦逗留一两天之后,要去苏格兰和一些朋友一起待一阵。因为迈克尔要早些吃了晚饭到剧院去,所以朱莉娅亲自去接他。

她在打扮的时候,伊维照例又用力缩着鼻涕,说她拼命梳妆打扮得这样卖力,仿佛要去晤什么年轻男朋友似的。她要罗杰为她骄傲,因为她穿着夏季的连衫裙,在月台上走来走去,确实显得非常年轻美丽。你会认为她完全没有觉察她所引起的注意,但这是个错误的印象。

罗杰经过了一个月的风吹日晒,皮肤弄得成为深棕色,但是脸上仍旧有不少粉刺,看来比他新年里离开伦敦时瘦了些。她满怀热情地紧紧拥抱他。他微微地笑着。

他们准备就自己家里那几个人一起吃饭。朱莉娅问他饭后可高兴去看话剧或者电影,但他说宁愿待在家里。

"这样会更好,"她答道,"我们就谈谈吧。"

有一个问题,迈克尔确乎曾经要她等到有机会时和罗杰商量。既然罗杰即将去剑桥,他自应决定今后想做什么。迈克尔怕他会在大学里混过几年之后,去进个经纪人的字号或者甚至去登台演戏。他想朱莉娅比他乖巧,而且对这孩子更有影响力,因此曾力劝她在他面前宣扬外交部的好处和当律师的光辉前途。朱莉娅想,如果她在两三小时的谈话过程中不能设法把话头引到这个重要题目上来,那才怪哩。在吃晚饭的时候,她设法使他谈维也纳的情况。但是他沉默寡言。

"哦,我只干了些一般的活动,你知道。我游览观光,用功学我
的德语。我到一些喝啤酒的地方去逛逛。我去看了不少歌剧。"

她想,不知道他是否有过什么风流韵事。

"反正你没有跟哪个维也纳姑娘订了婚回来,"她说,希望引出
他的话来。

他对她若有所思而又有些感到好笑地瞅了一下。你几乎会觉
得他看出了她说这话的目的所在。很奇怪,虽然他是她的亲生儿
子,可她总觉得跟他在一起不很自在。

"不,"他答道,"我太忙了,没工夫去为这种事情操心。"

"我想所有的剧院你都去了吧。"

"我去过两三次。"

"你看到有什么对我有用处的吗?"

"你知道,这方面我从没想到过。"

他的回答似乎有点没有礼貌,不过他说时脸上伴着笑容,而他
的微笑又很甜美。朱莉娅又不禁诧异,怎么迈克尔的俊美和她的魅
力他继承得那么少。他的红头发不错,但是他的灰白的睫毛却使他
脸上显得毫无表情。只有天晓得,为什么有着这样一个父亲和这样
一个母亲,他的身材竟长得如此粗笨。他现在十八岁,应该是瘦一
点下来的时候了。他似乎有点冷漠,他一点也没有她母亲的光辉灿
烂的活力;假如她刚在维也纳待了六个月,她可以想象自己将怎样
活龙活现地描述她的经历。可不是吗,她曾经讲过一段她在圣马罗
同嘉莉姨妈和她母亲在一起生活的故事,引起人们哄堂大笑。大家
都说她讲得好比让人觉得在看戏,而她自己的印象是比大多数的喜

---

① 卡林西亚(Carinthia)为中南欧一地区,在今奥地利南部和南斯拉夫西北部。

剧要精彩得多。

　　她现在把这故事讲给罗杰听。他含着没有生气的微笑悄悄听着;但是她不安地觉得他并不像她那样认为有趣得不得了。她心里暗暗叹息。可怜的小乖乖,他不可能有幽默感。接着他说了些话,引她谈起《当今时代》来。她把剧情讲给他听,解释她将如何演她的角色;她告诉他演员阵容并描述了布景。

　　饭吃到末了,她忽然发觉她尽是谈着自己和有关自己的事。她弄不懂自己为什么会这样做,灵机一动,怀疑是罗杰把谈话朝这方面引去的,这样就不致谈到他和有关他的事情了。可是她把这问题暂且搁在一边。他在这方面还不够聪明呢。等到后来,他们坐在客厅里听无线电和吸烟的时候,朱莉娅才觉得时机到了,便表面上装得非常随便地把她准备好的问题巧妙地提出来。

　　"你已经决定将来想做什么吗?"

　　"没有。需要匆促决定吗?"

　　"你晓得我是什么都不懂的。你爸爸说,假如你想当律师,你进剑桥就应该学法律。另一方面,假如你喜欢外交部的工作,你应该学几门现代外语。"

　　他带着他诡异的、沉思的神情朝她盯视了那么长久,弄得朱莉娅有些难以保持她的轻松、嬉戏而又亲热的表情。

　　"假如我相信上帝的话,我要去当教士,"他临了说。

　　"教士?"

　　朱莉娅几乎不能相信自己的耳朵。她感到极不舒服。然而他的回答深深地印进了她的脑海,她一瞬间看见他成了位红衣主教,住在罗马一所富丽堂皇的府邸里,里面挂满了精美绝伦的油画,四周围着一批阿谀奉承的高级教士;接着看见他成了一位圣徒,头戴主教冠,身穿绣满金丝图案的法衣,做着仁慈的手势,向穷人布施面包。她看见自己穿着织锦缎的华服,颈项上挂着一串珍珠。俨然博尔吉亚家族①的主母娘娘。

"这在十六世纪是满不错的,"她说。"现在可为时太晚了。"

"确实太晚了。"

"我不懂你怎么会想出这样个念头来。"他没有回答,所以她只得再说下去。"你不快活吗?"

"很不快活,"他笑眯眯地说。

"你到底要什么?"

他再次用使她困惑的目光朝她看着。很难知道他是否认真,因为他眼睛里微微闪烁着嬉笑的神情。

"真实。"

"你这是什么意思?"

"你知道,我一生都生活在弄虚作假的环境之中。我要打开天窗说亮话。你和爸爸呼吸着这种空气,毫不介意,因为你们只晓得这种空气,你们认为这是天堂乐园的空气。它可使我透不过气来。"

朱莉娅仔细听着他,力求理解他的意思。

"我们是演员,而且是成功的演员。因此我们才能从你一生下来就一直让你过着穷奢极侈的生活。你可以扳着一只手的指头计数,有几个演员能把他们的儿子送到伊顿公学去念书?"

"我很感激你们为我所做的一切。"

"那么你责怪我们什么呢?"

"我不是责怪你们。你们为我做了所能做的一切。不幸的是,你们剥夺了我对一切的信仰。"

---

① 博尔吉亚家族(the Borgias)为定居于意大利的西班牙世袭贵族,在十五至十六世纪出过两位教皇和许多政治及宗教领袖。

"我们从来没有干预过你的信仰。我知道我们不是宗教信徒，我们是演员，一星期八场戏演下来，希望把星期天留给自己了。我很自然地认为学校里会管这些事情的。"

他迟疑了一下才再说话。你会觉得他需要稍微整理一下自己的思想，再说下去。

"当我还是个小孩子、在十四岁的时候，有一天晚上站在舞台的侧面看你演戏。那准是场很精彩的戏，你把该念的台词念得那么真挚，说得那么动人，我不禁哭了。我被彻底感动了。我不知道该怎么说，那时候我的精神境界被提高了；我为你感到无比伤心，我觉得自己成了个天杀的小英雄；我觉得我要从此再也不干卑鄙无耻或见不得人的事。后来，你退到后台，就在靠近我站立的地方，眼泪还在面颊上淌下来；你背向观众站着，用你平时的声音对舞台监督说：混账的电工怎么打灯光的？我叫他不要打蓝色灯光的。接下来，你气也没换一口，就转身面向观众，发出一声悲痛的号叫，又继续演下去了。"

"不过，宝贝儿，那是演戏啊。如果一个女演员感受到她所表演的感情，她会心胆俱裂的。这一场戏我还记得很清楚。它总是博得满堂彩。我一生从没听到过那样热烈的掌声。"

"我想我真是个傻瓜，会上了当。我当时把你在台上所说的当是真的呢。等我发现了这全是假装的，我心里的有些想法被摧毁了。我从此没有相信过你。我曾经上当做了傻瓜；我抱定宗旨，往后不再上当了。"

她向他投以令人喜悦、使人解疑的一笑。

"宝贝儿，我看你是在胡说八道。"

"你当然会这样想的。你不知道真实和作假之间的区别。你永不停息地演着戏。演戏成了你的第二天性。这里有客人来聚会的时候,你演戏。对仆人们,你演戏,你对爸爸演戏,你对我演戏。在我面前,你扮演一个喜欢我、溺爱我的著名的母亲。你并不存在,你只是你所扮演的无数的角色。我常常怀疑是否真有一个你,或者是否你无非是所有你假装的其他这些人的一个媒介。有时候我看见你走进一间空屋子,就想突然把门打开,却又怕这样做,因为万一发现里面一个人都没有呢。"

她霎地朝他一瞥。她打起寒颤来,因为他说的话给了她一种惊骇的感觉。她聚精会神地听着他,带着一种焦虑的心情,因为他那么认真,她觉得他是在倾吐多年来压在他心上的什么重负。她在他一生中从没听他讲过这么多话。

"你以为我只是假的吗?"

"并不尽然。因为假是你的一切。假就是你的真。就好比对于有些不晓得黄油是什么的人,麦淇淋①就是黄油。"

她隐隐有一种有罪的感觉。像《汉姆雷特》中的王后。"让我来绞你的心肝;我要那么做,假使那不是穿刺不透的石心肝。②"她尽管想开去。

("不知我演汉姆雷特③是否太老了。西登斯和萨拉·伯恩哈特都演过他。我的腿比我所看到过的那些演这个角色的男演员的腿都优美。我要问问查尔斯,听他怎么讲。当然有该死的无韵诗的难题。他④不用散文写真是愚蠢。当然啦,我可以在法兰西喜剧院用法语演出的。上帝呀,那该是多棒的一招啊。")

她想象自己穿着黑色的紧身衣和长长的丝绸紧身裤。"哎哟,

---

① 麦淇淋又名人造黄油,也是黄色的。
② 引自《汉姆雷特》第3幕第4场第35—36行,是汉姆雷特对他母亲王后说的;译文采用孙大雨的(《罕秣莱德》,上海译文出版社,第134页)。
③ 在莎剧中,女演员往往反串。
④ 指莎士比亚。

240

可怜的约立克。"①她继续思考着。

"你总不能说你爸爸也不存在吧。可不是吗,他这二十年来一直演着他自己嘛。"("迈克尔能演那国王②,当然不是用法语演,而是如果我们决定在伦敦试它一下的话。")

"可怜的爸爸,我看他干这一行干得很出色,不过他头脑不太灵,是不是? 他尽是忙于做英国最漂亮的美男子。"

"我认为你这样说你爸爸不大好。"

"难道我说了什么原来你不知道的话吗?"他冷冷地问道。

朱莉娅想微笑,可是不愿把那带有几分痛苦的尊严相从她脸上卸下来。

"那些爱我们的人之所以喜欢我们,是由于我们的弱点,而不是我们的优点,"她应道。

"你这是在哪出戏里念的?"

她遏止了一个生气的手势。这句话是很自然地来到她嘴唇边的,说了出来才记得是来自某个剧本的。小畜生! 可是这句话用在这里十分恰当。

"你很刻薄,"她伤心地说。她越来越感觉到自己像是汉姆雷特的母亲了。"难道你不爱我吗?"

"我倘能找到你,我会爱你的。可是你在哪里呢? 要是剥夺了你的表现癖,拿走了你的表演技巧,把你的装腔作势、虚情假意和演过的一个个角色的片断台词和他们的褪了色的感情的残余都像剥洋葱那样一层层地剥光,最后我们能找到一个灵魂吗?"他用严肃、凄怆的目光瞧着她,然后微微一笑。"我喜欢你,那是没有问

---

① 引自《汉姆雷特》第5幕第1场第201行,是汉姆雷特对着先王的宫廷小丑约立克的髑髅而发的慨叹。
② 指《汉姆雷特》中的国王。

题的。"

"你相信我爱你吗?"

"用你的爱法。"

朱莉娅脸上顿时显出不安的神情。

"你知道你当年生病的时候,我承受了多大的痛苦的煎熬啊!我不知道你要是当时死去了,我会怎么办!"

"你会凄婉动人地演出一个在独生子的尸架旁的母亲的情景。"

"尽管排练了几次,也不可能演得那么凄婉动人,"朱莉娅尖刻地回答。"你要知道,你不懂得演戏不是自然;它是艺术,而艺术是你创造的东西。真正的悲哀是丑陋的;演员的职责是把它表现得既真又美。假如我真像在五六部戏里那样死去,你想我会关心姿势是否优美、快断气的声音是否一个个词都清晰得能传送到楼座的最后一排吗?若说这是虚假,那么贝多芬的奏鸣曲也是虚假的,而我也并不比演奏那曲子的钢琴家更虚假。你说我不喜欢你,真没良心。我一心疼爱你。你一向是我生活中唯一的宝贝。"

"不。我小时候你喜欢我,因为你可以拿我和你一起拍照。拍出来的照片很好看,可以大做广告。然而在这以后,你就不大关心我了。我只使你厌烦。你总是高兴看到我,但你感到庆幸,因为我会自己管自己,并不要求占用你的时间。我不怪你;你没有时间用在别人身上,只用在你自己身上。"

朱莉娅开始有点不耐烦起来。他说的话越来越接近事实,使她坐立不安。

"你忘了少年人是很讨厌的。"

"依我看讨厌透顶,"他笑嘻嘻地说。"然而你为什么要装得舍不得我离开你的身边呢?这又只是在演戏。"

242

"你使我非常不开心。你使我觉得好像我没有对你尽到做母亲的责任。"

"可你是尽到了责任的。你一向是个非常好的母亲。你对我做了些我将永远感激不尽的事情：你放任我不管。"

"我不知你到底要什么？"

"我告诉你了。真实。"

"可是你准备上哪儿去找呢？"

"我不晓得。也许它并不存在。我还年轻；我愚昧无知。我曾经想也许到了剑桥，遇到了一些人，读了一些书，我会发现上哪儿去寻求。如果他们说它只存在在上帝身上，那就完蛋了。"

朱莉娅被搞糊涂了。他所说的话没有真正为她所理解，他说的话不过是一句句话罢了，重要的不是它们意味着什么，而是它们是否"被人领会"，但是她灵敏地觉察到他的感情。当然他才十八岁，对他过分认真是不近情理的，她不得不想到他这一套想法全都是从别人那里听来的，而且其中的大部分是故弄玄虚。难道竟有人有过属于自己的思想，难道不是人人都就那么有一点儿、一点儿装腔作势吗？然而当然可能他在说话的当时确实感觉到他所说的一切，把它不当一回事在她是不大好的。

"我自然明白你的意思，"她说。"我最大的愿望是你能幸福。我会说服你爸爸，你就可以照你的意愿做去。你必须寻求自己的解放，这我理解。不过我想你应该肯定你这一套想法不仅仅是病态的。或许你在维也纳一个人待得太久了，我看你准是书看得太多了。当然，你爸爸和我都属于不同的一代，我想我们帮不了你。干吗你不找个和你年龄相仿的人去谈谈呢？比如说汤姆。"

"汤姆？一个可怜的小势利鬼。他一生的唯一愿望就是做个绅士，可他没有头脑，不知道他越是拼命想做绅士，就越是一无希望。"

"我一直以为你是非常喜欢他的。可不是吗,去年夏天在塔普洛的时候,你跟着他团团转。"

"我当时就不喜欢他。我是利用他。他能告诉我许多我想知道的事情。可我只当他是个一钱不值的小混蛋。"

朱莉娅想起自己曾经对他们的友谊如何疯狂地嫉妒。她想到自己白白地身受创痛,怨恨非凡。

"你把他甩了,是不是?"他突然问。

她大吃一惊。

"我想多少是如此吧。"

"我认为你这样做很聪明。他够不上你的等级。"

他用镇静的沉思默想的目光瞧着她,朱莉娅忽然感觉一阵难受的恐惧,怕他知道汤姆是她的情夫。这不可能,她心里想,只是由于她良心上自知有罪才会这样想的;在塔普洛没有发生什么事情;不可能有任何可怕的流言会传到他的耳朵里;然而从他的表情中看得出他肯定是知道的。她感到羞愧。

"我请他到塔普洛去,只是因为我想有个和你一般年龄的男孩子一起玩对你有好处。"

"的确很好。"

他眼睛里依稀闪着喜悦的光。她感到百般无奈。她巴不得问他在笑什么,却又不敢;因为她明明知道他在笑什么;他并不对她恼火,这她倒还受得了,但他只是觉得好笑。这可深深地伤了她的心。她真想放声哭一场,可是这一来只会惹他哈哈大笑。那么她能对他说些什么呢?她说的话他一句也不相信。演戏!这一回,她可对着面前的情况茫然不知所措了。她所面对的是她不懂的东西,神秘而又很可怕的东西。可能就是"真实"吗?正在这时刻,他们听到一辆汽车开来的声音。

“你爸爸来了，”她大声说。

真是救星到了！这个场面多难受，她谢天谢地，他的到来准能结束这个僵局。不一会儿，迈克尔直冲进屋子，撅出着下巴，缩进了肚子，尽管已五十出头，还是出奇地英俊，他以男子汉的气概伸手欢迎离开了六个月的亲生的独生子。

二十八

三天后,罗杰到苏格兰去了。在他离去之前,朱莉娅巧妙地设
法使他们尽可能不再单独地待在一起,不管时间长短。偶尔有几分
钟单独在一起的时候,他们尽谈些无关紧要的话。朱莉娅并不真心
为他离去而感到遗憾。她无法从心上抹去她和他的那次奇特的谈
话。其中有一点尤其说不出所以然地使她困惑;那就是他说过的这
句话:如果她走进一间空屋子而有人突然开门进去,里面会不见人
影。这使她感到很不自在。

"我从来不力图做个绝色美人,可是我有一样任何人都从来没
有否认过的东西:个性。如果因为我能用一百个不同方式扮演一
百个不同的角色,而硬说我没有自己的个性,那是荒谬的。我能做
到这样,因为真该死,我是个优秀的女演员。"

她设法想像自己单独进入一间空屋子时会有什么遭遇。

"但是我从来没有孤独过,即使在一间空屋子里。总是有迈克
尔,或者伊维,或者查尔斯,或者是公众;当然不是确实拥有他们的
血肉之体,但可以说在精神上拥有着他们。我必须去对查尔斯谈谈
罗杰的事。"

不巧他不在身边。可他就要回来看彩排和首夜演出的;二十年
来他没有错失过这些机会,他们总是在彩排后同去吃晚饭。迈克尔
将留在剧院里,忙于灯光等等事情,所以他们可以两人单独在一起。
他们尽可以畅谈。

她研究着她的角色。朱莉娅并不用观察的方法来刻意创造她
将扮演的角色;她有个本领,能够设身处地进入她需要塑造的那个

女角,这样就可以用剧中人的头脑来思量,用剧中人的官能来感受。她的直觉向她提示五花八门的小花招,随后由于逼真而令人惊讶不止;但是人家问她,这些都是从哪里得来的,她却无从回答。

现在她就需要把这个打打高尔夫球、能像正派人交谈那样对男人说话、基本上是个体面的中产阶级妇女、渴望着寻求婚姻的安定归宿的马顿太太的勇往直前而又强装洒脱的姿态表演出来。

迈克尔从来不喜欢在彩排的时候有一大批人在场,这一回为了竭力在首夜演出之前保守秘密,他除了查尔斯之外,只让摄影师和服装师等几个少不了的人到场。朱莉娅保持着克制。她不想在首演之前把全身架数都使出来。她只要适当地表演就够了。迈克尔井井有条的导演使一切都进展顺利,十点钟左右,朱莉娅就和查尔斯坐在萨伏伊饭店的烧烤餐室里了。她问他的第一句话是他认为艾维丝·克赖顿怎么样。

“绝对不错,漂亮极了。她穿着第二幕中的那套服装实在可爱。”

“我在第二幕里不准备穿我刚才穿的那套。查利·德弗里尔替我另做了一套。”

他没有看见她朝他稍带幽默地瞥了一眼,即使看见了,也猜不出是什么意思。

迈克尔听从了朱莉娅的劝告,对艾维丝下了不少工夫。他在楼上他自己的私人房间里给她单独排练,教她练习每一种声调和每一个手势。此外——朱莉娅完全有理由可以相信——他还同她一起吃过几次午饭,还带她出去吃过晚饭。这一切的结果是,她演那个角色演得异乎寻常地好。

迈克尔搓搓双手。

“我对她非常满意。我想她会得到相当的成功。我有点想给她签个合同。"

"我不以为然，"朱莉娅说。"且等首夜演出之后再说。没有在观众面前演出之前，你绝不可能确实知道演出是否将获成功。"

"她是个好姑娘，是个十足的淑女。"

"是个好姑娘，我想，因为她疯狂地爱着你，又是个十足的淑女，因为她在拿到合同之前，始终拒绝你的勾引。"

"啊，我亲爱的，别这么傻了。哎哟，我老得够做她的父亲哪。"

但是他得意地笑笑。她十分清楚，他的调情不会超越握握她的手和在出租汽车里吻她一两下，可她同样知道，他想到她怀疑他能干出不忠实的事来，有点受宠若惊。

然而现在朱莉娅在适当照顾自己的体型的情况下满足了自己的食欲后，开始谈起她心中怀着的话题。

"亲爱的查尔斯，我要跟你谈谈罗杰的事。"

"哦，好哇，他前几天刚回来，是不是？他好吗？"

"我亲爱的，发生了一件非常可怕的事情。他回来了，变成了一个迂腐的学究，我不知道该怎么办。"

她用她的语言复述了那番谈话。她没有提及那一两句不便出口的话，可她所讲的基本上是准确的。

"可悲的是他丝毫没有幽默感，"她最后说。

"毕竟他还只有十八岁嘛。"

"他对我说那一番话的时候，我十分震惊。我觉得自己就像听到他的驴子忽然对他随便说起话来时的巴兰①。"

她热情奔放地瞧着他，而他却脸上笑影都没有。他似乎并不觉

---

① 巴兰（Balaam）为古先知，被派去诅咒以色列人，途中他所骑的驴子开口责怪他，于是他转而祝福以色列人，见《圣经·民数记》第22章第28节起。

得她说的话有她觉得的那样有趣。

"我无法想像他这些念头是从哪里来的。如果你认为这派胡言乱语是他自己想出来的,那是不近情理的。"

"你认为那样年龄的男孩子们不会比我们大人所想像的想得更多吗? 这是一种精神的发育,其结果往往是奇特的。"

"这些年来罗杰怀着这样的念头而一直守口如瓶,似乎太欠真诚。他简直是在指责我。"她咯咯一笑。"跟你说实话吧,罗杰对我说话的时候,我觉得好像自己就是汉姆雷特的母亲①。"接着几乎一口气连下去说:"不知我扮演汉姆雷特会年龄太大了吗?"

"葛特露②不是个很好的角色吗?"

朱莉娅显然感到有趣,放声大笑。

"别犯傻了,查尔斯。我不高兴扮演王后。我要扮演汉姆雷特。"

"你认为女演员扮演汉姆雷特合适吗?"

249

"西登斯夫人扮演过,萨拉·伯恩哈特也扮演过。我要在我的戏剧生涯上盖上个印记,你懂我的意思吗? 当然这里存在着无韵诗的困难。"

"我听过有些演员念得跟散文没有区别,"他说。

"是啊,可这不尽相同,是不是?"

"你待罗杰很好吗?"

她不提防他突然回到那个题目上来,但是她微笑着回答他。

"哦,好极了。"

"要对年轻人的荒诞行为并不感到不耐烦,确是困难;他们告诉我们二加二等于四,仿佛我们从来没有知道过;如果他们刚发现一

---

① 在《汉姆雷特》中,丹麦王子汉姆雷特的叔父谋杀他的父王,篡夺王位,骗娶他的母后。后来汉姆雷特曾当面责骂她。
② 葛特露是丹麦王后,汉姆雷特之母的名字。

只母鸡生了只蛋而大惊小怪，你却不跟着他们同样感到惊奇，他们就会大失所望。他们慷慨激昂，夸夸其谈，大多是胡说八道，可也不全是胡说八道。我们应当同情他们，我们应当尽量理解他们。我们该记得，当我们最初面对生活的时候，有多少需要忘却，有多少需要学习。要放弃一个人的理想，可不大容易，而每天每日面临的冷酷无情的现实，正是得往肚里咽的一颗颗苦果。青春期精神上的矛盾冲突是何等激烈，而要解决它们又几乎无能为力。"

"但是你总不见得真认为罗杰的那番话有什么道理吧？我相信那全是他在维也纳学来的一套共产主义的谬论。但愿我们当初没有送他到那里去。"

"你也许说得对。也许过了一两年他会不再见到光荣的云彩而接受锁链。也许他会找到他所寻求的，要不是在上帝身上，那么就是在艺术里。"

"如果你说的是戏剧，我可不愿意他成为演员。"

"不，我想他不会喜欢做演员的。"

"而且他当然也成不了剧作家，他没有幽默感啊。"

"我看他大概将乐于进入外交部。在那里，没有幽默感正好成为他的一大长处。"

"你看我该怎么办？"

"我说不出什么。由他去吧。这可能是你所能给他的最大的恩惠。"

"可是我不能不为他担心。"

"你不用担心。你要满怀希望。你以为生下的只是一只丑小鸭；说不定他终将变成一头长着白色翅膀的天鹅哪①。"

---

① 典出安徒生童话《丑小鸭》。

查尔斯的劝说不是朱莉娅所想听到的。她原来指望他会更加同情她。

"我看他上年纪了,这可怜的亲人儿,"她想。"他已经头脑不灵了。他准已阳痿多年了;奇怪我怎么以前没想到过。"

她问是什么时候了。

"我想我该走了。我必须好好休息一夜。"

朱莉娅睡得很好,醒来顿觉心情欢畅。今晚是首夜演出。她欢欣而又激动地回想起她彩排完了离开剧院的时候,正厅后座和顶层后座的门口都已挤满了人,此刻早上十点钟大概已经排成长队了。

"幸亏天气晴朗,对他们还好,可怜的笨蛋们。"

从前她在首夜演出之前,总是神经紧张得不得了。她往往整天有些忐忑不安,随着一个个小时的流逝,心情坏得几乎想脱离舞台算了。然而如今,经历了无穷反复的磨难,她已经能够做到若无其事。那天整个白天,她只觉得欢快和有些兴奋;直到傍晚时分才开始坐立不安起来。她变得沉默,希望一个人待着。她还变得焦躁,迈克尔长久以来晓得她的脾气,所以特意回避她。她手脚发冷,到达剧院的时候,冷得像冰块一样了。然而她满怀的恐惧却并没有给她不愉快之感。

朱莉娅那天早上没事,只需中午时分到西登斯剧院去对对台词,所以她躺在床上,很晚才起身。迈克尔没有回来吃午饭,因为他还要对布景作最后的安排,这样她就一个人吃了饭。然后她又上床去,甜甜地睡了一个小时。她的原意是想休息整个下午;菲利普斯小姐将在六点钟来给她稍微按摩一下,她要在七点到达剧院。但她醒来时觉得精神十足,在床上待不住,决定起身出去散一会步。

这是个风和日丽的日子。她喜欢城市胜过乡村,喜欢街路胜过树林,所以不到公园去,却漫步于这个时节行人稀少的邻近一些广场上,懒散地看看两边的房子,心想她宁愿要自己的而不要这些中的任何一幢。她悠闲自在,轻松愉快。然后她想是该回家的时候了。她正走到斯坦霍普广场转角处,忽然听到一个她一听就听得出来的声音在呼唤她的名字。

"朱莉娅。"

她转过身来,汤姆满面笑容地赶了上来。她从法国回来后还没有见过他。他穿着一身整洁的灰色西装,戴着一顶褐色的呢帽,非常漂亮。他被太阳晒黑了。

"我还当你不在这里哪,"她说。

"我是星期一回来的。我没有打电话给你,因为知道你忙于最后的排练。我今天晚上要去的;迈克尔给了我一张正厅前排的票子。"

"哦,我很高兴。"

他看见她,显然很开心。他脸上露出热切的表情,眼睛里闪着亮。她颇自欣喜地发现,见了他的面并没有激起她心中什么感情。他们一边谈话,她一边心里在想,他凭什么过去使她那样神魂颠倒。

"你干吗这样出来闲逛?"

"我出来散散步。我就要回去喝茶的。"

"到我那儿去,我们一起喝茶。"

他住的那套公寓就在转角上。他确实正是在沿着那排汽车间的小巷走回家去的时候看到她的。

"你怎么回来得这样早?"

"哦,近来事务所里事情不多。你知道,有位合伙人在两个月前去世了,这一来我可以有更大的份额了。这就意味着我终将能够继续在那套公寓里住下去。迈克尔在这件事上很慷慨大方,他说我可以不付房租住下去,等待情况好转。我实在不愿想到要被迫搬出去。你一定要来。我很高兴请你喝杯茶。"

他那么兴冲冲地喋喋不休，使朱莉娅觉得好笑。你听他这样说话，绝对想不到他们之间曾经有过任何瓜葛。他似乎完全泰然自若。

"好吧。不过我只能稍坐一会儿。"

"O.K."

他们拐弯走进小巷，她在他前面走上那狭窄的楼梯。

"你先到起居室坐一会，我去开炉子烧水。"

她进去坐下了。她对房间四周看看，多少悲欢的往事都发生在这间房间里。一切依旧如故。她的照片还搁在原来的地方，可是壁炉架上另外放着一帧艾维丝·克赖顿的放大照片。那上面写着"给汤姆，艾维丝赠"。朱莉娅把一切都看在眼里。这间房间宛如她曾在那里面演过戏的一堂布景；她感到有点熟悉，但是它对她已不再有什么意思。当时使她心力交瘁的爱情、她强自抑制的忌妒、那委身与对方的狂欢，并不比她过去演过的无数角色中的任何一个更真实些。她为自己的淡漠沾沾自喜。

汤姆进来了，手里拿着她以前送给他的小台布，把那套也是她送的茶具摆得整整齐齐。她不知为什么，想到他依旧随意地使用着她送的这许多小礼物，差些笑出来。接着他端了茶走进来，两人并肩坐在沙发上喝茶。

他进一步告诉她，他的情况比以前好了。他用亲切友好的口气承认，由于她给他介绍到事务所来的生意，他在盈利中所得的份额提高了。他刚度假回来，给她讲假期中的情况。朱莉娅十分清楚，他丝毫没有察觉曾经给她造成多大的创痛。这又使她这时不禁要笑出来。

"听说你今夜将获巨大成功。"

"能成功就好,是不是?"

"艾维丝说,你和迈克尔俩都待她挺好。当心不要让她轻而易举地在剧中大获成功。"

他开玩笑地说了这句话,但朱莉娅却怀疑会不会艾维丝真对他说过准备这样做。

"你跟她订婚了吗?"

"没有。她要自由。她说订了婚会影响她的艺术生涯。"

"她的什么?"这几个词儿从朱莉娅嘴里脱口而出,要缩住已经来不及,但她立即镇定了下来。"是的,我当然懂得她的意思。"

"我自然不愿意影响她的前途。我的意思是说,倘然演了今晚这一场,有人重金聘请她去美国演出,我完全认为她应该有充分的自由去接受。"

她的艺术生涯!朱莉娅暗暗好笑。

"你知道,看你待她这样好,我认为你真是个大好人。"

"为什么这样说?"

"哦,不是吗? 你知道女人是怎么样的!"

他说着这话的时候,伸出一臂搂住她的腰,吻她。她放声大笑。

"好一个混账小东西。"

"亲热一会儿怎么样?"

"别胡闹。"

"这又有什么胡闹不胡闹的? 难道我们脱离关系还不够长久吗?"

"我主张跟你不可挽回地脱离关系。而且拿艾维丝怎么办?"

"噢,她不一样。来吧。"

"难道你忘了我今晚要作首场演出吗?"

"时间还多着呢。"

他用双臂把她抱在怀里,轻轻地吻着她。她用嘲弄的目光瞧着他。突然她打定了主意。

"好吧。"

他们站起身来,走进卧室。她摘下帽子,把衣服也一下脱掉了。他同往常一样紧紧地把她搂在怀里。他吻她闭上的眼睛,吻她引以为豪的一对小乳房。她把肉体尽他受用,但她的心灵却冷漠超然。她出于和蔼而还他的亲吻,可她发现自己思考着晚上将演的角色。她似乎成了两个人,一个是她情人怀抱中的情妇,一个是女演员,她在想像中已经看见了黑黝黝的模模糊糊的一大片观众,听见他们在她出场时的阵阵掌声。

过了一会儿,他们并肩躺在床上,他的臂膀挽着她的颈项,而她完全忘记了他,所以当他打破长时间的沉默时,她猛然愣了一下。

"你还爱我吗?"

她稍稍拥抱了他一下。

"当然,宝贝儿。我溺爱着你。"

"你今天多异样啊。"

她发觉他很失望。可怜的小东西,她可不愿伤害他的感情。他确实非常可爱。

"马上就要首场演出了,所以我今天实在心不在焉。你一定不能见怪。"

当她得出结论——这回是非常明确的——她已经不再把他放在心上时,不禁对他深深感到怜悯。她温柔地抚摩他的面颊。

"心爱的人儿。"("不知迈克尔可记得送茶点给排队购票的观众。所费不多,可他们会感激不尽的。")"你知道,我真的必须起床了。菲利普斯小姐六点钟要来给我按摩。伊维要急死了,她想像不出我会遇到什么事。"

　　她一面穿衣服,一面兴高采烈地唠叨着。她虽然并不瞧着汤姆,却觉察到他有些不自在。她戴好帽子,然后双手捧住他的脸,给他亲切地吻了一下。

　　"再会,我的小乖乖。今晚好好睡一夜。"

　　"祝你最好的运气。"

　　他有点不自然地笑笑。她看出他并不十分了解她究竟是怎么回事。

　　朱莉娅一溜烟走出公寓,如果她不是英国最伟大的女演员,不是一个将近五十岁的女人,她准会用一条腿一跳一蹦地穿过斯坦霍普广场,一直跳到家门口。她欢欣若狂。她用钥匙开了大门进去,随手把门在她身后关上了。

　　"我看罗杰说的话有点道理。爱情并不值得像人们那样认为至高无上而大惊小怪的。"

二十九

四个小时后,一切都过去了。演出从头到底都极顺利;尽管这是个时髦人士寻欢作乐的季节,但观众们出外度假回来,再次来到一家剧院里,感到快乐,准备欢娱一下。这是本戏剧季节的吉祥的开端。每一幕之后,都有热烈的掌声,在全剧终了时,谢幕达十二次之多;朱莉娅单独谢幕两次,即使她得到这样热烈的反应也大为震惊。她为首演式的需要支支吾吾讲了几句事前准备好的话。最后是全体剧团人员一同谢幕,接着乐队奏起了国歌。

朱莉娅满怀喜悦和兴奋,乐不可支地来到化妆室。她空前地自信。她从来没有演出得如此出色、如此丰富多彩、如此才华横溢。戏的结尾是朱莉娅的一篇慷慨激昂的长篇独白,那是剧中一个从良的妓女激烈抨击她的婚姻使她陷入了那个游手好闲的圈子,他们轻浮、百无一用、伤风败俗。这段台词有两页长,英国没有一个女演员能念得像她那样从头到底吸引住观众。

她用巧妙的节奏、优美动听的声调、控制自如的感情变化等表演技巧,成功地创造了奇迹,使这段独白成为剧中的一个扣人心弦、几乎惊心动魄的高潮。一个剧烈的动作不可能比这更令人震动,一个意料不到的结局也不可能比这更令人惊奇。整个剧组的演出都精彩绝伦,唯独艾维丝·克赖顿是例外。朱莉娅走进化妆室时,低声哼着一支曲调。

迈克尔几乎紧跟在她背后进来了。

"这部戏看来一定受欢迎,不成问题。"他用双臂搂住她,吻她。"老天哪,你演得多好啊。"

"你自己也不赖,亲爱的。"

"我只有演这种角色是拿手的,"他随口回答,和平时一样,对自己的演技很谦虚。"你在念那段长篇台词的时候,听到观众有丝毫声音吗?这该叫批评家们大为震惊的。"

"哦,你知道那些批评家是怎么样的。他们会把全部注意力放在评论这该死的剧本上,到最后三行才提到我。"

"你是天底下最伟大的女演员,宝贝儿,不过,上帝知道,你是条母狗①。"

朱莉娅睁大了眼睛,显示出极度天真的惊异。

"迈克尔,你这是什么意思?"

"别装得这么清白无辜。你肚子里雪亮。你以为能骗过我这样一个老演员吗?"

他正用闪烁的眼光盯视着她,她好不容易才忍住了,没有笑出来。

"我同还没生下来的婴儿一样清白无辜。"

"去你的吧!如果说有人处心积虑毁了一场表演,那就是你毁了艾维丝的表演。我没法对你恼火,因为你干得实在太巧妙了。"

此刻朱莉娅掩盖不住她翘起的嘴唇角上露出的笑影了。赞赏总是会使艺术家感激的。

艾维丝的那个重要场面是在第二幕中。这是和朱莉娅演的对手戏,迈克尔排练时把这一场排成完全是这个姑娘的戏。这确实是剧本所要求的,而朱莉娅一如既往,在排练时总是听从他的指导。为了衬托出艾维丝蓝眼睛的色泽和突出地显现她的金黄头发,他们

---

① 母狗原文为 bitch,前已屡见,转指凶狠的女人,坏女人,淫妇,是被视为禁忌的极恶毒的骂人话,这里迈克尔用以辱骂自己的妻子,耐人寻味。

给她穿上淡蓝色的服装。为了与此作对比,朱莉娅选择了一套和谐
的黄色裙衫。她在彩排时就穿着这套服装。但她同时另外定了一
套,是光彩夺目的银色的,她穿着这套衣裳在第二幕出场的时候,迈
克尔大吃一惊,艾维丝更是惶恐得目瞪口呆。这套衣裳富丽堂皇,
在灯光下光芒四射,吸引了全场观众的注意。相比之下,艾维丝那
套蓝衣裳显得暗淡无光。

等她们演到两人一起演出的要紧关头的那一场时,朱莉娅犹如
魔术师从帽子里变出一只兔子来似的,忽然拿出一方大红雪纺绸的
大手帕,在手里玩弄起来。她挥舞它,她把它展开,仿佛要看看它,
她还把它绞紧,她用它揩揩脑门,她用它轻轻地擤鼻涕。被迷住了
的观众们的目光怎么也离不开这方红绸。

朱莉娅移步走向舞台的后部,这样艾维丝不得不背向着观众跟
她说话,等她们并坐在一张沙发上时,她握住了她的手,那副感情冲
动的样子,观众看来十分潇洒自然,而且她把自己的身子深深地靠
在椅背上,这样又迫使艾维丝不得不把侧面转向观众。朱莉娅早已
在排练时注意到,艾维丝的侧面看来像绵羊的脸相。

作者给艾维丝的有些台词在初次排练时曾使全体剧组人员都
觉得非常有趣,引起哄堂大笑。而在台上,观众还没有怎样领会其
妙趣所在,朱莉娅就插上了答话,观众要紧听她说些什么,便停下不
笑了。原来设想是极其有趣的场面蒙上了冷嘲的色彩,而艾维丝演
的人物变得有点令人憎恶了。经验不足的艾维丝没有博得她预期
的笑声,惊惶失措起来;她的声音变得刺耳,手势也不伦不类了。

朱莉娅把这场戏从她那里夺了过来,演得出奇地精彩。可是她
最后的一着更出人意料。艾维丝正在念一段长篇台词,朱莉娅把她
的红手帕紧张地绞成了一个球;这个动作几乎自然而然地表示出一
种感情;她用困惑的目光凝视着艾维丝,两颗沉重的泪珠在她面颊

上滚下来。你看到这个姑娘的轻佻使她感到的羞耻,你看到她由于对正义的小小理想、对善良的热情向往遭到了如此无情的摧残而感受的痛苦。这个插曲只持续了不过一分钟,但就在这一分钟里,朱莉娅凭着那几滴眼泪、凭着她剧烈痛苦的表情,充分揭示了这女人一生的悲惨的苦难。这一下艾维丝就彻底完蛋了。

"而我曾经是个大傻瓜,竟想同她订合同哩,"迈克尔说。

"那现在为什么不订了呢?"

"在你把她一下子结果了的情况下?绝对不订。你是个淘气的小东西,妒忌心竟会如此厉害。你不见得真以为我会看中她的什么吧?你到现在总该知道,你是我世界上唯一的女人。"

迈克尔以为朱莉娅要这个诡计是因为他近来对艾维丝过分剧烈地调情的缘故,虽然他当然多少有点自得,但是艾维丝却倒了霉。

"你这老蠢驴,"朱莉娅微笑着说,分明知道他想到哪里去了,对他这样的误解欣慰之至。"毕竟你是伦敦最漂亮的男人啊。"

"也许正是如此吧。可是我不知道那剧作家会怎么说。他是个自以为了不起的家伙,而他写的那一场被演得面目全非了。"

"哦,由我来对付他吧。我会收拾他的。"

有人敲门,进来正是那剧作家本人。朱莉娅高兴地大叫一声,迎上前去,两臂挽住他的头颈,在他两面面颊上亲吻。

"你满意吗?"

"看来演出是成功的,"他答道,但是口气有点冷冰冰的。

"我亲爱的,它将演上一年。"她把双手搁在他肩膀上,正面瞧着他。"可你是个坏透、坏透的坏蛋。"

"我?"

"你几乎毁了我的演出。我演到第二幕的那一段的时候,突然发现了它的含意,我差点儿吓呆了。你是知道那一场的意思的,你是编剧嘛;干吗你一直不教我好好排练这一场戏,仿佛除了表面上的那一些以外,并没有更深一层的意思? 我们不过是演员,你怎么能指望我们——深入领会你的奥妙呢? 这是你剧本中最精彩的一场,而我几乎把它搞糟了。世界上除了你没有一个人写得出来。你的剧本才气横溢,而在那一场里所展示的却不仅仅是才气,而是天才。"

剧作家脸红了。朱莉娅恭恭敬敬地望着他。他有些难为情,同时又快活又骄傲。

("不出二十四个小时,这个笨蛋会认为他确实原来就打算把这场戏演成这副样子的呢。")

迈克尔笑逐颜开。

"到我化妆室去喝杯威士忌苏打吧。我相信你经历了这番强烈的感情,需要喝些什么。"

他和剧作家走出去的时候,汤姆进来了。汤姆兴奋得满面通红。

"我亲爱的,这场戏太棒了。你简直了不起。天哪,演得多棒啊。"

"你喜欢吗? 艾维丝演得不错,可不是吗?"

"不,糟透了。"

"我亲爱的,你这是什么意思? 我认为她演得很出色呢。"

"你简直彻底压倒了她。她在第二幕里模样也不大好看。"

艾维丝的艺术生涯!

"请问待会儿你做什么?"

"多丽要给我们举行个宴会。"

"你不能推辞了跟我同去吃晚饭吗? 我爱得你发疯哪。"

"噢,胡说什么。我怎么能拆多丽的台呢?"

261

"唉,我求你啦。"

他眼睛里带着如饥似渴的神情。她看得出他对她怀着空前强烈的欲望,她为自己的胜利感到欢欣。但是她坚决地摇摇头。

走廊里传来许多人谈话的声音,他们两人都知道,大批的朋友正在这狭窄的过道中挤来向她贺喜。

"这伙人都见鬼去。天哪,我多想吻你啊。我明天早晨打电话给你。"

门砰地打开了,肥胖的多丽冒着汗,热情洋溢地抢在大伙的前面直冲进来,他们把化妆室挤得气也透不过来。朱莉娅听任所有的人亲吻她。在这中间有三四位著名的女演员,她们对她赞颂不已。朱莉娅美妙地表现出真诚的谦逊。此刻走廊里挤满了至少想看到她一眼的人群。多丽得使大劲才能冲出去。

"尽量不要来得太迟,"她对朱莉娅说。"这将是个不同寻常的聚会。"

"我尽可能早到。"

朱莉娅终于摆脱了人群,卸去戏装,动手揩掉脸上的化妆。迈克尔穿着梳妆时穿的晨衣走进来。

"听着,朱莉娅,你得一个人去参加多丽的宴会了。我必须到一个个戏票代售处去看看,没有办法。我要去盯紧他们。"

"嗯,好吧。"

"他们现在正在等我。明天早上见。"

他出去了,她被留下单独和伊维在一起。她准备穿了去参加多丽的宴会的衣服正搁在一把椅子上。朱莉娅在脸上涂洁肤霜。

"伊维,芬纳尔先生明天将有电话来。你说我不在,好吗?"

伊维朝镜子里看着,碰上了朱莉娅的目光。

"如果他再来电话呢?"

"我不愿伤害他的感情,可怜的小乖乖,不过我想最近一段时间我都将忙得不会有空。"

伊维大声缩鼻涕,并按她叫人讨厌的习惯,用食指在鼻孔下擦了擦。

"我懂了,"她冷冷地说。

"我一向以为你并不像看上去那样笨。"朱莉娅继续弄她的脸蛋。"那套衣服搁在椅子上干吗?"

"那一套吗?那是你说要穿了去参加宴会的。"

"把它放好。我不能没有戈斯林先生做伴而单独去参加宴会。"

"从几时开始的?"

"住口,你这丑老婆子。打个电话去,说我头痛得厉害,必须回家上床睡觉,但是如果戈斯林先生可能去的话,他会去的。"

"这个宴会是专门为你举行的。你不能这样拆这位可怜的老太太的墙脚吧?"

朱莉娅顿着足说:

"我不想去参加宴会。我不去参加宴会。"

"家里可没有东西给你吃呀。"

"我不想回家去。我要上饭店吃饭去。"

"和谁同去?"

"我一个人去。"

伊维对她大惑不解地瞥了一眼。

"戏演得很成功,可不是吗?"

"是的。一切都成功。我得意极了。我精力充沛。我要单独一个人痛快一下。打个电话到伯克利饭店,叫他们给我一个人在小房间里留张桌子。他们会懂我的意思的。"

"你怎么啦?"

"我这一辈子再也不会有这样的时刻了。我不打算跟任何人分享。"

朱莉娅把脸上的化妆擦干净后,不加一点修饰。她既不涂口红,也不搽胭脂。她重新穿上她来剧院时穿的那套棕色的上衣和裙子,并戴上了原来的帽子。那是一顶有边的毡帽,她把帽边拉下来盖住一只眼睛,这样可以尽量遮掩她的面孔。一切就绪了,她在镜子里照照自己。

"我看上去像是个被丈夫遗弃的缝纫女工,可谁能怪他呢?我不相信有哪一个人会认得出我。"

伊维到后台入口处打了电话,回来时,朱莉娅问她那里可有许多人候着她。

"大约有三百人,我看。"

"见鬼。"她突然产生一个愿望,最好不要看见任何人,也不要被人看到。她要求就让她隐匿这么一个小时。"叫消防员让我从前面出去,我要叫辆出租汽车,等我一走,让这群人知道他们等着是白费工夫。"

"只有上帝知道我得忍受什么,"伊维抱怨地说。

"你这老母牛。"

朱莉娅双手捧住伊维的脸,吻她干枯的两颊;然后溜出化妆室,踏上舞台,通过铁门,进入一片漆黑的场子。

朱莉娅这样简单的伪装显然是恰到好处的,因为当她走进伯克利饭店那间她特别喜欢的小房间时,那领班侍者并没有一下子认出她。

"你可以在角落里给我排个位子吗?"她畏畏缩缩地问。

听到她的声音,再朝她一看,他知道她是谁了。

"你喜欢的桌子正等着你,兰伯特小姐。电话里说你将是单独一个人,是不是?"朱莉娅点点头,他便把她领到房间一角的一张桌子前。"我听说你今夜大获成功,兰伯特小姐。"好消息传布得多快啊①。"我能点些什么菜?"

领班侍者很诧异,怎么朱莉娅一个人来吃晚饭,但是他的本分所应表示的唯一的感情是看到她十分欣幸。

"我疲劳极了,安吉洛。"

"先来些鱼子酱,夫人,或者来一些牡蛎怎么样?"

"牡蛎,安吉洛,可要拣肥的。"

"我亲自给你拣,兰伯特小姐,接下来上什么菜?"

朱莉娅深深舒了口气,因为现在她可以无所顾忌地点她第二幕一结束就抱定宗旨要吃的东西了。她觉得她应该好好吃一顿,庆祝自己的胜利,她这一回可要把谨慎节制抛到九霄云外去了。

"洋葱煎牛排,安吉洛,油炸土豆,再来一瓶巴斯啤酒。啤酒要装在大银杯里。"

她大概有十年没有吃过油炸土豆了。可这回意义多么重大啊!说来正巧,在今天这个日子她用一场她只能称之为光辉的演出肯定了她正牢固地掌握着公众,用巧妙的手段解决掉了艾维丝,并使汤姆看到他成了个什么样的大傻瓜,而最要紧的是对她自己毋庸置疑地证明,她从捆在她身上的恼人的枷锁中解脱出来了。艾维丝在她头脑里闪现了一下。

"这愚蠢的小东西妄想来坏我的事。我要叫她明天让人讥笑。"

---

① 英谚只有"Bad news travels quickly",犹如我们所说的"好事不出门,恶事传千里"。这里是作者反其意而用之。

牡蛎来了,她吃得津津有味。她吃了两片涂黄油的黑面包,乐滋滋地感觉到可以不惜危及自己的不朽的灵魂,还捧起大银杯开怀畅饮。

"啤酒,好啤酒,"她喃喃自语。

她能想像,要是迈克尔晓得她在干什么,他会把脸拉得长长的。可怜的迈克尔,他竟以为她毁了艾维丝的那场戏,是因为她以为他太关心这个愚蠢的金发小娘们了。的确,男人们愚蠢得多可怜呀。他们说女人骄傲自负;哼,她们跟男人们比起来可谦逊哩。

她想起汤姆,不禁好笑。那天下午他需要她,那天夜里更加如饥似渴地需要她。她想到他在她心目中仅仅好比是个舞台上的勤务人员,心里多舒畅啊。一个人摆脱了情欲的羁绊,便有自信自尊之感。

她身坐的这间房间由三道拱门通那大餐厅,那里人们正在吃饭和跳舞;人群中无疑有一些是看完了戏来的。如果他们知道隔壁房间角落里那个用毡帽遮着半张脸、不声不响的娇小的女人就是朱莉娅·兰伯特的话,他们会多么惊奇啊。她坐在那里,没人知道,没人注意,使她产生一种逍遥自在的感觉。他们是在给她演戏,而她是观众。他们在拱门口经过时,有那么短短的一会儿,她看到了他们:年轻的男人和年轻的女人、年轻的男人和不那么年轻的女人、秃顶的男人和腆着大肚子的男人、涂脂抹粉而死命装扮得年轻的形容枯槁的老太婆。有的相亲相爱,有的心怀忌妒,有的冷冷淡淡。

她的牛排端上来了。煎得正称她心意,洋葱松脆而略带焦黄。她用手指轻巧地捡起油炸土豆,一块块地细细品味,仿佛但愿流逝着的时光停留下来。

"在洋葱煎牛排面前,爱情又算得上什么呢?"她问道。单独一个人,尽情地胡思乱想,真令人感到怡然自得。她又一次想到了汤姆,在心灵中耸了耸肩感到幽默的肩。"真是一番有趣的经历。"

这番经历肯定有一天会对她大有用处。她透过拱门看见那些跳舞的人多么像戏里的一个场面,不禁使她回忆起在圣马罗时最初产生的一个想法。她在汤姆抛弃她时所受到的剧烈痛苦,使她回想起做小姑娘时曾跟老珍妮·塔特布学习过拉辛的《菲德拉》。她重读了这个剧本。忒修斯的王后①蒙受的折磨就是她所蒙受的折磨,她不由地感到她们的境遇是多么相似。这个角色她可以演;她深知被心爱的小伙子丢弃是什么滋味。天哪,她能演得何等精彩啊!

她明白了为什么今年春天她演得那么糟糕,以致迈克尔决定停演;这是因为她演出时怀着她所表演的感情。这是不行的。你应该有过这样的感情,但你只有在已经克服了这些感情之后才能表演它们。她记起了查尔斯有一次曾对她说,诗歌来源于冷静地回忆起来的感情。她对诗歌一窍不通,但是这话对演戏来说是正确无疑的。

"可怜的老查尔斯能有这样的独到之见,真是聪明。这说明对人贸然作出判断是大错特错的。有人以为贵族都是些笨蛋,而他们中间的一个偏偏突然发表了这样令人惊叹不已的卓越见解。"

然而朱莉娅始终认为拉辛到第三幕才使他的女主人公出场是个大错误。

"当然啦,倘若我演这个戏,决不要这样荒谬的处理。照我看,有半幕戏为我上场做准备,已经足够了。"

她没有理由不去找个剧作家用这个题材给她写一个剧本,用散文写,或者写成简短的诗句,押韵不要太密。这样的诗句她能念,而

---

① 即菲德拉。据希腊神话,菲德拉勾引其夫雅典国王忒修斯(Theseus)的前妻所生之子希波吕托斯(Hippolytus),遭到拒绝,乃诬称他妄图非礼;王怒,派人杀死其子。后来冤情大白,菲德拉自尽。

且念得生动有力。毫无疑问,这是个好主意,而且她连准备穿什么服装都想好了,不要萨拉①裹在身上的那种松垂的打褶的衣服,而是要穿她跟查尔斯一起在大英博物馆里一幅浮雕上看到的那种古希腊的束腰短外衣。

"事情多滑稽啊!你到那些博物馆和美术馆去,感到真厌烦之至,然后有一天,你万万没有想到,忽然发现你看到的某种东西竟大有用处。这证明艺术之类并不真是浪费时间。"

她的腿固然适合于穿束腰短外衣,但是能穿着这种服装演悲剧吗?她对这个问题认真考虑了两三分钟。当她为了那冷漠无情的希波吕托斯(她想到身穿塞维尔街②的服装的汤姆化装成一个希腊青年猎人的形象,不禁失笑)而肝肠寸断的时候,如果戏服上没有许多褶子,真能获得演出效果吗?这个难题引起了她的注意。不过,就在这时候,一个念头在她脑子里闪过,一下子使她灰心丧气。

"这一切固然都很好,可是剧作家在哪里呢?萨拉有她的萨尔都③,杜丝有她的邓南遮④。可我有谁呢?'苏格兰女王有个好儿子,而我只是个没有子息的光杆儿。'⑤"

然而她没让这忧郁的思虑长久扰乱她的平静。她的情绪是那么高,她觉得自己能够像丢卡利翁用地上的石块造出人来⑥一般,从茫茫虚无中造出剧作家来。

---

① 萨拉指萨拉·伯恩哈特。
② 伦敦的一条有著名男子服装店的街道。
③ 萨尔都(Victorien Sardou,1831—1908)为法国剧作家。歌剧《托斯卡》就是根据他的同名剧本改编的。
④ 邓南遮(Gabrielle D'Annuncio,1863—1938)为意大利诗人、小说家兼剧作家。杜丝曾与他相爱,他为她专门写剧。
⑤ 据《詹姆斯·梅尔维尔爵士(Sir James Melville,1549—1593)回忆录》记载,英女王伊丽莎白一世(1533—1603)曾说过这话,此处引语文字略有出入。苏格兰女王指玛丽·斯图亚特(Mary Stuart,1542—1567),被伊丽莎白一世处死。
⑥ 据希腊神话,丢卡利翁(Deucalion)及其妻子逃出主神宙斯(Zeus)所发的洪水,两人从肩头向身后扔石头,石头分别变成男男女女,从而重新创造了人类。

"那天罗杰说的都是些什么废话,而可怜的查尔斯似乎还把它当正经呢。他是个愚蠢的小学究,就是这么回事。"

她朝人们在跳舞的房间打了个手势。那边灯光给弄暗了,她从坐着的地方看过去,更像是戏里的一个场面了。"全世界是一个舞台,所有的男男女女不过是一些演员。"①但通过那道拱门,产生了一种错觉:"我们这些演员才是真实的。这是对罗杰的回答。他们是我们的原料。我们表现出他们生活的意义。我们把他们荒唐无聊的感情拿来,转化为艺术,从而创造出美,而他们的意义正在于成为我们必须赖以完成我们艺术创造的观众。他们是我们演奏的乐器,如果没有人演奏,乐器有什么意义呢?"

这个想法使她无比振奋,一时满心欢喜地反复玩味着。她的头脑似乎空前地清晰。

"罗杰说我们并不存在。哼,只有我们才是真正存在的。他们是影子,而我们赋予他们以形体。我们是他们称之为人生的一切乱七八糟的无谓纷争的象征,而唯有这象征才是真实的。他们说演戏仅仅是作假。这作假却正是唯一的真实。"

这样,朱莉娅在她自己的头脑中重新创立了柏拉图②的理念论。这使她满怀欣喜。她心中猛然涌起一股对这无数无名的公众的友爱的热浪,他们的存在只是为了给她表现自己的机会。她高高地待在山顶上,思考着世人的数不清的活动。她因摆脱了一切人间的羁绊而深深感到自由,觉得妙不可言,而同这种极大的快感相比,一切都成为微不足道。她恍若一个天国里的精灵。

---

① 引自莎士比亚喜剧《皆大欢喜》(As You Like It)第2幕第7场第139—140行,译文采用朱生豪的。
② 柏拉图(Plato,公元前427—公元前347)为古希腊哲学家,是苏格拉底的学生、亚里士多德的先生。他提出理念论和灵魂不死等唯心主义哲学观念。

领班侍者带着奉承的微笑走上前来。

"一切都不错吧,兰伯特小姐?"

"好极了。你知道,各人的口味不同,真是奇怪。西登斯夫人特别爱吃肋条肉;我可完全不同,我特别爱吃牛排。"

图书在版编目（CIP）数据

剧院风情／（英）毛姆（Maugham, W. S.）著；俞亢咏译.
—上海：上海译文出版社,2016.1（2021.9重印）
（毛姆文集）
书名原文：Theatre
ISBN 978－7－5327－7070－0

Ⅰ.①剧…　Ⅱ.①毛…②俞…　Ⅲ.①长篇小说一英
国一现代　Ⅳ.①I561.45

中国版本图书馆 CIP 数据核字（2015）第 221584 号

W. Somerset Maugham
Theatre

剧院风情
〔英〕毛　姆／著　俞亢咏／译
责任编辑／冯　涛　装帧设计／张志全工作室

上海译文出版社有限公司出版、发行
网址：www.yiwen.com.cn
200001　上海福建中路 193 号
浙江新华数码印务有限公司印刷

开本 850×1168　1/32　印张 8.5　插页 6　字数 155,000
2016 年 1 月第 1 版　2021 年 9 月第 5 次印刷
印数：13,001—14,500 册

ISBN 978－7－5327－7070－0/I·4282
定价：48.00 元